北澤 繁樹

偃武の都《えんぶのみやこ》

藤原道長・保昌と和泉式部

東京図書出版

［目次］

（注記）登場人物の呼称は、講談社学術文庫『藤原道長「御堂関白記」』（全現代語訳　倉本一宏氏）上・中・下刊に記載のある者は、これに拠った。

天皇の代は、「愚管抄」（慈円）で記されているなかから、神功皇后（十五代）を外し、通例にならい弘文天皇（三十九代）を入れたものとしている。

一　偃《えん》武《ぶ》の都

1　馬上の保昌

藤原保昌《やすまさ》の母は、醍醐天皇の孫娘であった。

第六十代のこの帝には、三十六名の子女がいたから、皇籍を離れた多くの孫には多岐な運命が待っていたし、その子ともなれば尚更である。保昌は幸い、母子二人が中心のこじんまりした生活ながら、のびのびとした幼少時代を過ごせている。細かなことに気を回さない母親は、助言を得ての漢籍素読を日課とさせただけであった。

父親は彼が生まれたころから、事情があって母を訪ねてこなくなったものの、保昌は長じると、父と共に暮らしている兄弟のもとに足繁く通って、貴族ながら俗事にも通じ、武張《ぶば》った一家の空気も存分に吸いながら、少年から青年へとなった。任官した兵部《ひょうぶ》省で十年余り勤務した後に、鎮撫使《ちんぶし》として東国への異動が待っていたが、三十歳代の半ばを過ぎたところで、赴任先の信濃《しなの》国から都に呼び戻され、政権の首座にあった藤原道長《みちなが》の家司《けいし》となり、影のように仕え続けてきた。

主人に添う役割とはいえ、公私を極力隔てながら職務に対してきたものを、五十歳を超えた今になって、保昌の私事にはまず口出しをしない道長から、だしぬけに妻帯を勧められ、困惑しながら受け入れの準備を進めてきたところである。

今朝も、寝衣《しんい》のまま文机《ふづくえ》に向かっていると、いつもどおりの朝の気配にまじって、建物の外から耳なれない声が聞こえてきた。誰かはうすうす分かったが、念のため、蔀《しとみ》をそっと動かし覗いてみると、中島に平橋が架けられた水溜りのような池を背にして、若い従者のぼそぼそした説明に、小気味よく相槌《あいづち》をうっている男の姿があった。

「なるほど。流石《さすが》でございますな」

はきはきとした返事だけでなく、感心した素振りも惜しんでいない。

「すべては、ご指示のままに」

従者は、男の殊勝な応じ方に堪能したようで、軽い足取りでその場から離れた。頭を下げて見送るのは、先日来の屋形の工作で、何度か目にしている壮年の棟梁である。中背の頭に黒い折烏帽子《おりえぼし》をのせ、焦茶《こげちゃ》の仕事着をまとい、脚を脛巾《はばき》で巻いた馴染みの恰好に変わりはない。追加で請け負った仕事についても、数日前から足を運んで計画し、段取りが調《ととの》ったので、今日から門の改築に着手するのは保昌も聞いていた。

机に戻ってしばらくしたところで、仲働きの女が、朝餉《あさげ》の準備ができたと声をかけてきた。

「早すぎましたでしょうか」

毎朝、遠慮がちに訊ねてくる。

「いや、よい頃合いじゃ」

ほかに返事はない。長年仕えて手慣れている彼女が、大ぶりの漆椀に盛った粥《かゆ》を膳にのせて運び入れた。木皿の醤《ひしお》、菜は山椒風味の煮茸《にだけ》と瓜の塩漬けだけという、いつもながらの質素な朝食である。

「美味いのう。つい食べ過ぎてしまい、困ったことじゃ」

降ってわいたような主人の縁談に、男たちの心もち浮き浮きした様子と違って、ふさぎがちな女も、お代わりを求められて、愁いをはらった笑顔を向けてきた。起きたてには小腹をみたすだけの貴族とは違い、保昌の朝からの大食は、むしろ庶民の食事ぶり。育児の不慣れを埋め合わせるかのように、母親が、男児の腹はとにかく満たさんとしてくれたのが、身の内に沁みついてしまった。

湯を飲みおえて、保昌の食膳が片づけられるころには、外が騒々しくなってきたので、気軽な出かけ仕度に着替え、普段備えの太刀を携えて庭に出てみると、棟梁の差配に従い、今日の造作に集められた職人たちが、屋敷の内外を賑やかに出入りしている。手際の良さから、男が初めから仕事の段取りを決めていて、従者の指図が無用だったのが推しはかられ、にやりとしながらその動きを追いかけた。

「実《じつ》のある者には、かなわぬのう」

眠気を誘う同輩の貴族たちの動きを遠ざけるような、きびきびとした働きぶりが、いささか重くなっている気持ちを元気づけてくれる。

「ここまで着々と進められてしまったら、ぐずぐずしていた憂さまで払われていくわい」

あらかじめ楔《くさび》を打ち込み、適度な太さに割ってある材木は、牛が引いてきた荷車から下ろされて庭の端に整然と積まれ、これとは別に手斧《ちょうな》や槍鉋《やりがんな》などの大工道具が、威勢の良い掛け声とともに運び込まれてきた。荷駄の重さを除かれた牛が、心もち気楽に聞こえる啼き声を残しながら屋敷の外へ出ていくと、別の牛が首を前後にゆすりながら門をくぐってきて、男から、先ほどとは別の場所を示された数名の職人たちが、指示に従って荷下ろしに走り寄る。

「おいや、さ。えいや、ほ」

掛け声に合わせて下ろされた太めの丸太は、門柱を補強するのか、地面に打ち込まれる杭らしく、あらかじめ先が削られ、大きな木槌《きづち》も添えてある。皮を剝《は》がれてまもないらしい、空気に触れたばかりの杉の香りが、離れた保昌の鼻をそっとくすぐってくる。頭の中に描いてある図面に即した造営をおさらいするかのように、竹べらの先が黒くなっている墨指《すみさ》しを握った棟梁の手が動き、建材や道具の置き場所を、ひとつひとつ指さしては確かめているのが見てとれる。

「たいしたものだ。もっと眺めていたいが、そうもいかぬ」

簡素な拵《こしら》えの太刀を佩《は》いてから、馬屋で首を長くして待っている馬番に、手を挙げて合図をした。手綱《たづな》で引かれながら、愛馬も保昌と一心であるかのように、見慣れぬ光景に興味を示し、左右に首を振りながら近づいてくる。

「それにしても、門の高さとはな。思いも及ばなかった」

皇太后に仕える女房を妻として迎えるにあたり、信頼する従臣の妹が後宮で后に仕えた経験があり、女房たちの機微にも触れた随筆集を残しているしっかり者だったので、この男に受け入れ準備の大方を任せていた。十数日前になって、あらためて屋敷の様子を聞いた彼女から、牛車《ぎっしゃ》が通行しにくそうな門への懸念が示されたという。小さな気配りのわりには大仕事かもしれないが、輿入れしたらすぐに気がつく心づかいであり、

「かかる細かなご配慮こそ、女子《おなご》にとって嬉しきもの。さぞかし喜ばれましょう」

まったく不通のことゆえ、なせる準備はともあれ進めんと、今朝から、門に手を加える普請に急ぎ着手したところである。

これまでも妻らしき女子がいたとはいえ、いつも保昌のほうから気が向くままに通っていたものを、今回は侍女も伴い屋敷に入るのを、声掛けしてきた主人に求められてしまった。女と

いえば仲働きの者を除けば端女《はしため》しかおらず、彼女たちに相応の配慮をしただけの男所帯の建物には、慌てて増改築や意匠替えなど手を加えたものの、門の構えにまでは気が回っていない。

「夜陰ならいざ知らず、昼日中に外で降ろされて、人目に触れながら、男が待つ門をくぐるのが恥ずかしいとはな。そんなものなのか。言われてみると、なるほどとも思えるし、いちいち面倒ではあるものの、とりあえずは驚いて、面白がってやるより仕方あるまい」

藤原保昌は、牛車が必要な女性と身近なかかわりを持ったことがない。皇孫の母にしても、彼女が家から出かける姿を思い出せないし、そもそも住まいが手狭で牛車などそぐわなかった。

「さて、どうしていたのであろうな。育ててくれた母ながら、分からぬことばかり」

引かれてきた馬にまたがり、手綱を握って歩ませ始めると、馬上の人物に初めて気づいたかに、棟梁が職人たちに声をかけた。

「殿様じゃぞ」

この男は、そ知らぬ顔をしながらも、造作の動きに興味を示しているのが誰であるかは分かっていたし、保昌のほうも棟梁のさりげなく送ってくる視線を感じていただけに、男の反応が楽しくなる。棟梁が保昌と言葉を交わすことはなかったが、主人が誰かは確かめているだけでなく、普請仕事を受けて屋敷に足を踏み入れた際に、その人となりも調べていた。

「ご手配なき細かなところは、お気に召すように心がけたく」

差配のすべてを託されていた人物は、意外な問いかけに首を傾げたものの、棟梁の捕捉に大きく頷いた。

「なるほどな。いかにもしかり」

住まいは別に構えていて朝夕は不在だし、目を届かせきれないからと、棟梁の浅からぬ了見に安堵した様子で、すぐに応諾してくれた。

「屋形の趣向をみれば、分かると思うが」

建物に一歩足を踏み入れ、無駄を嫌う方であるという説明にすぐ納得した。保昌も、仕事ぶりやさりげない頭の下げ方から、棟梁の人柄が気にいった。

(相手に合わせた、やむをえざる場合の愛想だけに限っていて、いいのう)

庭隅で太刀を抱いて隠れるように眺めていた大柄な男が、この家の主であるのを知らされ、職人たちは顔を見合わせつつ深く腰を折った。確かに立烏帽子姿の人物には、周囲を威圧する風格が感じられたが、高位の貴族の佇まいとはあきらかに違う。

「鬼退治にでも出かけるような」

男の背中を見送った男たちが、下げた頭を戻しながら小声を交わし、首をすくめた。これほど多くの職人を短期間で集められる高官の屋敷と聞いてきたのに、主人が飾り気なく佩刀《はいとう》した姿で、供を連れずに出かけるのにあきれてしまう。

「こらっ、聞こえたらどうするのだ」

声を潜めているとはいえ、屋外で働く者たちの声はもとが大きい。囁《ささや》きを耳にして、保昌はにやりとして声の方を振り返ると、彼らは視線を浴びて、慌てて頭を下げ直した。棟梁は間違いなく聞こえるのが分かるように注意していたので、保昌もこれには応じたくなった。

「鬼を懲《こ》らしめるに出かけてまいる」

保昌の屋敷は、同格の貴族の佇まいとは異なり、なにより目立たぬように心がけられていて、門も頑丈な柱二本に支えられた棟門《むなもん》で、軒高も抑えられたもの。馬での外出時には、門の横に付設してある二枚の開き扉を開閉する。

息を凝らしている職人たちをからかってから、人のみならず、荷車が通るのにもまったく不自由しない門を横目に自邸を後にした。牛車がこの屋根をくぐったことなどないから、このままでは庇《ひさし》があたってしまい、邸内に入れないと指摘されても、あらためて、女房として宮仕えするような女はややこしいと思うだけ。それに比べて、

「男は気楽でいいのう。ことに汗を流して働く者たちは真っすぐだし、あの者は気持ちを浮きさせてくれて、いいのう」

保昌にしては思いがけない冗談までとびだし、心許せる馬の背で両手を上げて伸びでもしたい気分に誘われる。

「鬼の征伐でも言いつけられるほうが、よほどましかもしれぬ」

仕える左大臣の藤原道長から、辞退しにくい勧めを受けて、歌人として名高い女性を妻として迎え入れるにあたり、なにやらと準備に追われて、このところ気鬱な私事で忙しかった。いかなる難事であろうとも怯《ひる》みはしないが、今度ばかりは勝手がわからずに右往左往している主人だけでなく、浮いた噂をまとった女人《にょにん》の到来をなんとなく心待ちにしている男たちと、憂鬱そうな女たちとの明暗で屋敷の空気もかき乱されて、普段の落ち着きが失せて、揺らぎが続いたまま。

「よもやこの歳になって、しかも左府様から縁談とはな」

そんな困惑などお構いなく、道長は別事を言いつけてきた。なにはともあれ主人の命には敏速に応えねばならず、普請が始まったのにも促されて腰を上げた。

都の東西を貫く五条大路の一筋南の住まいから、平安京の東端となる東京極《ひがしきょうごく》大路まではさほど遠くなく、その先には鴨川が流れていた。

川向こうのなだらかな丘陵の中腹から、僧侶の葬儀でもあったのか、珍しく荼毘《だび》のものと思しき白煙が立ちのぼり、ひわ色の黄みも散らせた新緑に細い筋目をつけ、薄く霞んだ空に消えていく。その若葉を羽織った頂を一端にして、北東へ三十六峰と称される稜線が羽衣のように流れ、襞《ひだ》を重ねて連なっている山並みに、数年間を過ごした信濃の景色が重なってきた。あの安曇《あずみ》の地でも、初夏の東山は、雲の泳ぎを後背にしてのんびりと寝そべる姿を見せていた。緑は濃く、横になった腰から尻への隆起も起伏があり、いかにも田舎女のように逞《たくま》しく、これほどなだらかではなかったが、冬には白銀の屏風となる西の峻険な嶺々を仰いでいるだけに、対峙《たいじ》して南北に伸びる形は穏やかであった。

すでに十数年も昔に離れ、忘れようとして忘れられてはいるものの、ごくごくたまに迂闊にも思い出してしまう。

「あーあ」

これだけ時がたってさえ、いったん思い出してしまえば、なおも溜息をついてしか消せない、妙な後味が残る景色である。

青年の域を越えていても、なお三十代の体力に陰りはなく、気力がもっとも横溢《おういつ》していた時代を懐旧しているだけでなく、吐息がこぼれてしまうのは、藁《わら》の匂いをまとっていた娘の影であり、別れの言葉を投げかけもできなかった別離である。男を慕いつつも待っていないのが、ごく稀に届く文を通じて伝わってきて、男の姿を追うのを諦めた愛惜だけの姿が、保昌の中では、光を放ち続ける澱《おり》となっていて拭いきれない。

「女子は常に鬼門の向こうに住んでいる。でも、門をくぐって鬼に会いたがるのが男。なお困ったことに、遠くにあるほど鬼門の先が恋しくなる」

門の内でともに暮らす妻など、迎えたくないのが正直なところ。右大臣であった藤原道長から東国への派遣を解かれ、後ろ髪を引かれながらも京に戻ってからはそのままそばで仕え、信濃へ戻る機会もなく、家司としての月日を重ねてきた。遠く九州へ国司として赴いた時期があったりしたものの、それも道長に寄り添った務《つと》めであり、女への想いをくるみこんでくれるほどに、主従を結ぶ帯は太かった。

保昌が従うようになってすぐに、彼の助力もあって政争を勝ち抜いた藤原道長は、左大臣として朝政を司《つかさど》ることとなり、執政に難儀した時期があったものの、今や（権勢をほしいままにしている）と陰口をたたかれるほどに権力を集中させた。

「それに、なにの不都合やある」

表に立たなくてよい保昌は、そんな思いはおくびにも出さず、控えめにしていれば済むものの、いつの世も政治を司掌する者は、巧言令色は仁の少なさと心得、無駄な多言を要せずに筋のとおった理屈で、時には黙して、相手をねじ伏せなければならない。

「理は天から与えられ、情は人が醸し、社会が作った定めもある。左府様はそのすべてを一体のものとして体現し続けていかねばならないし、ここまできたら逃げもできない。こそこそと後ろ指をさしている者たちが、難事からも目をそらせず、逃げられもできぬ重責をいかに推量しているかは知らぬが、ご苦労なことである。とてもとても誰とても、真似はできまいよ。死が待つ重態にでもならなければ、病だからとて、朝廷の首座を投げ出す気楽さはないのだから」

強く望んだわけでもなかったのに、保昌は、公卿に一歩手前の高い官位に就き、それとは別の理由もあって不要なほどの財も得た。今日のように供を連れずに出かけられる気儘《きまま》も許されているし、望めば女子のもとにも通える。なによりも藤原道長に満たされながら従ってきたから、近侍してきた十余年に悔いはない。

「吾には逃げ道はあっただろうが、この間、逃げようという気には一切させてくれなかった。疎《うと》んじられでもしたら、その時には静かに去ればよい」

流れをはさんだ河原で、小魚の姿を追って走り回っては歓声を上げていた童《わらべ》たちが、対岸の馬に気づいて手を振ってきた。そのうちの一人は、鰓《えら》から草の茎《くき》を口に通された鮎と思しき魚を掲げてみせてくる。味噌焼きにでもすれば夕餉が豊かになろうと、保昌が片手を上げ応えてやると、素知らぬふりをしていた馬も仕方なげに同調して、軽くいななないた。

散光をはじいている毛並みのよい鹿毛《かげ》に騎乗している人物は、生葉藍《なまばあい》を絞った渋めな初夏の青をゆるみなく纏っているものの、供回りの者を従えずに手綱を自ら握っているし、背筋を伸ばした姿や気さくな動きからしても、政権の中枢近くにいる五十歳を過ぎた大官とは誰も思わない。分かれば、子どもとて気軽に手を振ってきたりはしない。

「吾のことなど知られず、気にかけられていないのが、よし」

藤原道長の存在が大きくなるほどに、影のように添う藤原保昌の輪郭も膨れるのはやむをえないとしても、できるだけ陰影は薄くしておきたかった。無名を心がけたが、

「武で冷やかされるくらいは仕方がない」

貴族ながら武名で名高い保昌が、浮き名で評判の女性を妻にすれば、不釣り合いな組み合わせとして口さがなく語られそうで、妻帯にあたっての気が重い一因となっている。とはいっても、物心ついてからは、なんとか気持ちを切り替えながら生きてきた。

「それとて、よきこともあろう」

童たちに右手で別れを告げ、ゆったりと人馬の揺れを合わせて川沿いを北に進むと、水量が減って川底から顔をのぞかせている石の頭を洗い、さらさらと流れる水面が、風紋に似た動きで陽光を反照して、馬上の保昌にまぶしく届いてくる。濃淡の光を抑えんと手をかざした上流の川辺では、水を求めて集いきた人々の姿が散見される。

柳の枝を手ではらいながら、木の周りを男から逃げては、また追いかけられるのを楽しんでいる若い女の嬌声がはじけ、遠くからでも軽やかに伝わってくる。楊柳《ようりゅう》の緑にまといつかれた娘の紅梅模様が、遠目には絹地のようにくっきりと映えて目を見張らせたのに、細い声が嬌声として近づいてくるにつれて、布地の色合いから梅とも映った鮮やかさが抜けてしまう。

「そうであろうよ」

街中での暮らしぶりがよくなっているとはいえ、普段着として絹は到底まとえない。それでも、雨の季節をひかえた水の流れに誘われるほどには、民の気持ちにゆとりが持てるようになっているのが見てとれる。

「道長様の世ならば、こそ」

満足はしながらも、

「なれど、よき世がどこまで続くのであろうか。よきことには、いつも限りがあった。悪しきはとどめにくく、繰り返されがちなものを」

普段はいたって無口な保昌が、愛馬にまたがると、それを埋め合わせるかに短く独《ひと》り言《ご》つ。首筋に腕を伸ばされた馬も、乗る者の手のひらで触れられると、たてがみを揺らし、嬉しさを表してみせる。

同類の貴族たちとのかかわりに馴染めなかった保昌にとって、馬上は、若い頃からもっとも心の休まる場所であった。野では、疾駆させれば風を受けてひと時なりとも惑いや愁いをはらえるし、ゆっくりと歩ませれば雑念をのびのびと遊ばせることもできた。馬は、感じれば首をもたげて気高くいななき、また謙虚に頭を下げ、時には頭をすり寄せて甘えてくる。愛でるほどになつき、裏切らず、黙って話に聞き入り、大きな目に悲喜を含ませ応えもする。

道長に従う保昌のように、愛馬は常に侍《はべ》っていてくれたから、都にあっても、（牛車など大丈夫には不似合いな乗り物）として避けてきた。

藤原保昌は、許されている牛車の乗用どころか位階も望まずにきたが、背伸びを無用としているのは、関白になりたがらない道長と通じるものであった。その理由も、仕え始めた当初から、それとなく分かり合っているから安心できる。

（実あれば、飾りなど無用）

ただ女性については、気楽さをなにより好む保昌と、思案が先立つ道長とは相違する。その保昌にしても今回は道長の思惑が分かっているだけに、気をつかわずにとはいかない。意思を働かせにくかったのは相手も同じであろうから、

「なんとか明るい気持ちで迎えてやらねば。左府様からの声がかりでは断れず、耳にしている恋愛沙汰の遍歴からしても、はるか年長の男との縁談に従うのは辛かったに違いない」

信濃を想起させたのが風景だけでないのをあらためて確かめていると、奥歯を噛みしめたくなる娘への追憶が、心を曇らせてくる。

「しばらく忘れられていたものを」

歳をとって、やり直しがきかないうえは、苦笑いして曇りを拭《ぬぐ》うしかない。とにかくも、これで気持ちを転じるだけだ。

「所詮は女子。まずは近くに、徐々に遠くにおき直すしかあるまい。和泉式部《いずみしきぶ》なる女子とてしかりであろうし、ほかにすべを知らぬ」

久しぶりに鴨川を右にして北へ進むと、都の域を越えて町が東へと膨らんできているのが一目瞭然である。湿地が多い西の右京から人々が移りくるようになって、街の東進はとどまるところを知らず、しっかりとした橋でも架かれば、川でせき止められている人の流れがさらなる勢いで、

「鴨川を越えていくかもしれない」

頬を撫でてゆく川風のにおいを浴びながら、ぼんやりとそんなことに考えをめぐらし、馬の歩むに任せていたら、三条の方まで行き過ぎているのに気づき、慌てて四条大路筋まで引き返して、西へと馬の鼻を立て直した。この大路をはさんで、南の綾小路《あやのこうじ》に合わせて北の小路名の変更があったので、

「急がぬが、あの辺りの昨今の様子はいかがか」

主人から保昌は命じられていた。

「急がぬ」というのは、むしろ早く知りたいという意の裏返しの言葉である。馴染みのない場所ではなかったから、わざわざ足を運ばずとも済むが、無駄なようでもとにかく確かめ直すから道長が信頼をおいているのも、従う者として胸に刻みつけてきた。

2　道長の平安京

政権の頂に立つ藤原道長にとって、都である平安京の繁栄こそ国の隆盛の証《あか》しであり、為政者としての自分の夢を重ね合わせていた。だから、常に都の隅々にまで目を光らせ、不穏な事態の予兆でも表れれば、小さな芽のうちに摘み取るのを心がけている。それとなく保昌に調べさせ、採否は別にして、まずは彼の忌憚《きたん》のない見解に耳を傾けてきた。公卿たちはごく一部の者を除いて、道長の顔色を窺《うかが》うだけであるから、意見を具申させ、相対しては彼らの見方に感心した表情を見せながらも、たいていは無視した。

（聞くだけは聞いてやらねば。不満をもぐらせぬように、な）

その平安京は、やや南北に長い方形の都である。

北の一条から南の九条へと東西に大路が並び、南北には都の正門である南端の羅城門《らじょうもん》から真っすぐ北に都を東西に分かつ幅広な朱雀《すざく》大路をはさんで、東の左京、西の右京のそれぞれに五本ずつの大路が走る。並行する大路の間を何本もの小路が抜け、整然と碁盤目に区切られた一千余の条坊には、天皇を囲む二百名ほどの皇族や貴族、その外周に十余万人の老若男女が居住していた。

人々の暮らしは多様な生き物たちも養っていて、人や荷駄を運ぶ牛馬が行きかうだけでなく、猫たちは餌を求めて家々に忍び込み、六条と七条に挟まれた東西の市《いち》付近には野良犬がたむろし、甍《いらか》の隙間に落ちこぼれた雑穀をついばむ小鳥たちが巣くっている。創建当初の官人《かんにん》たち中心の静かな生活は、民人《たみびと》の喧騒で徐々に破られ、それだけ活気立つ都に姿をあらためてきた。道長が政権を掌握する前から、人々は西の湿地帯を嫌い、生活の場を東に移してきて、左京では市のみならずいくつかの小路には日常商いをする店が並び、犬や猫がついてくるのを追いはらいながら、若狭《わかさ》の干魚や洛外から運んできた野菜など、食材を売り歩く商人たちも増えていた。それも南に下るほどに日々の生業《なりわい》が生々しく臭《にお》いたち、崩れるのを互いに支えあっているくすんだ苫屋《とまや》も混在している街並みの、人や生き物から放たれる熱気に、並の貴族ならむせかえってしまう。もっともそんなところには、はなから近づこうともしない彼らの関心は、ひたすら北しかない。

対極にある朱雀大路の北辺、四方を築地《ついじ》に囲まれた一帯が宮城である。天皇が住まう禁裏《きんり》を守るように、平安京の中枢機能が集まる大内裏《だいだいり》で、八十条坊ほどの広大な敷地には、官庁の建物が緑に浮かんで林立している。

「いかにも煩瑣《はんさ》な」

大内裏に深く出入りする機会が、常に待ち受けている保昌には、繁文縟礼《はんぶんじょくれい》だけでなく、唐土のしきたりに従う建物群の配置もややこしい。

「官人たちの生活は、律や令の煩わしさで成り立っているのだから、彼らにとっては複雑こそよし、というより必須のもの」

宮城の正門として都中を観望している朱雀門をくぐり、内に控える応天門を過ぎると、青龍《せいりゅう》、白虎《びゃっこ》の二楼が守る、朝廷の正殿である大極殿《だいごくでん》の威容が目に入る。奥への出入りを好む貴族たちとは違って、特段の儀式でもあってやむをえない場合を除き、保昌はできるだけ近づかないようにはしている。

大極殿前面の朝庭《ちょうてい》には、中央正庁としての八省院《はっしょういん》の建物が東西に整列しており、保昌とてこちらには係わりある役所もあるから、朱雀門や応天門はしばしばくぐり、両門には親しんでいた。

藤原保昌が道長の命に応えて、鴨川沿いに馬を歩ませる数日前のこと。

門鼓《もんこ》が打たれて開門する早朝には、出仕する人々の動きが繁くあっても、また退庁する者が集中する正午前後のひと時を除き、常にはゆったりと時が流れているこの静かな一帯の空気が、崩れるように動きだした。

「左府様が、間もなく、こちらへお渡りになられます」

そのざわつきをぬうように、若い使部《つかいべ》が、今日の朝議を奉行《ぶぎょう》していた左大臣の来臨を、急ぎ足で伝えてきた。

しばらくして右大臣や大納言、中納言から参議など国政に携わる二十名ほどの公卿のうち、物忌《ものい》みや病で会議に欠席していた者たちを除く十四、五人が職務から解放されて、朝庭をぞろぞろと応天門に向かって南へゆっくりと、帰路につく気配が伝わってくる。主人が現れるのを待ちくたびれたのか、朱雀門の近くからは、牛車を外された牛の鳴き声がのんびりと聞こえてきた。それを叱りつけるかのように、走りくる者の足音が近づいてきて、とにかくはと急ぎ伝え歩く。

「間もなくお見えになられますぞ」

急がぬ様子が分かっている牛飼《うしかい》たちは、慌てるふうでもなく牛を御し始める。腕を高く伸ばし欠伸《あくび》しながら歩いている姿を思い浮かべたくなるような、のどかな雑談まじりの外の雰囲気とは異なり、八省院の中でもっとも奥まって、大臣たちの執務や控えのために設《しつら》えられた建物である東第一堂には、緊張が走った。中央に黒壇《こくたん》の卓や椅子が配置された唐仕様ながら、装飾は控えられた一室。一斉に起立した者たちの間からは、しわぶきの音も聞こえてこず、明かりとりから差し込んでくる外光まで、揺らめくのを遠慮しているかのようである。

桐をくり抜いた浅沓《あさぐつ》の乾いた音が近づき、顎髭《あごひげ》をたくわえた濃紫の装束の藤原道長が奥まった一室に姿を現すと、迎え入れるだけで座を離れる者たちは、あらためて頭を深く下げ直し、音もなく部屋から退出する。彼が両手で肘かけをわずかに持ちあげ、椅子を前にひきつけ着座するのを確かめて、観音開きの扉が左右まったく同じ速さで、外から静かに閉じられた。

右手に握られていた檜扇《ひおうぎ》が卓上に置かれ、椅子を勧める手の動きに腰を折ってから、緋色をまとった二人の男がそろりと座った。

「気楽にな」

いつもどおりの言葉に低頭し、鷹揚に応じた相手に昨今の市井の様子を語り始めた。

あまり変わりばえがせず、睡魔に襲われそうになってしまったので、右の握りこぶしを口に運び、軽く咳ばんでみせた。

「分かった。なにも変わりがないのはなにより。これまでとしよう」

道長が広げた左手を前にだし、続きを制するのを待っていたかのように、

「まことに些事《さじ》ながら、町名の変更が一件ございました」

時を費やすのが作法と心得ているのか、面白い話は大抵最後につけ足されるのには馴れている。要点だけを簡潔にとは常々思っているが、それを言葉にしてしまえばなにも出てこないのも思案のうち。

「ほう」

首を動かし興味を示してやると、ようやく聞きたい話を語り出す。

「具足《ぐそく》小路が、錦《にしき》小路へと改められました」

「なにゆえかな」

受けたくなかった質問に、説明を省けないものかと、民部太夫たちが困った表情を見交わした。民部《みんぶ》省は租税を扱っているだけに、都の俗事にも通じているので、雑談まじりに市中の有様を時おり報告させていた。民部省の実務の高官である彼らとて、朝廷を掌握しきっている人物の面前だけに、公的な上申でないとはいえ的外れなことは言えないし、下品な言葉も使いたくはない。その上この左大臣は、日頃から都の内外で起きる出来事に関心を示し、八条や九条あたりの公家社会と直接には係わりのない事象にも、大臣たちの中でもっとも通じていて、彼らからしたらまことにつまらぬ街中の通俗話にも幼い頃から興味を示していたようで、にわか仕込みの情報や曖昧な話しぶりで満足させられる相手ではない。

「いかがした。構わぬから続けよ」

頤《おとがい》を軽く上げて促した。

「つい急《せ》いて、具足小路を、糞《くそ》小路と呼びならわされているのが咎められ、四条大路を挟んだ南隣の綾小路にならって、名づけられたそうでございます」

観念した一人が早口で、それでも正直に督促に応じたものの、道長の不審げな表情に接して、冷や汗が浮かんできた。

「下卑たことを申し上げてしまいました。お許しください」

「糞か。糞なあ」

彼は思わず吹き出してしまった。

「具足は糞か。武具が嫌われているのであろう。これからあの通りでは、錦の商いが盛んになるかもしれぬのう」

気さくな表情であたりも柔らかいが、右大臣以下すべての貴族や官人の人事権を握っているのは誰もが知っているところ。太政大臣どころか関白の任免さえもその腹中にあり、両職が空席となってはや十数年となるのが、左大臣である藤原道長の意向によるのは常識であった。宮仕えする者としては、彼の胸三寸のうちに良い印象を残しておきたいのはやまやま。

ほっとした表情を浮かべた男たちが、慌てて追従《ついしょう》した。

「いつもながらとはいえ、左府様のご賢察には恐れ入るばかりでございます」

京の行政を担務する京職《きょうしき》のうち、衰退が止まらない右京と違って、条坊の外縁の一部をかすめて平安京の東を流れる鴨川付近まで活況を呈している左京の京職に命じられての改名で、公の措置ながら、左大臣の彼のところまで伺い出はなかった。

「京師《けいし》は、武を厭《いと》うそうじゃ。確かに、都に武威は不似合い」

道長は感心した様子ぶりの二人からつまらなそうに視線を外すと、椅子を後ろに引き、扇に手を伸ばして重そうに腰をあげた。わずかな物音も聞きのがすまいとして外で控えていた者たちが、椅子が動いた気配に応じて、扉を両翼にゆっくりと開けた。

藤原道長の言葉のとおり、前時代の平城京とくらべるまでもなく、平安京ではごくごく初期を除いて政争では血が流れていない。

飛鳥《あすか》に都が生まれてからのほぼ二百年間、難波《なにわ》や大津《おおつ》等への短い遷都はあったものの、都はおおむね奈良盆地の中で移動し、平城京に至った。ところが、平城京は表の顔と裏の姿がまったく異なる都であり、匂うがごときとうたわれた天平文化を表地とすれば、権力の争奪をめぐる裏地は、ほころびを縫い合わせられないまでに混迷を極めたのである。藤原氏がらみの政権をめぐる争いや氏族間の相克が多発し、ついには女帝が多かった天武《てんむ》天皇（四十代）の色濃い皇統が絶えるのを待っていたかのように、天智《てんじ》天皇（三十八代）直系の男子に帝位が移っていく。

天智帝の曾孫にあたる桓武《かんむ》天皇（五十代）が国の気運を一新しようとして、奈良からしがらみのない山城《やましろ》国への遷都を企図するも、旧勢力はこれを嫌い、長岡京、続く平安京建設のなかで多くの血が流された。それでも、この歴史の移ろいにあがくがごとき抵抗を退けて、平城京から朝廷は去った。

平安京でも政争は絶えていないが、表立って武力をぶつけあうことは、遷都後あまり時をおかずしてなくなり、大きな政敵をつぶすにはひそかに呪詛《じゅそ》して相手の威勢を削ぐか、事件をでっち上げて誣告《ぶこく》で濡れ衣を着せるかの選択に向かう。ただし、これらの謀略は相手に怨みを抱かせ、怨霊の反撃を覚悟しなければならなかった。

道長の家系は常に争いの中心にあり、保昌は傍系であったが、二人ともに若い日の経験から武には拱手《きょうしゅ》し、呪いの祈禱や冤罪の捏造《ねつぞう》も遠ざけた。藤原道長が政敵を除いて朝堂の首座に就き、平安な時代を演出できた所以《ゆえん》でもある。平安遷都から二百年ほどの時が流れた後のことで、政権内で大きな内輪もめさえもない時代が、百年余りも続く。

その道筋の端緒となった、若き道長、南都奈良への一日半の旅があった。

二　藤原道長

1　旅の風景

南風が、空一面に薄く広がった雲を、ゆっくりゆっくりと北へ押し流し、湿潤を含んだ軽い流れが馬群を洗い、馬上の青年たちの頬をかすめて、汗を心地よく拭いさっていく。黄や薄紅、淡い赤紫の小さな花だけを点在させた初夏の緑に、烏帽子《えぼし》をかぶった六騎の狩衣《かりぎぬ》姿がしみ込んで、駈けるでもなく上下に揺れながら進む、のんびりした動きから生まれる蹄《ひづめ》の音は、道の両側に広がっている草むらに消えてしまう。隊列の中ごろで、浅緑の華やかな装束姿の若者が、時おり、後ろに続く者に草木の名前など道端の諸事を問いかけては、困らせている。

「お訊ねのむきは、日ごろ、あまりにも親しみなきもの」

「だから、聞いているのではないか。耳や目を休めるのは、老いてからでよい」

慌てて仲間たちに問うて、

「紅は、桜草と称する花だそうです」

「黄や紫はいかん」

「雑草が咲かせた花であり、よって名などないと」

「名もない花などあるものか。なんと情けの薄い答えか」

それでも、明るい気分の歩みが続き、京を発って南へ六、七里、宇治《うじ》を過ぎて木津《きづ》には未だ至らぬ川沿いで、藤原道長が声をかけた。

「そろそろ腹ごしらえとしよう」

道長の一言で男たちは馬から下りると、厚手の麻布が貼られた床几《しょうぎ》に道長を誘《いざな》い、若い主人を囲むように、鹿の毛皮をなめした一尺四方ほどの敷物を円坐に敷いて、腰をおろした。

篠竹で編んだ大ぶりの弁当籠《かご》が二つ、振り分けられた馬の背から下ろされ、蓋《ふた》を外すと、笹の葉に幾重にもくるまれた屯食《とんじき》が姿を現した。はるか両手に余る大きさの、蒸された餅米の塊を、竹の杓子《しゃくし》を使って笹の葉に器用に取り分け、まず道長に手渡された。供の者たちの動きをもの珍しそうに眺めながら、差し出された緑の器に手を伸ばした。

「成程な。草枕の旅なれば、葉に盛って食事をとるのが、いにしえからの倣いというものか」

納得した面持ちで、誰に語りかけるでもなく漏らした。

初めて目にしたものすべてに関心を示す眼差しが、手渡された笹に向けられ、薄く胡麻塩が振られた飯が全員に行きとどいたのを確かめ、少年が竹箸でつついて小さな塊を口に運ぶと、供の者たちも準じた。

「笹の香りと風景で味つけられている」

このところ気の晴れぬことが多く、ふさぎがちであった若い主人が、長めの眉を動かし目じりを下げた。

「このような粗末なものしか食していただけませず」

道長は続きを手で制して首を振った。

「久しぶりの美味い飯に堪能した。これも、京にいては味わえぬ旅の楽しみかもしれぬ」

本音である。軽い空腹も手伝って、あっというまに胃におさまってしまった。

「ここまでくれば奈良はさほど遠くはございません。氏神を祀《まつ》る御社《おやしろ》も氏寺も、ご参詣を待ちかねていましょう」

「左様。そちらも楽しみ」

立ち上がり、竹筒の水で喉をうるおすと、供の者もにやりと促して、近くの藪《やぶ》に向けて一斉に放尿した。

「さあ、参ろうか」

身をあらため、気持ちを引き締めるかに声をかけると、鐙《あぶみ》に足をかけた。

平安、平城の両都を結ぶ官道にもかかわらず、京の都から離れるほどに人影は少なくなってきて、奈良に近づき、平城京に都があった時代には海外からの文物も届く川の港だったという木津にも、繁栄の名残は探れなかった。木材の積み下ろしに携わる水手《かこ》たちの、水面をわたる歌声や掛け声だけが、久しぶりに人々の営みの息吹を届けてくるだけである。それでも、ゆるやかに下りゆく川の流れに抗して、重たげな動きで上流に進んでいく船も少なくない。わずか数年の間に内裏の焼亡が重なり、再建の資材が各地から集められていた。

「やはり京に向かうのであろう」

少年とはいえ道長には、貴族の端に列しられてから、耳に届く風聞が増えてきた。出火の原因が明らかにされないままに、よからぬ憶測が流布して、民心のみならず朝廷の動揺もおさまっていない。ある者は怨霊を語り、わけ知り顔の者たちは、先年に世を去った伯父と父との葛藤にまで原因を探った。

(兄弟だというのに、なぜそこまでの争いとなったのか。父は役職の一部まで取り上げられ、いまだ辛い立場におかれたまま)

兄の関白は、実の弟に関白の座が渡らぬために、死期迫る重症の床から起きだし、気力をふるって最後の除目《じもく》を行うべく参内して、年長の従兄に関白を譲る人事を断行した。死を控えた兄を見舞うでもなく、後継への方策を探る露骨な姿勢に激怒し、道長の父でもある弟の職の一部を解く措置までしたうえで、間もなくこの世を去っていった。

木津から馬を歩ませているうちに、南都とされている都の姿を俯瞰しておこうと思いたち、平城京に遷都した元明天皇（四十三代）、元正天皇（四十四代）、二人の女帝の御陵の南からやや大回りして東の丘陵を登り、馬上のまま、首筋に薄く浮いた汗に、たたんで手渡された麻布をあてた。

北東の丘陵から望んだ奈良は、先の都であったのを忘れさせるほど条坊が濃い緑に埋まっていた。見下ろす遠方に、朱雀大路だったと思われる一筋が南北に走っているのが、なんとか確かめられる。内裏は北の端に位置し、南に延びた道のずっと先で羅城門が周囲を睥睨《へいげい》していたに違いない。

盛りの頃には遣唐使が海を渡り、また唐からの往来も今よりはるかに繁く、玄界灘を渡ってきたなかの少なからぬ者たちは、九州の鴻臚館《こうろかん》や大宰府に留《とど》まらず、平城京まで旅程を延ばしてきた。長安城を見慣れた彼らも、東の海を越えた先で待っていた島国の想定していなかった大門と都城の繁栄には驚嘆し、国力の威勢に一目置かざるをえなく、朝貢が無用の外交を維持できたと道長は教わった。

「見てみたかったな。平安京とは異なり、異土の文化の香り高かったという平城京の活況を」

眼下に広がる風景から、文物を通じて憧れた往時の賑《にぎ》わいが、まったく思い浮かべられないのを惜しんだ。

「遠き地から、〝青丹よし奈良の都〟と望郷された平城京も、かくなるのか」

背の高さを競う大木の葉に隠れながらも、いくつもの伽藍《がらん》の群がりが、いやでも目に飛び込んでくる。奈良の生まれという供の平群真臣《へぐりまさおみ》が、馬を近づけてきた。

「手前の若草山の山裾に東大寺、その先には興福寺がご覧いただけます。遠く西に西大寺と薬師寺もお目に入るかと。さすがに斑鳩《いかるが》は離れておりますので、ここから法隆寺をご覧いただけないのが残念でございます」

本当に惜しそうに、南西の彼方を指さした。南都六宗、南都七大寺と耳にはしていたが、実際に足を運んでみると、大寺院が盤踞《ばんきょ》して世事を圧倒している様子が一目瞭然で、目立つ建物といえば寺院しかない。

「寺、寺、寺ばかりじゃのう」

「いえ、春日の御社があちらに」

頓珍漢《とんちんかん》な答えが返ってきた。確かに東大寺に並んで、小山に抱かれた春日大社が望観できる。

丘を登ってきた馬たちをしばらく休ませてから、雨滴をはらんだ雲の重さに追われるように急ぎ坂を下った。鉛色の空が地上の音を吸い込んでしまうのか、蹄の音もすぐに消えていき、一行の動きを探るように、林の狭間に姿をみせる鹿も、音を発せず再び緑陰に染まってしまう。

京の都ほどではないのは分かっていたが、平城京の賑わいの余韻を味わえるかと楽しみにしてきただけに、失望感を拭いきれない。

「南都というにこのようなものか」

後ろを振り向き真臣に尋ねても、

「帝がこの地を去られて、すでに二百年になりましょうから」


この正月、藤原道長は従五位下に叙されていた。

一位から八位、さらに少初位《しょそい》まで、全国で一万数千人にのぼる公職にある者たちには、三十の位階のいずれかが与えられている。五位より上の二百人ほどが貴族であり、多くの者にとって高嶺の花となっていて、六位以下の官人からすれば、憧れ、生涯をかけて目指したい位階。老いて五位の朱色の衣を初めて身にまとい、感涙にむせぶ者もいるほどの高位であった。

藤原一族の中核系譜に連なるというだけで、小国ならば国司も望める立場に、十四歳の道長は立った。彼にとっては元服に合わせての叙位である。三位以上で二十人程度の公卿に列するのも夢ではない出世の階段の第一歩を、高揚した気分で踏みだした。

ところが、末子《ばっし》の晴れ姿を確かめて安堵したかのように、翌月には彼を慈しんでくれた母がこの世を去ってしまい、喜びが一転、葬礼から続いた喪には深い悲しみをもって臨んだ。

「道長は未だ子どもじゃのう」

同じ母のもとに生まれながら五歳上の兄はからかうだけで、十三歳も違う長兄にはすでに嫡男もいるから、弟とはいえ道長の嘆きなど気にもならない。すぐ上の姉で円融《えんゆう》天皇（六十四代）の女御《にょうご》となっていた詮子《あきこ》とだけ嘆きあい、涙をこらえた。

その仲よしの姉が、道長に興福寺参詣を勧めてきたのである。

「藤原一族の氏寺である興福寺に参られよ。兄上たちは進んで南都に足を運ぶ姿勢をみせていないが、奈良は吾が藤原一族の育った地。祖霊を敬い、来し方を通観してこそ、拠って立つところが分かり、いかがすべきかが見えてくるというもの」

十年ほど前から、母に伴われて詮子と道長は、父である藤原兼家《かねいえ》の東三条第《ひがしさんじょうてい》に移り暮らしていて、詮子は十六歳の時にこの邸から円融天皇のもとに入内《じゅだい》していた。彼女は、父の不遇な状況のなかで母の死に会い、与えられた位階にも手放しで喜べない事情がすぐに生じて、暗い表情をみせがちな弟の気分転換になればとの思いから、大和路への旅に送り出した。

詮子にとって弟は、母とともに心許せる数少ない家族であった。父の兼家は一家の上に立っていて重く、長兄の道隆《みちたか》は歳も離れていたせいか煙たい。八歳年長の姉は円融天皇の兄である冷泉《れいぜい》天皇（六十三代）の女御になって、甘えられる機会を失ってしまったうえに、冷泉帝は姉が嫁した翌年には譲位して、彼女はあまり幸せそうでないから近づきにくい。すぐ上の道兼《みちかね》兄は、顔つきが怖いうえに乱暴なところがあり、次兄の道綱《みちつな》は母が違うから馴染みもない。兄弟の中で四歳下の道長だけが、よちよち歩きの日々には玩具のごとき遊び相手であり、今は気のおけない唯一の話し相手となっていた。

詮子は、姉が嫁した冷泉帝退位の後には、一家の期待が一身に大きくのしかかっているのを、自覚せざるをえなくなる。兼家が政権の頂点に立ち損ねて、いったんは閉ざされた扉をこじ開け、再び光を手に入れるのが、彼女に託された役割となった。

(私がしっかりして、柱となって支えなければ)

しかし入内はしたものの、父親の立場が反映されてしまい、後宮における彼女は明らかに劣勢にあった。

(帝の御子を授かりさえすれば。東宮となる親王を早く産みたい)

誰の言葉を待つまでもなく、しっかりと心の深きところに畳みこんでいる願いである。女ならばこそ、形勢を一挙に転じうるのだ。

入内する前から緊張と覚悟を強いられてきた詮子にとって、ひたすら愛情を注げる道長は、母性がゆすられる張り合いになっていて、注意されても叱られても慕ってくる弟が可愛くてならず、癒やされてもいた。道長もそれは分かっていて、詮子はただの姉にはとどまらない。彼が好んだ弓術や馬術の修練を除いて、詮子は学問のみならず礼儀作法にいたる身近な教師であり、弟として、敬愛する姉の教えに応えようと努めてきていた。

なれど実のところ、活発な彼は机上の学びが好きではなく、引っ越してきた当初は、大きな池のある庭を走り回り、下僕や下働きの女たちが住む小屋を覗きこんでは姉に叱られている。

「あの者たちに迷惑なのが分かりませんか。主人一家に知られたくない生活もあるのですよ」

なにせ東三条第は、条坊を二つ占める広壮な大邸宅であるから、幼い冒険心に、大人しくしていろというのが無理である。侍女たち相手の鬼遊びで、寝殿の周縁にめぐらされた簀子《すのこ》の下に隠れ、見つからないままにうたた寝をしてしまい、池に落ちたのではないかと大騒ぎになったこともあった。いくつになっても、小難しい文字の羅列を音読していると、あくびが出てしまい、漢字の手習いをするより、姉に言わせれば無用でしかない、家人《けにん》の話に耳を傾ける方が余程面白かった。あまりに身分が違いすぎるから、彼らも少年の挙動を気にもせず、逆に好奇心を示してきた。時には求めに応じて、流行りの俗謡まで聞かせてくれたが、これも姉の怒りをかっている。さらに、

「またそのようなものを」

姉から渡された、唐土の詩文集である『白氏文集《はくしもんじゅう》』は嫌々目を通すだけだが、道長が生まれた頃に著された『口遊《くちずさみ》』なる雑学書には目が輝く。面白おかしい話が沢山載っていて、しかも韻律《いんりつ》軽やかに口をつき、頭に入りやすい。姉の目を盗むように、寝転びながら読んでは、世事の知識をふやしていた。長い橋の名前や算術の九九だって、この書物で覚えたもの。

「雲太《うんた》、和二《わに》、京三《きょうさん》というのだそうです」

大きな建物も列挙してあり、なかでも三番目に指折られている平安京の大極殿の巨大さを知っているだけに、この都の大廈《たいか》よりはるかに高くて壮大だという、出雲大社の本殿は見てみたかった。こちらは、もともと貴族の子弟向けに編纂されたものであり、姉に叱られるようなものではなかったが、彼女の視野には入っていない。

「不要とまでは言いませんが、知らなくても構わない知識です。そもそも出雲のお社に鎮座されているのは」

「分かりました、分かりました。皇孫御降臨も大国主命との関係も学んでまいりました。『長《ちょう》恨歌《ごんか》』も忘れておりませんから」

「道長どのは、もう」

叱りながらも吹き出してしまう。

(白楽天と言われても、なんの親しみもわかない。つまらないだけだ)

振り向き、隠れて舌を出したいところ。貴族の素養として求められていたとはいえ、少年の道長にとって、遠い異国の詩文などどうでもよかった。

「管弦の宴で華となれと言っているのではありませんよ。和歌を巧みに詠《よ》めなくとも、並に応じられればよいのです。ではありますが、漢文をと求められて恥をかくようでは困ります。外《と》つ国《くに》から伝わってきた文書には、人々の知恵や思いが集積していますから、政事《まつりごと》に携わる者には必須な素養なのです。下位の者なら知っているというだけでよいのでしょうが、道長どのに求められているのは、通常の知識ではありません。この国には科挙《かきょ》の試験がないだけ」

弟の愛嬌を愛でているから、抑えつけたくはない。一族の歩みも、「道長どのこれだけは」と、明るい史実を連ねて姉が教えてくれた。

父の兼家や兄たちの関心は別のところにあったようで、先祖たちの話など彼らから耳にした記憶はない。そもそも道長は、父親の意識のなかで、素養修得を強く求める対象の埒外《らちがい》におかれていた。皇位にかかわれるような公卿にとって、男子は嗣子の候補として丈夫な一人、二人はほしいとして、むしろ娘が大勢なのを願うところ。藤原兼家にとっても、詮子は末子の道長とは違う。幼いころから娘の入内を目論んでいた兼家にとって、彼女は別扱いであり、幾人もの教師をつけていた。彼らから学んだ知識や教養を、彼女は弟に伝え、直接教えを受ける機会もつくった。

「興福寺だけでなく、われらが氏神として奉祀《ほうし》申しあげる春日大社に詣でて、私の安産を祈ってきてもらえませぬか。重ねられている公の祈願に併せて、私の願いや祈りを直に運んでほしいのです。身重で動きがとれない私の代わりを託せるのは、道長どのだけ」

十八歳の詮子は御子を宿して出産を控えていたものの、同じ年に入内した、時の関白の娘がいたので、後宮内で安定した立場にはなく、落ち着かない状況から脱するために、第一皇子の誕生を神仏に祈っていた。御産のため東三条第に戻ってからは、気遣い無用の身内である道長になにくれとなく声をかけ、話し相手をさせて気をはらしているなかで春日大社への代参も思いつき、奈良への旅を是非にとの願いとした。

途中で休憩をはさみながら来たとはいえ、これほど長く馬にまたがってというのは初めてである。乗馬好きの道長にしてさえ、鞍《くら》にこすられて太腿の内側が痺れ、痛みに変わる頃になって、他の寺院を圧する東大寺の大伽藍が行く手を遮った。数十年前に西塔は焼失してしまっていたものの、無事に残った東の七重塔が雲をついていて、近づくほどに相輪が天に向かって伸びていく。

参道には、墨や筆といった文具、あるいは仏具を扱っているとおぼしき商家が軒を連ね、民家も遠慮がちにその隙間に割り込んでいる。眺望したばかりの、木々に潜んでいるだけの町筋との予想を裏切り、平安京と較べればゆるゆるとした動きながら、少なからぬ人々の往来があった。道案内の平群真臣が視線を斜めに見おろした先には、麻の地味な布地をまといながら、ともに帯だけはほんのり赤みもにじむ菖蒲《あやめ》を散らした若い女性が二人、口に手をあて笑顔を交わしていた。華やぎもわずかに残り、都であろうとなかろうと、この地では、文化をまとわせた生活の営みが、古来続いてきたのが伝わってくる。これが道長の軽口につながった。

「どうした、知り合いの娘でも目にしたのか」

からかわれて、真臣が後頭部に手をやると、仲間たちの冷やかす声が馬上をめぐった。

参道をゆっくりと進むと、南大門の外で黒つるばみ色の法衣《ほうえ》をまとった二人の僧体が待っていて、修行中と思われる若い僧を伴った年配の方が声をかけてくる。

「突然のお越し、案内に粗相《そそう》があるのはお許し願いたい」

馬を下りて近づいてきた道長たちに、合掌して軽く頭を垂れたものの、たいして済まなさそうな様子もみせず、くるりと背を向けて歩きだした。興福寺には宿坊の手配もあり、予め供物を届けてあったが、東大寺は不意に思いついた道長が、途中から供の者を先に走らせて参拝の思いを知らせたにすぎないから、寺側にしても特段の配慮は無用であり、礼を失しない程度が妥当であろうと判断した。実際に出迎え、藤原道長のおっとりとした挙措に接して、苦労なく育ち、親の七光で相応の昇進が見込める子どもと受けとめた。壮年の僧が自分に向けている視線が冷ややかに感じられ、初めて位階を得た気負いや自負があるだけに、東大寺に立ち寄ったのを道長は少し悔やんだ。

(せっかくの機会だから、大和二郎と称される建物を見ておきたかったし、中に鎮座する大仏は是非拝したい。案内僧などどうでもよい)

境内の玉石を踏みしめ、大仏殿に至る短い間に、霧雨が細い筋をひき始めたものの、甍を映しているのか、見上げた空は緑青《ろくしょう》に染まってなおも明るく、幾分か少年を和《なご》ませてくれる。

案内する寺僧に続いて、大仏殿の入り口で拝礼して薄暗い建物に入ると、大仏像が迫ってきた。大仏がまとっていた金箔は、暗がりに染まるほどにくすんできており、落剥が進んで現れた銅地が灯明の薄明かりを吸いこんでいた。黄金を鈍色《にびいろ》に変えつつある仏身こそ、過ぎた時の流れの中で身を削って、祈る者の願いを聞き、伏す者の悲しみを受け止めてきた姿であり、道長の勤求《ごんぐ》にも応えるように、仏の声が身体の中にしみてくる。

「よく来たな。待っていた」

心底を揺るがす響きは穏やかで、静かに消えてゆく。

「いずれこの手のひらに乗せ、阿弥陀のもとへ連れていってやろう」

道長とて、心に届いてくる声が、彼自身の願いが生んだ錯覚であるのは認識しつつも、半眼に浮かんだ笑みが分別を解いた。

「かくも大きいとは」

仰ぎ見ていてどれほどの時が経ったのか気にもならぬままに、あらためて目を閉じ、深く息を吐いてから掌を合わせた。僧たちも供の者たちも、彼が合掌を解くのを静かに待っていた。

「毘盧遮那仏《びるしゃなぶつ》は宇宙そのもの。無限に広大にして、形にあらずです」

つい漏らした道長の一言を、像の大きさに少年が感動したものと勘違いしたようで、僧は勿《もっ》体《たい》ぶった小声で応じた。

「宜しいでしょうか」

外界との境であらためて深く低頭し、大仏殿を後にした。

「まことにお心がこもったご参拝」

僧侶が、初めて笑顔をみせた。道長が気づかなかっただけで、思わぬほど長く大仏を拝していたようで、雨があがり、明るい靄《もや》も薄い陽射しに掃われつつあった。

「またお越しください。毘盧遮那仏もお待ちしておりましょう」

南大門で見送る僧たちが、出迎えた時とは異なって丁寧に頭を下げた。

春日大社には参詣の趣意を内々に伝えておいただけであったが、大仰になる宮司ではなく、権《ごんの》宮司が迎え入れ、余計な言葉を口にはせずに付き添ってくれた。詮子の皇子誕生を念願する藤原兼家からの祈願要請と手厚い寄進とが繰りかえされていたなかで、実弟による代参が、ひそかな詮子の直の祈請《きしょう》であるのを理解しているのがみてとれる。

「さすが、吾らが氏神をお祀りする御社」

大社の大鳥居を背にして、再び東大寺の東塔を右手に仰ぎながら進むと、藤原家の氏寺が待っていた。興福寺は彼らがいつ到着するかは不明であったため、寺門に出迎えはなかった。馬から下りて南大門をくぐり、中門を抜けると、正面の中金堂を中心にして左手に西金堂、右に東金堂を配した壮大な伽藍が一行を迎え入れる。

「吾が父祖の地に戻った感がある。長きにわたり先祖たちが積み重ねてきた功徳が、伝わってくる」

足元の土さえも懐かしく思われ、道長は気持ちが高ぶってきた。

「いかにも、そのとおりにございます」

興福寺を初めて訪れた供の和田是業《これなり》も、感激の面持ちを隠さない。

「我らが寺、か」

東金堂の南に位置する五重塔を仰ぎながら、本坊に向かうところで、数人の僧が急ぎ足で近づいてきた。

「お待ちいたしておりました」

「ようやく参拝の機会をえて、喜びにたえません。何卒よしなに」

「関白様のご盛栄、祝着至極に存じ上げます」

主従が顔を見合わせたのに、僧たちは不審げな表情を浮かべ、

「関白様のご嫡子、と」

疑問をそのまま口にした。不意に冷水を浴びせられた思いで、道長は思わず言葉を失った。

和田是業が寺側の勘違いを正すと、たちまち興福寺の応接態度が微妙に変わったように道長主

従には感じられてしまった。出迎えた僧たちの粗忽《そこつ》な勘違いにすぎず、応対になんら変わるものはなかったものの、彼らがそのようには受けとめられない。

（折る腰の深さまで変えている）

関白に言及したことで身構えられてしまったのに僧たちは気づかないし、そもそも関白であろうと右大臣であろうと、藤原北家が寺の大檀那《おおだんな》であるのに変わりはなく、扱いを違えろといわれても、むしろ困ってしまうところ。しかし関白の二文字に過敏になっている道長に、それは伝わらない。愛想笑いが消えたのはよいとして、

（慇懃《いんぎん》無礼《ぶれい》。むしろ慇懃なだけに無礼がいや増す）

休息を取る間もなく、すぐに境内の案内を始めたのも、いかにもおざなりに済まそうとしているようにしか思えず、各建物、諸仏の説明には寄進した先祖たちの名前が次々に登場してくるだけに、道長は怒りがましてくる。

（今あるのは、誰のお陰か）

氏長者《うじのちょうじゃ》になる道は閉ざされたかもしれぬが、藤原氏主流で右大臣の職にある顕官《けんかん》の子息に対する氏寺の冷遇と怒りを抑えきれないでいる従者たちを、道長は首を振ってなだめた。主人が関白への道を閉ざされて以来、仕える者たちの間にも鬱屈した気分が漂っていて、過敏になっているのは道長とて同じであるが、同調するわけにもいかない。

辛抱はしたが、和田是業の耳に口を寄せ、確かめはした。

「公任《きんとう》殿なら、寺はいかが応対したのであろうか」

関白の長子である藤原公任は同じ年の生まれであり、叙任には道長より一か月半ほど遅れたものの、元服とともに二階級上の正五位下に叙せられ、彼には認められなかった昇殿も併せて許された。

(吾が行く手には壁がある。歩を進めても壁も動く。いつまでもどこまでもか)

世に出た途端に苦い肝を舐めさせられ、身を縮ませている少年の姿であった。

「口惜しいかぎりでございます」

是業が正直すぎる呟きを漏らしたのに応じて、口元を崩してみせたものの、すぐに痛いほど奥歯を噛みしめ直した。

(氏寺の者たちまで吾を侮るか)

興福寺としては、大湯屋《おおゆや》で沸かされた湯でわざわざ蒸し風呂を用意したうえに、寺の食事としては香の物や胡麻塩を添えた常なる粥飯に、味付けした煮野菜などを加えた夕食を供し、南客殿の一隅を寝所《しんじょ》とするなど、しかるべき対応をとっている。寺にしてみたら、不満を持たれるのは慮外のこと。

「関白様のご嫡子」の一言は、確かに軽率であったかもしれないが、彼らをそこまで傷つけたとは、ゆめにも考えていない。

（高僧への挨拶もかなわなかった）

少年には、気難しい相手との面談は避けたほうがよかろうとの寺の心配りも、春日大社とは異なり、道長には通じていない。道長は横になり、供たちのいびきを耳にしながらも容易に眠られずに、闇の先を見据えたままで時を過ごした。

南都行きを通じて、自分たち一家がおかれている状況を、道長は、傷ついた心で痛覚してしまったのである。たとえ姉が第一皇子を産んだとしても、関白の娘にも皇子が産まれたなら、考えたくもない無情な事態とてなくはない。

（やはり力か。ならば奪い返さねばならない。父上とても、いったんは失っただけ）

わずかな行き違いで、漠然と崇敬していた奈良の大寺院、ことに氏寺に対する不信感が道長に生まれたのは、興福寺にとって不運であった。

（世事に振り回されているだけの、つまらぬ者たちばかり。平城京から平安京への遷都はやはり正しかった。この奈良に都がおかれたままでいたならば、あの者たちにかき乱され、朝政さえままならなかったに違いない）

羅城門をはさんで、官寺として東寺と西寺のみを平安京の南端に配した、先祖たちの叡知に感服した。

翌朝、奈良は小雨の中にあった。道長たちは僧侶たちより早く起き、食事も求めず、薄暗いうちに興福寺を後にした。寺の待遇は別段冷たいものではなかったにもかかわらず、傷ついた道長の記憶に不愉快な諸事が刻みこまれてしまう。

「粥をすすられるだけでも」

「無用」

少年の毅然とした態度に、走り寄ってきた応対役の寺僧は、彼らが不快な思いを抱いたのは分かっても、それがなにゆえであるか察しがつかず、いずれ肝を冷やす事態が待っていようとは予想していない。

馬を駆けさせ平安京に近づくにつれて、雨が上がり、長岡京の跡を通り過ぎる頃には、陽射しが馬のたてがみを洗うまでに天気が回復してきた。東寺と西寺の五重塔を左右に仰ぎながら羅城門をくぐる際に、人々が門の周辺にたむろしているのに気がついた。

「羅城門の修復に当たる者たちなのか」

遷都とともに建造されて間もなく倒壊し、再建されてからでもすでに百六十年が経っていて、建物の老朽化に歯止めがかかっていない。

「いえ、雨風や夜露を避けるために居着いた者たちでございます」

和田是業の言葉であらためて確かめると、身なりが貧しく、馬列を見る目つきにとげがあり、なかには視線を宙に漂わせているだけの者も少なくない。

「怠け者たちでございます。気にされずに真っすぐお進みください」

「そうかな」

是業の説明には得心できないものが残った。

(必ずしもそうではあるまい。生まれや育ちの不遇、そして不運もあろう。めぐり合わせとはなにぞ。あの公任と吾との間にある違いは、なにぞ)

「飢饉にでもなれば、身を寄せる者たちが増えるようで、困っていると聞いております。そんな際には、野良犬たちも恐れて、近寄らなくなるほど物騒になるそうです」

「困られた者たちこそ、困っていよう」

都の中に駒を進めると、早朝の出立で興福寺に対する意趣返しをして戻ってきたと、子どもっぽい明るい気分に包まれてしまう。大内裏からさほど遠くない東三条の邸に近づくにつれて、資材を運ぶ荷車が増え、内裏再建の槌音《つちおと》も遠くから聞こえてきて、都の活気に迎えられた。

羅城門の光景はすでに脳裏から消えていた。

(この京の都を平安に栄えさせなければ。奈良のように、眠るがごとき穏やかなだけの古都にしてはならない)

日が高くなりきる前に邸にたどり着き、門をくぐると、ようやくすきっ腹なのに気がついた。

「済まぬ。朝餉がまだじゃったのう」

和田是業や平群真臣たちの表情だけでなく、呼応するようにいないた馬も、一斉に空腹をうったえてきたかに思える。

「さあ、腹を満たして前に進もう」

平安京は、自分が住まう家であるのを、肝に銘じさせられた旅となった。

この三か月後、羅城門が大風で倒壊したとの報告を受けた。

「そこまでの風とは思わなかったが」

「柱の一部は朽ちていたようですから、風向きによっては危険だったのでしょう」

是業ののんびりとした答えに道長は顔をしかめた。

「怪我した者はいなかったのであろうな」

南都からの帰り道に見た状景が浮かんできた。

「風雨を避けるためにいつになく大勢の者たちが避難してきており、何十人かが命を落としたようでございます。怪我人までは数えられておりません」

「なに」

「役に立たない者たちでございますから、お気になさらなくても宜しいかと」

「公の建物ゆえの安心があったのかもしれぬ。気の毒な」

円融天皇の皇子誕生の祝賀に忙殺されていた時期だったこともあり、羅城門の事故に大きな注意が払われはしなかった。死者が誰であったかさえ調べられもせずに、数十体の邪魔な骸《むくろ》として、ぞんざいに取り扱われただけである。遣唐使による唐との交流も途絶えてすでに百年弱、都へ異国の使者を迎え入れるための正門の役割を終えて、浮浪の者たちが悪事を企む拠点ともなっていた建物が、この後に再建されることはなかった。

道長の関心も一時のものであり、いつの間にか放念していった。

2　譲位への企み

藤原道長が南都に赴き、姉に代わって祈願した皇子安産の願いがかなえられ、間もなく誕生したのが、後の一条《いちじょう》天皇（六十六代）となる懐仁《やすひと》親王である。父である円融天皇の一粒種であったため、道長が抱いていた立太子への懸念は、結果としては無用のものとなる。

ところが、当初はまったく楽観できない状況が続いていく。入内している関白の娘である遵《のぶ》子《こ》に皇子が誕生せぬまま事態は推移するが、懐仁親王の皇位継承への道には、不安が残されたままであった。詮子が懐仁親王を産んだ二年後には、女御だった遵子が中宮に冊立《さくりつ》されてしまい、第一皇子の母となっていたにもかかわらず、詮子は女御のまま据え置かれているから、これでは中宮に親王が誕生したなら、そちらが皇太子という流れになりかねない。

しかも、この折には、父娘の傷口に塩を塗るような出来事まで惹起《じゃっき》されてしまう。

「こちらの女御様は、いつになったら立后《りっこう》されるのでしょうかな」

東三条第の門前を、不遜《ふそん》な若者が大声を放ちながら通り過ぎた。

「無礼な者は誰じゃ。かかる不敬は許されざるもの。追って、捕らえよ」

報告を受けた兼家の問いや命に、息をきらせながら伝えてきた者がうなだれる。

「なぜこたえぬ。なにをしておる。訊ね、命じているのが分からぬか」

主人の叱声に悔しさを満面に浮かべた顔をあげ、再び俯《うつむ》いた男の肩が、小刻みに震えている。

「関白様のご嫡男にござります」

涙声が絞り出された。

「なに、公任と言うか」

この先行きのわからぬ状況は容易に解消されず、彼ら一家に陽がさすまでには、六年の時を要した。

兼家は、聖意とはいえこの措置には納得できず、不満を示すべく、里帰りしていた詮子母子とともに東三条第に引きこもり、天皇からの登朝指示にも、病気を理由に容易には応じようとはしなかった。とはいえ、吾が子に神事としての相撲節会《すまいのせちえ》を見せたいという、帝の度重なる使者の派遣に抗しきれず、参内せざるをえなくなる。

「朕《ちん》が帝位に就いてからはや十五年が過ぎた。そろそろ東宮に譲位し、次の東宮は懐仁と考えている。その朕の心を解せずに、ひがんだごとき態度をとり続けるのは、あまりに惜しまれる。たとえ朕が皇子とて、馴染みなき者を立太子するには、ためらいを禁じえない」

「懐仁親王様を大切に思うあまりに、外気にお触れいただくのも控えておりましたものの、御聖慮に思い至らず、ただただ恥じ入るばかりです」

帝の御前は神妙な面持ちで退出したものの、禁裏を後にするや牛車の中で兼家は破顔一笑、表情を一変させてしまう。

「遅いではないか。もちと急げぬか」

車の左右で供をしている車副《くるまぞい》をせかせてみたところで、牛を御している牛飼童を叱りつけようとも、牛の歩みが変わるわけでもなく、大笑したいのをいらいらしながらこらえ、左右の指を絡ませほどいては、独りほくそ笑んだ。ようやく邸に戻り、門をくぐった気配でつい立ち上がってしまい、よろけて尻餅をつく羽目に。

「こらっ、慌てるではない」

それでもすぐに機嫌を直して、牛を外すのさえ待てぬ勢いで牛車から降り立ち、建物に駆け込み沓を脱ぎ棄てるや、簀子を踏み鳴らして娘のもとに走り寄り、傷つき、四年の間ひたすら耐えに耐えてきた詮子と手をうって喜びを爆発させた。

翌日から、これを聞きつけた貴族たちによる、祝意を示す訪問がひきもきらず、顔を見せたことがない者さえかけつけて、東三条第は祝いの空気に包まれ、笑い声が通りにまで届くことになる。

程なくして、円融天皇と懐仁親王の親子の対面が久しぶりにかなう。

この永観二年（９８４年）に、円融天皇は、兼家への言葉のとおり、兄冷泉帝の長子である花山《かざん》天皇（六十五代）に譲位し、懐仁親王が皇太子にたてられた。これでようやく兼家に天皇の外祖父となる道が開けたが、なおも関白は公任の父であり、その座を譲ろうとはしなかった。

兼家一家に鬱々《うつうつ》とした日々がなおも二年ほど重なるなか、道長のすぐ上の兄である道兼が、父の住まいに顔を出した。

（折り入って　道兼）

予め短い文による連絡が届いていて、父の兼家は何事やあらんと待ちかねていた。珍しいことであり、余程の事態が生じたのであろうと推察した。

（おそらくは、あの件にかかわる朗報）

邸内の警護に当たる者たちが多く控える西面の随身所《ずいじんどころ》を避け、内裏とは逆方向の東門から入った道兼は、兼家が首を長くして待っているところへ姿を現すと、父親が人払いしているのを確かめてから、挨拶もなしに部屋の隅に父親を招じ、立ったままで耳元にそっとささやいた。

「主上《おかみ》が譲位して、出家されるのをいよいよ熱望されるようになられてしまいました。もはや私には、お引きとめすることがかないません」

若い公家にそぐわぬ荒々しい顔つきから、瞬《また》きもしない強い視線を向けられ、父親が一瞬たじろいだ。

「ご聖慮というか」

「これほどの大事、幾度も確かめさせていただきました。なおもご慰留申し上げておりますが、いかがいたしましょうか」

本音を探るがごとく父親を直視したひげ面が動かない。兼家もわずかに莞爾《かんじ》として応えただけである。

こういう仕掛けにもっとも向いているのは、息子の中では道兼である。近頃の花山天皇の憔悴ぶりからこんなこともあろうかと、道兼を帝の側近くに送り込んでいた。息子になにかを語ることはしていなかったものの、明らかな言葉を耳にはしなくとも、父の魂胆を推察した二十五歳の道兼は、いかつい風貌には不似合いな悲しみの表情を、朝に夕べに十九歳の若き帝に示し続けた。主従の間に仏に帰依する道筋が浮かんでくるのに、たいした時は必要なかった。

「そこまで主上の尊意がお強いものならば、ないがしろにすることあたわず。事が事ゆえ、不用意に漏れてもならないし、腰くだけになるような事態は避けなければなるまい。恐れ多くも帝に傷がついてしまうのは許されざること。とにかく、聖意が表に出ぬように伏せつつ、急ぐべし」

花山天皇が、寵愛していた女御の死に落胆して、出家したいと、秘書役である蔵人《くろうど》として仕えていた道兼に漏らしていたのである。

「天下万民のため、なにとぞ、なにとぞご忍耐あられますよう」

強く引きとめるふりをしながらも、もし帝が落飾するようならば自分も従いたいと、道兼は帝の気持ちを前に向かわせるべく涙を浮かべてみせた。当初は両手を広げて出家への願いを思いとどまらせていた道兼だけに、肩を落として断念し、落涙する姿に接して、帝は疑心を消し去ってしまう。

「朕が悲しみの深きを知る者は、ただ一人」

こうして手に手を取り合う姿を互いに確かめ、二人して出家する道から引き返せない気分が醸されていく。

寛和二年（986年）の初夏の禁裏から、道兼に伴われた花山天皇が姿を消してしまい大騒動となる。皇居中が声なく混乱するまっただなか、源頼光《よりみつ》をはじめとする兼家の息がかかった武門の者たちに警護された二人は、京からやや南東に位置する山科《やましな》の元慶寺《げんけいじ》に入り、まず天皇が剃髪《ていはつ》する。花山天皇が僧体となった姿を確かめた道兼は、頭を丸める前の姿を一目なりとも父親に見せておきたいと涙を流し、とって返すのを確約して寺を去る。

だが、いくら待っても道兼がこの寺に戻ってくることはなかった。帝が騙《だま》されたのに気づいた時には、後戻りできないところまで足を深く踏み入れてしまっていた。

「よくも、よくもこの朕をたばかったな」

怒りは心頭に発しているものの、切歯扼腕《せっしやくわん》する姿を誰にも見せるわけにはいかない。天皇としての矜持を傷《いた》めるのみならず、出家への発心《ほっしん》まで濁らせてしまいかねない。

父の邸に戻った道兼からの連絡を受けた道長は、示し合わせていたとおり、この突然の大事を伝えるべく関白のもとに走った。

「父の右大臣は動揺しており、急ぎ関白殿下にお知らせ申し上げ、的確なご判断を仰ぐようにとの指示がありましたので、急ぎご注進にあがった次第でございます。いかがいたしましょうか」

「な、なに、まことか」

息をきらせ唇を震わせながらの鬼気迫る道長の気色に、関白は動転して、前のめりになりながら大声を発するしかできなかった。

「蔵人頭たちは、なにをしておったのか」

急信を受け、花山天皇を近くで支えてきていた、蔵人頭である帝の叔父や近臣たちが、慌てて駆けつけた山科で目にしたのは、出家した天皇の姿であり、彼らは道兼に代わるように帝を追って落飾することになる。

ここに譲位はなった。

道長の長兄である道隆の働きもあって、詮子皇太后の御子である懐仁親王が難なく一条天皇として即位し、藤原兼家は悲願としていた天皇の外祖父の立場に立てた。併せて幼帝の摂政にも就くものの、天皇譲位の蚊帳の外に置かれて関白を辞めざるをえなくなったとはいえ、従兄がなおも太政大臣にとどまっているうえに、皇族の系譜であるのを誇る左大臣が上席にいた。兼家はこれを嫌い、彼らの風下となる右大臣の役職を辞してしまう。摂政とはいえ、兼家の思い通りにならない日々がなおも続いていく。

すべてが意のままにはならずとも、従兄が固執していた藤原氏長者の座も兼家に宣下されたから、地歩は固まり、行く手が開けたのも確かであった。親子の企みによる筋書き通りの結末に至ってから、道兼は父親に念を押すのを忘れなかった。

「私の働きをお忘れなきよう、お願い申し上げます」

父が達するであろう関白の地位の継承を幾度も約束させている。弟にも密議を漏らさぬように口封じしたが、道長とて一家の隆盛が手をこまねいているだけで達せられるとは考えていないどころか、汚れた道も歩まねばならない覚悟も、奈良の旅から戻って以来常に固めてきたところであった。

「他言は無用」

道兼の一言には失望した。

「いつまでも子ども扱いなだけでなく、同心まで疑われているようなのは惜しまれる」

兄の邸からの帰り道につい独りごとを吐いてしまった。斜め後ろの馬上に和田是業がつき従っているのに気づいて振り向くと、なにゆえの愚痴かが分からなかったらしく、困った表情を浮かべるだけであった。

（心素直な者ではあるが、どうも物足りない）

安堵と失望で苦笑いするしかなかった。

ほどなく、兄の道兼は参議として陣定に参画し、さらに権中納言に上っていき、また長兄の道隆は権大納言に叙せられている。彼ら父子に一気に陽があたり始め、藤原道長もこの陽光に存分に浴せた。

「ともに、よく耐えてくれました」

もともと詮子が道長を呼び出した際には、常に侍っている者たちも遠ざけられ、姉と弟の二人になることが多かった。

「皇太后様のご辛抱こそ、敬服申し上げるばかりでございます」

姉の袖口が顔に近づき、白い指が瞼《まぶた》に触れるのを目にして、道長も目をしばたいた。母の死にも、親王の誕生にさえ我慢しあった涙に、

「涙はこれを最後にしましょうね」

詮子が笑顔を戻し、成人した弟を真っすぐ見やった。

「近くにいてくれただけで、励まされたり、心和まされたり。礼を言います」

関白への連絡役をつつがなく果たした功だけでなく、詮子の意向も強く働き、彼はわずか二年の間に従五位下から従三位へと特進し、公卿の仲間入りを果たした。

(思いがけぬことであった。それにしても、人の恨みを買うことの恐ろしさよ。それが軽挙によるものであったりしたら、千歳に悔いを残そう。心せん)

それまで常に叙位で先行されていた藤原公任を、道長は、一気に抜き去った。一方の公任は、国母となる女性の不遇をからかった悪態が、行く手を阻む高き壁として立ちはだかり、十数年の長きにわたって、正四位下にとめおかれることになる。

3　序幕の隅で

外祖父として幼い一条天皇の摂政となった藤原兼家にとって、藤原氏長者も手に入れていたから、前関白は太政大臣として祭り上げ、徐々に形だけ敬意を表しておけばよい相手となった。梯子《はしご》を外したも同然であり、嫡男である公任の昇叙《しょうじょ》の願いとて、直接頭を下げてこないのをよいことに、知らぬふりをしていれば済む。もっとも、頼みこんできたとて、精一杯の嫌味を返すだけにとどめるつもりであり、応じる気などさらさらない。断る楽しみを心待ちにしているほどで、憎しみはそれほどに深い。

その摂政の兼家がもっとも煙たいのは、左大臣の源雅信《まさのぶ》であった。臣籍降下しているとはいえ、今上《きんじょう》から七代前の、明帝の誉れ高い宇多《うだ》天皇（五十九代）の皇孫であり、兼家をも臣下の一人と見下しているところがある。

隣接する土御門殿《つちみかどどの》と鷹司殿《たかつかどの》を併せると、おそらく都中でもっとも広大な敷地となろう、その源雅信の邸の付近で事件は起きた。藤原道長から、雅信の娘の源倫子《ともこ》に歌が寄せられるようになる前年の正月中旬のことである。京全体が底冷えして人の動きも鈍りがちな午後、土御門殿の周辺だけは、貴族たちの往来で普段より賑やかであった。雅信が左大臣として正月を祝う大《だい》饗《きょう》を催し、皇族や大勢の貴族たちが新年を寿《ことほ》ぎ、挨拶を交わした後に、夜の帳に包まれる中で皆が祝宴に興じた。宴とはいえ、堅物で通っている雅信の邸だけに、さほど遅い時間ではなく、供の出迎えを受けた親王や公卿たちの退出に続いて、通位の貴族たちが、犬の遠吠えだけが高く呼応し、深閑と凍てつく家路に急ぐなかで騒ぎが生じた。

「姫や、待たせたのう」

倫子の部屋を両親が訪れて間もなく、にわかに外が騒々しくなるや、足音の高さも構いなく走ってきて、外気を防いでいる蔀の外から声をかけ、真冬の簀子に雅信を呼び出す者がいた。何事かの報告を受ける間もなく、

「なに」

驚きを抑えんとしたひと声が倫子と母親のところに届いて、女たちを不安にさせた。彼女たちの不安を消すこともなく、廊下を急ぎ渡っていく雅信の足音が遠ざかってしまったのである。結局その夜、娘のもとに父親は姿を見せなかっただけでなく、翌朝も早くから出かけたようで、事件から二昼夜の間、親子は顔を合わせていない。雅信は、倫子を帝もしくはいずれかの皇子に嫁させたいと目論んでいて、家にいるときはうるさく感じるほどに、二十歳を越した娘のところに出入りしていたので、めったにないことであった。

「下総守《しもふさのかみ》が昨夜お帰りの際に、西門の近くで誰かに切りつけられたようです。おのこは御酒に酔われると、らちもない騒ぎを起こして困ったものです」

翌日になって母の穆子《あつこ》が娘に心配をかけないように、さりげない様子で伝えてきたが、それほど悠長な事がらでないのは分かった。

下総国司である藤原季孝《すえたか》が、雅信の大饗からの帰途、屋敷を出るか出ないかのうちに誰かに襲われ、顔に刀傷を負ってしまったというのである。年が明けて間もない正月二日の夜に、こちらも貴族である大江匡衡《まさひら》が、大内裏の近くで暴漢に襲われて、左手の指を落とされる事件があってから、まだ半月も経っていなかった。匡衡は文人官僚であるうえに、どちらかというと穏やかな人柄で、評判も悪くない人物であっただけに、彼が狙われたことは人々を驚かせた。その衝撃から未だほとぼりがさめていない。季孝と匡衡の二人が親しい仲であるのは周知であったが、なにか共通の犯意を推測させるほどの間柄でもなかった。

日をおかずして、犯人不明のままながら、両件についての追捕の官符として太政官からの公文書が発せられたことで、正月早々に起きたこれらの事件を、醜悪な犯罪としてとらえた朝廷の強い姿勢が窺える。

三か月ほど過ぎた四月中旬になって、大饗の夜に藤原季孝を傷つけた者が、従五位下で左兵衛尉《じょう》という歴たる貴族である藤原斎明《ときあきら》の従者であることが判明した。検非違使の源忠良《ただよし》らは、時の花山天皇から、もし従者を引渡さないようならば、斎明自身を捕縛することも構わないとの許を得て、彼を摂津の国まで追いつめたが、海上に逃避した後であった。

ここで残された郎党の口から、意外な真犯人の名前が漏らされた。

「斎明様と保輔《やすすけ》様」

藤原季孝を襲ったのは斎明本人であり、その半月前の大江匡衡の事件の犯人は、彼の弟である従五位下右京亮《すけ》の藤原保輔だというのだ。新事実が奏上され、兄弟に対する追跡が開始された。瀬戸内海一帯に追討の官符が発せられたのを知るに及んで、斎明は裏をかいて東国に陸路で逃れようと図ったが、近江において追手と激しい攻めあいになり、戦いのなかで矢を受けて落命し、首は京で獄門となる。弟の保輔は、潜んでいた三条にあった父の屋敷を間一髪で脱出し、このときは逃れきれた。

左大臣である源雅信は、犯人が明らかになってからは、いつにもまして厳しい処断の姿勢を示した。雅信にしてみれば、主催した大饗の流れの中で起きた事件だけに当然の姿勢であったが、それだけの理由でもなかった。

「うかうかとした弛みある態度を示さば、足元を見透かされかねない。ことに、あの摂政には油断ならじ」

雅信が、美人の誉れ高い彼ら兄弟の伯母を側室として通っていたのは、知れ渡っていたのである。

「殿は女子との縁《えにし》多くお忙しいかたですから、多事多難なご様子。おねぎらい申し上げます」

妻の嫌味には、しかめ面をしてみせるしかなかった。

斎明が梟《きょう》せられたことなど、倫子はもちろん知らない。都人の口にかまびすしく上っても、おぞましい噂が左大臣の娘の耳に入ってくることなく、斎明が討たれたという事実がぽつりと聞こえてきただけである。後には、保輔が都を脅かす盗賊たちの首領となり、繰り返し追捕の宣旨が発しられているのは耳に届いてきたし、彼らの兄弟に、さらに武に通じた藤原保昌という者がいるのも、侍女を通じて倫子は知った。

三　道長と二人の妻

1　鷹司殿・倫子

日ごろから、感情をあまり表に出すまいと心がけている左大臣が、自邸である土御門殿の奥まった一室とはいえ、声を荒らげた。愛娘の縁談相手という大事を、妻の穆子が、表情も変えずにさらりと伝えてきたからである。

藤原保昌の兄弟たちが狼藉を働き、朝廷から追跡された翌年の秋のことであった。

「ならぬ。そのような者に、なぜ吾が姫を」

唇を震わせ、言葉が続かない。

「落ち着かれなさいませ。よきお相手ではありませぬか」

妻を睨みつけながら幾度も首を振り、拒絶する姿しか見せない。

「倫子は、宇多天皇の皇孫である左大臣の長女であるぞ。中宮あるいはそれに準じる姿こそが相応《ふさわ》しい。それを、それを、臣下の者の、しかも末子とは。落ち着くべきはどちらじゃ」

「殿がご立派な方であるのはよく存じております。それに異を申し上げるつもりはいささかもございませんが、ならば、倫子をどなたの隣に座らせようとお考えか、お聞かせ願います」

「それは」

「意中の方のお名前を、はっきりお聞かせください。お伺いできれば、私も従います。むしろお役にたてるようならば、お力添えもさせていただきます。さ、さ、どなたでしょうか」

夫婦の間の諍《いさか》う会話が幾夜も続いた。

「いい加減になさりませ、姫の心も傾きかけているものを。私には、娘の幸せを父親の我儘が邪魔しているとしか思えませせん」

初めは左大臣である父の源雅信が結婚に猛反対するほどに、倫子の相手としては役不足と思われた藤原道長だったが、彼の父親であり幼い一条天皇の摂政に就いていた藤原兼家が、二人の結婚を後押しするために、権中納言への昇進を仕掛け始めた頃から、運がさらに開けてくる。兼家にしてみれば、源雅信は自分が右大臣の時には左大臣と上席にあり、皇孫である身分を気位高く示し続け、彼が摂政の宣旨を受けた後でも、もっとも気がねな存在であった。この人物と縁戚になれるならば、自身の立場を安泰なものとするために願ってもない。

「よき姫御に心を寄せるものよ」

兄たちに比べてまことに頼りないと思っていた末の息子を、見直す気持ちが生まれてくるほどであり、思いも及ばなかった息子の人選に感心するあまり、参議をとばして特進させようとした。道長は運がよかったともいえるが、妻を選ぶにあたっての彼なりの思惑が導いた運でもある。

そうはいっても、このような女性が未婚のまま残されていたという点で、めぐり合わせはよく、好運にほかならない。源雅信が倫子を大切に囲い込みすぎたために、彼女が婚期の盛りから外れかねない年齢になっていたのである。父親の目には、世事に疎く、体つきも小柄な娘は、いつまでも幼く映ったままであり、しかも明眸皓歯《めいぼうこうし》ぶりは自分のどの妻妾にも勝っていると思いこんでいて、必要な教養も身に付けさせているから、いかなる貴位の方に嫁がせても恥ずかしくないと自負する自慢の娘。婿は選び抜き、納得できる相手でなければならなかった。

倫子の母親である穆子は、夫とは異なって、一人の女としても娘をみている。

「姫が何歳になるのか、ご存じないのですか」

「いくら室とはいえ、無礼を申すものではない。倫子は吾が愛娘。なんでも分かっているわ」

「殿が女子のことを、なにからなにまでご存じだったとは、私も抜かったことでございましたが、確かにそうでありましょうね」

普段は逆らう姿などみせない妻が、皮肉を交えながら、この縁談については一歩も引きさがらないのに雅信も根負けしてしまった。母親は、（重ねる歳は正直なもの）と娘を嫁がせるべき頃合いとみていたので、許容できる相手として道長を認め、二人の婚姻を強く後押ししたのである。

「帝は未だご幼少。皇子方をはじめとして、お年頃で殿がお望みのようなしかるべき宮さまはおられないではありませんか。四男とはいえ父親は摂政であり、亡き母はその嫡妻だった女子。よき噂も耳にしています」

「よい噂など聞いたことはない」

得心できずに口の中では抵抗してみるが、妻の言うのも一理あると認めざるをえない気持ちに追いこまれていく。帝を守るためには、摂政の意向にも従わない頑固な一面がある雅信だが、私事では肝腎なところでどうも妻に頭があがらず、しぶしぶ同意せざるをえなかった。

「兄君、いえ左府様、私にも悪くない縁談のように思われます」

一時は妻の父親に係わる事件で昇殿を止められていた弟が、ようやく復活してきて、兼家が辞した後の右大臣になっていた。弟の言葉の裏には兼家の姿も垣間見えたものの、周囲をすべて封じられてしまい、出口がひとつに絞られて抗せないところまで追い込まれてしまった。

「やむをえない」

「仕方なくではなく、なぜ祝ってやれないのですか」

「分かっておる。めでたい」

この時、藤原道長は二十二歳、倫子は二十四歳。母親には、同じ女として未婚の娘をみる冷静な目もあった。深窓の境遇にあり、年齢からしたら考えにくいほどに男との係わりに縁薄かった倫子は、母の勧めに素直に従い道長を受け入れた。黒目がちの瞳に女の艶が宿されたようで、父親の前では俯き加減に歩く娘の姿がまぶしく、雅信までも目を伏せがちになってしまうのが、妻の言葉を確かめさせられているようで不愉快になる。

舅《しゅうと》の気も知らずに、婿は屈託ない様子で土御門邸に住みついた。

「なぜ通わせぬ。これでは、ここがあの者の住まいになってしまうではないか」

「姫とのちぎりを深くしたいのでしょう。宜しいではないですか。それとも殿は、道長どのが殿のように、あちらこちらの女子のところへ足を運ぶのを、願っておいでなのですか。私には、姫が羨ましくさえ思えます」

「なにも、今さらそのようなことを持ちださなくともよいではないか」

「いいえ、妬《ねた》み事を申しあげているのではなく、女子のことを殿はよくよくご存じのはずなのに、なぜそのように仰られるのかと」

「分かった。張り合いができて嬉しい。嬉しいぞ。それでよかろうよ」

「また、そのようにすねたお言葉を」

現世のものであれば何事にも怯まない道長の果敢な性格が、源雅信の長女という高い敷居を越えさせ、左大臣の婿となった彼は、土御門や鷹司の豪壮な邸や財力を、光背のごとくに背負えた。都の東端とはいえ、一条と二条の間に挟まれた宮城の並びに位置し、摂政である父、藤原兼家の東三条第より広い邸から、彼は毎朝、悠然と大内裏に出勤することになる。

源倫子との婚姻は、藤原道長を、明るい未来へ通じる扉の前に立たせてくれた。

2 高松殿・明子《あきこ》

倫子と結婚して、土御門邸で彼女の両親と暮らし始めた翌年、道長は姉の皇太后である詮子に呼ばれた。常なるとおり、近くにいた侍女はすでに外されていて、二人きり。

「土御門での日々はいかがですか。新しい生活にも慣れられ、落ち着かれた様子でなによりです」

冷やかし気味の口ぶりに、思わず頭をかいてしまった。

「そんなあなたを見込んでのお願いがありますが、聞いてもらえますか」

「なんなりと。皇太后さまのご依頼にお逆らいなどできませぬ」

「いえいえ、これは皇太后としてではなく、姉としての頼みごとですが、聞いた上での否は困ります。宜しいですね」

ともに過ごしていた頃によく見せた、姉らしい言い聞かせる表情に、道長もつい引きずり込まれ、ただの弟になってしまう。

「姉君ということであれば、なおさらです。否などと申し上げれば、いつものようにお叱りを受けてしまいます」

「それは有難い。頼りに思うだけのことはあります」

詮子がいったん言葉を区切り、じっと道長を見つめて発した言葉に驚いた。

「ある女性を室に迎えていただきたいのです。妻として通ってもらわなければならない姫なのです。皇太后としてすべき話でないのは、お分かりになったでしょう」

「しかし、私は」

「もちろん倫子どのをどうこうというのではありません。倫子どのは左大臣の姫でありますし、嫡妻として大切にしてあげれば宜しいのですが、もう一人妻を加えてほしいとお願いしているのです」

皇太后に頭を下げられても、道長にはことの次第がまったく理解できない。困惑した表情を浮かべる弟に、詮子は一方的に言葉を続けた。

「その女性も左大臣の姫なのです」

いったんは口にしたものの、あきれた表情を浮かべ、すぐにあらためた。

「言葉が足りませんでした。左大臣だった方の姫なのです。源高明《たかあき》公のお名前はご存じですよね。彼《か》の方があんなことになられてしまってからは、私がお守りしてきていた源明子どのです。初めから貴方をお相手として考えていたのですが、現左大臣の姫とのお話があり迷っていたものの、やはりお願いすることにしたのです」

続けて語られた、一族の安寧を懸念する詮子の思いに、否の答えは外される。

「私が主上を身ごもっている時に、奈良に赴き、皇子誕生の祈願に併せて、一族の来し方もおさらいするように申しましたが、覚えておいでですか」

大化の改新で活躍した中臣鎌足《かまたり》を祖とする藤原氏が、朝政司掌の足がかりを築いたのは、息子の藤原不比等《ふひと》の時代である。娘の光明子《こうみょうし》が、聖武《しょうむ》天皇（四十五代）の皇后として、王族出身の女性以外で初めて立后され、これを機に藤原氏は天皇の外戚として朝議の掌握を目指すようになっていく。ところが、この乱暴な慣習破りにあたっては、策謀による強引な手口が用いられ、大きな禍根を残してしまう。当時、天皇と並ぶほどの権勢を誇り、前例なき光明子の立后に強く反対していた長屋王《ながやおう》を、藤原氏は誣告で陥れ、王のみならず主だった一族も自刃《じじん》させてしまったのだ。しかし、長屋王の怨念と恐れられる祟《たた》りが、政治の中心にいた不比等の四人の子息を襲い、数年後の流行り病で、一年の内に彼らすべてが命を落とす悲劇へとつながる。

姉が小さく身震いしたのを確かめると、道長も慄然《りつぜん》とした。

「これは、始まりにすぎませんでした」

藤原氏は悲嘆にめげることなく、この兄弟の子孫たちが繁栄を目指し、平城京から平安京への遷都も担《にな》うが、新しい都では南北の二家が残り、このうち北家が急速に頭角を現し、権力を掌握した。

「私が年少の頃の中納言どのに、奈良への旅を勧めた理由の一つに、南都七大寺の威勢を実感してほしかったこともあります。今でさえかくあるならば、当時はさぞかしやと思われましたでしょう。この頸木《くびき》から逃れる際にも、大きな犠牲が払われています」

二人きりの時には、詮子は道長の肩書から定員外であるかの権《ごん》の一字を常に外していて、道長に対してはそこまで思いやりを正直に示す姉が、珍しく口ごもった。

藤原氏の後ろ盾もあり帝位に就いた桓武天皇による遷都の中で、帝が実弟で皇太子の早良《さわら》親王を排斥しなければならなくなる。出家して東大寺に僧籍があった弟を還俗《げんぞく》させて東宮としたことで、仏寺を中心とする古都の旧勢力を元気づけ、新都での政治の足かせになりかねない懸念が生じ、ついには濡れ衣を着せて親王を死に追いやるしかなかったのだ。だが、すぐに早良親王の怨霊が都中を震え上がらせてしまう。

「藤原一族がこれに一切係わりなかったと思われますか」

続いて、藤原北家の左大臣による、宇多天皇の信任が厚く、やがて抜擢されて右大臣となった菅原道真《みちざね》排斥の話に及んだところで、詮子は、疲れ切った様子を隠しきれなくなっていた。姉の口から次になにが語られるかを、道長は察した。

「皇太后様よく分かりましたから、もう結構です。源高明公もしかりである、と」

未だ二十年も経っていない。帝位にはついたものの、冷泉天皇の病弱が不安視される中で、空位となっていた皇太子の候補として、年長の皇弟が有力視されていた。ところが、この親王は時の左大臣である源高明を岳父としていたため、彼の勢力伸長を嫌った藤原氏が、わずか満八歳の弟親王を強引に立太子させ、源高明に謀反の冤罪をかぶせて排斥するという、誣告事件を起こしたのである。

二年後には冷泉天皇が譲位して、十歳の円融天皇が践祚《せんそ》。やがて詮子が女御として入内し、後の一条天皇の誕生をみる基《もとい》となった出来事である。これがあって兼家は摂政、ついには関白に上りつめる。藤原氏による捏造であるのを、巷《ちまた》で疑う者はいないし、首謀者の一人とされる道長の祖父の弟は、空席となった左大臣の座を狙ったとおり手に入れたが、半年後に病で急逝してしまう。当然のように、源高明の怨みによるものと、都の隅々で囁かれていた。

醍醐天皇の皇子である源高明の愛娘ながら、源明子は、父親が流罪ともいえる大宰府左遷の詔を下されたため、婚期を迎えつつある頃には、彼女の将来を心配した東三条院詮子の庇護のもとにあった。倫子の母が気にしたように、詮子もまた、嫁がぬままに明子の年齢がこれ以上重なるのが気掛かりになっていたのである。倫子も明子も、道長と結ばれた時の年齢は同じであった。

(もしかしたら、姉は父の関与についてなにか知っているのだろうか。これほど熱心に縁戚でもない女性の行く末を気にするのに、理由がないとは思えない)

道長に生じた疑問に答えるかのように、詮子はつけ加えた。

「年齢からいえば道兼どのかもしれませんが、あの兄が姫を幸せにしてくれるようには思えないのです。あなたなら、高明公が喜ばれるように遇してくれるはず。わが家に向けられているであろう、彼の方の怨みを絶ってほしいのです」

この時の朝廷は、左大臣が源雅信、右大臣が弟の源重信《しげのぶ》。藤原氏ではない兄弟が左右の大臣を占めるというのは極めて稀なことであった。重信は源高明の娘婿だったため、長く冷遇されてきた人物であり、高明の薨去後、徐々に復活して右大臣にまで昇進していたのである。

「高明公の霊よ安らかに、との思いもあった特例なのですよ」

いつまでも怨みを引きずってはならないという決意の裏には、藤原氏の謀略であったとの詮子の確信がある。

「私から土御門の左府どのに言葉を遣わしましょうか」

「いつまでも子ども扱いをされては困ります。妻を二人も娶《めと》るほどの大人でございます」

「そうでした。こんな頼みごとをしながら、私としたことが」

姉の頬に血の気が戻ってきた。

「高松殿は私たちの東三条第のすぐ南隣。誰が住んでいるかくらい、耳にしたことがありませんでしたか」

「いえ、あの邸にそんな姫がお住まいとは知りませんでした」

「中納言殿らしくはありますが、邸の奥深くで暮らしていますから。もっとも、道兼どのはご存知でした。それとなく私に探りを入れてきましたので、あなたのお相手だと伝えておきました。快諾していただき、私もこれでひと安心。礼を言います。それと、私からの勧めとはいえ、歌などは届けてくださいね。気持ちがこもっていれば、下手でも構いませんから」

「姉上」

道長は、目で軽く怒りを示してみせても、楽しい気分になっている。

「倫子への歌で苦労したせいか、近頃は、私の和歌を誉めてくれる者もいるのですよ。皇太后様に近侍する兄上ですから、色よいお返事を期待していたのかもしれませんが、私が道兼兄に申し開きする必要もなさそうで安堵しています」

道兼はこの折には、皇太后宮の太夫として、妹に仕えていた。

「先に申したように、初めから候補はお一人でしたから、そのままを伝えただけ。なにも気にすることはありません」

「嫌みの一言くらいがあるのは、諦めておきましょう」

「あの兄の悪げのない、子どもっぽいところですかね。お顔に似合わずといったら、ふくれられるでしょうか。道隆どのでしたら、知らぬ顔をされますものを」

一族の暗い歴史に触れたことなどすっかり忘れたかに、明るい表情が戻っていた。

「相も変わらず、皇太后様が思い描かれた通りに物事は進んでいくようですから、私としては御意に沿い、よい歌をお渡しするだけです」

姉の頼みであれば、苦笑いして従うしかない。

道長はこの婚姻について、倫子の両親のことはあまり気にならなかった。なにせ縁談の推進者は皇太后であり、敢えて語らずとも、事情はすぐに分かることであるし、舅の雅信に何人もの妻妾がいたのも、倫子に歌をおくる前に、彼女周辺の事情を聞きとった中で知っていた。妊娠している倫子の体調に影響しないかと、気遣いはしてみたものの、彼女のあまり物事に動じない性格に鑑みて、皇太后からの断りきれない頼みだったとして乗り切ることに。

それより、口にはできないものの、確かに迷惑であるし、考えれば考えるほどに気が重くなる。

(妻がなぜ二人とも年上なのか)

詮子からの断れない頼みを渋々受けて、源明子がその父から受け継いだ高松殿へ重い足取りで通い始めるや、たちまち姉に感謝するようになるとは、当初は思いも及ばぬことであった。

「若ければいい、というものではなかった」

四　道長と藤原保昌

1　避けられぬ闘争

正暦元年（990年）、道長の父である関白藤原兼家が病没。道長が奈良への旅の間にも心を痛めた、こちらも関白であった兄との壮絶な争いが広く知られていた評判よからぬ人物である。兄が亡くなってから十年近くを要しはしたが、策謀を用いて一条天皇の外祖父となり、摂政を経てようやく得た関白の座を、病気ゆえにわずか三日で嫡男の内大臣道隆に譲り、出家ほどなくしての薨去であった。

花山天皇の出家にあたり大役を果たし、権大納言になっていた道兼は、父が死出の山に近づきつつあるのに、関白を引き継ぐのは、

「この大納言のはず」

猛然と抗議をしたが、もともと兼家にはその気が薄かったうえに、皇太后となっていた詮子の意向もあっての、長幼に序した順当な関白継承であった。しかし、兄の跡を襲って内大臣となったとはいえ、道兼の不満はおさまらない。

「約束が違う」

父親がこの世を去ってからも納得せずに、喪中にもかかわらず宴を催して、世の顰蹙《ひんしゅく》をかってしまう。

「困ったものです。あのままでは、兄弟仲の悪化が朝政にさえ及びかねません。いまだ幼い帝を、力を合わせてお支えしてもらわなければならないのに、これではまったく逆ではありませんか。あなたはいかが思われますか」

「皇太后様をお悩ませ申し上げるのは恐れ多いこと。私からなにかを申し上げれば、ますます火が燃え盛りかねませんから、それは控えるとして、少しでも兄上のお怒りが和《やわ》らぎますよう、努めてみたいと思います」

「こんな折には、中納言どのだけが頼り」

姉の詮子の言葉もあり、道長は兄の道兼をなだめるのに腐心した。

「そなたも知っていよう。父は誰のお陰で関白になれたのか。あの時に一身を投げ打ち働いたのは、誰じゃ」

時おり道兼は自邸に道長を呼びつけ、酔顔に赤い眼を据えて吼《ほ》えた。道長はひたすら兄の不平不満を受けとめ、従順な姿勢を示してみせた。

「このわしが関白になり、その次はそなたと決めていたものを」

弟を後継にという思案など、嫡子がいる兄の腹中には、

（ありはしない）

道長は冷めた目でみていて、独りになると、兄の嘘をつけない口ぶりが微笑ましく、にやりとしてしまう。

「幼い頃より兄上を敬い、恐れ、ひたすら従ってまいりました。今でもその気持ちに変わりはありません。今後とも、これまでと同様に、ご指示のままに動いていくまででございます」

「恐れ、か。そなたには可愛げがある。なにより正直じゃ」

敬うだけでは、さすがの道兼も信じない。恐れの一言をつけ加えることで、初めてこの兄は納得し、満足げに盃を干す。

「大それた高望みはしておりませんものの、やがて良き機会にも巡りあえましょうし、お仕えして兄上をお支えするのが今から楽しみです。なによりも兄上にはご健勝でいていただかなければなりません。いまは、二人で待ちましょう」

ひたすら同調して従う言葉を聞かなければ、容易に帰してはくれなかった。父のあとは道兼というのも、花山帝の譲位当初には筋書きとしてあったのだろうとは思えても、道隆が関白になったのにも違和感はなかった。道長はひたすら聞き役にまわり、兄の酒量は徐々に増えていった。

「内府のところへ、よく顔を出しているようじゃな」

関白の座についた長兄の道隆にも呼び出された。

「呼びつけられております」

姉の皇太后から話があったことは伏せておく。

「成程、さようか。分かっておろうな」

事情を深読みし、それだけでは飽き足らず、念をおして従わせる。

（人の性は変わらないものよ。小心とも思える疑り深さは好きになれない）と思いながらも、頭を深く垂れた。

「殿下は常に高く、道標のごとき方であるのは、幼き昔より変わりはありません」

道隆とは一回り以上も歳が離れていたし、共に過ごした記憶も薄いから、兄ではあっても親しみはほとんどなかった。

「したたかなことを申すようになったものよ。頼もしいかぎりじゃ。内府にも程々には相手をしてやるがよかろう」

「御意。何事もお指図のままに」

満足した表情を浮かべつつ、さらにひと睨《にら》みした。

道長はこれからしばらくして正三位に叙せられ、翌年には権大納言、あくる年には従二位へと出世の階段を上っていくものの、その姿を横目にしながら、関白道隆の嫡男である伊周《これちか》は、道兼が右大臣になるのに伴い、道長を追いこして内大臣にとりたてられた。

父がどんな考えで次兄との約束を破りまでして、道隆に関白の座を譲ったのかは分からない。むしろ皇太后の詮子が、兄弟間の争いを避ける選択をしたのであろうと道長は受けとめていた。

「子どもっぽいという言葉からして、道兼兄では道隆兄を抑えきれないと、姉は兄たちをみている。多分、これが正しい」

道長は冷静に判断できてはいたが、得意の弓をひくと、つがえた矢が道兼の顔が浮かぶとなぜか外れがちになるのに、道隆や伊周の姿を連想すると、ほぼ的の中心に向かっていくのが不思議であった。

その藤原道隆は、父の後を継いで関白の座を射止めたものの、わずか五年後の正暦五年（995年）、四十二歳で薨去してしまう。さらに、兄の死を受けてようやく後を継いだ藤原道兼も、念願の関白になって僅か十日ほどで急逝。三十四歳であった。正暦から長徳へと元号が替わった年である。

同母の兄二人が突然続いて世を去って間もなく、一条天皇の生母である詮子の強力な後援を得て、藤原道長に五月に内覧《ないらん》の宣旨、翌六月には右大臣、同時に藤原氏長者の宣下があった。夢想するしかなかった政権枢機《すうき》の立場に、自力ではなく、彼は不意に立たされてしまったことになる。

将来への見通しを遮っていた壁が、短い間に思いがけず次々と崩れていく成り行きは、あまりにも唐突であった。こんな道が平坦なはずはなく、三十歳を迎えようとしていた道長は、厳しい政争に引きずり込まれ、一年余りの心労に明け暮れる日々が待っていた。道長の前には、昇進を競いあう相手としての藤原公任とは異なる、力を直接ぶつかりあわせざるをえない敵として、甥の伊周の姿があった。

藤原伊周は、政権を牛耳った関白道隆が、次代を託す一家の嫡男として期待し、天皇が催す式事や後宮の諸事にも関わらせてきており、多くの者が道隆の後継者として動向を注目してきた。それだけでなく、権大納言の道長より上席の内大臣であるのに加えて、彼の妹である中宮定子《さだこ》は一条天皇の深い愛情を受けていたため、好嫌は別にして、帝の心も道兼の後任として伊周に傾いていたという。定子がそれを裏付けるかに、二人きりになると微笑みかけてきた。

「内府どの、いえ、兄上」

妹が無言ながら向けてきた笑顔を読み解き、平伏した。

「中宮様」

この伊周にしてみれば、父である藤原道隆亡き後に、叔父の道兼が関白に就いたのは、上位の右大臣であったからやむをえないとして、わずか旬日ほどで病に倒れてしまったうえは、序列のとおり自分が関白に就くものと、はなから確信し、疑いもしなかった。にもかかわらず、同じ叔父とはいえ八歳しか年長でない道長に、突如父の後継の位置を占められてしまったのには憤慨し、激しく争いをしかけていったのは、やむをえなくもあった。

「帝意を違《たが》え、理にもかなわぬ」

道長の急な浮上は、なによりも皇太后の詮子の意向と熱意による。彼女は可愛がっていた弟のために、母親の立場で一条天皇の寝所に侍り、一晩中かき口説いて、帝の意図を覆《くつがえ》したのであった。

「主上のご誕生にあたっては、道長どのがどれほど熱心に皇子安産の祈願をしたものか。この私の願いを神仏に直接お届けするべく、少年の身ながら、南都まで雨の中を赴いてくれました。それはともかくとしても、諸般の動静をご聖慮のうえ、道長どのを関白として帝を補佐する任に当たらせますよう、帝を誰よりも慈しみ、御身を誰よりも大切に思う母としての心の底からの願いです」

詮子は、伊周に権力がつながれば、彼ら兄妹の母親の実家であり、祖を長屋王にまで求める高階《たかしな》家の者たちが、これまでにもまして驕《おご》り高ぶり、自分の影を薄くしかねないと推断せざるをえなかった。長屋王の父は、天武天皇の皇子であり、天武帝亡き後の難しい時代を太政大臣として支えた高市皇子《たけちのみこ》である。さすがに彼らもその名前を出すのは差しひかえたが、日頃の言動の端々に血流の由緒正しさを鼻にかけ、兄の一家に流れる傲慢な気風は強まるばかりであった。ことに伊周は、詮子に真意をもって頭を下げるどころか、帝にさえ不敬な態度をみせかねない、不愉快な甥である。

父の兼家とともに、耐えに耐えた辛い日々がよみがえってきた。

(あの折には、私はひたすら待つしかなかった。でも今は違う。待って済む立場ではないし、待ってはならない)

さらに、この機会に、長く心を痛めてきた一族の歴史の暗部から脱し、明暗を転じさせたいと詮子は願った。

(あの弟は幼いころより悪意から遠く、大道を歩まんと心がけてきた、私の願いを託せるただ一人の親族)

詮子とて、弟への肩入れが、目を曇らせているのに気づかなかったわけでもないし、周りが悪く映じすぎているのも分かってはいたものの、この時の彼女は、委細構わずに信じるところに従うことにした。(次の関白は、道長どのしかいない)の一筋に思量を収斂《しゅうれん》させ、ほかの選択肢をすべて消し去った。若い帝の理を母の情がねじ伏せたようにもみえるが、私情だけの説得ではないと彼女は判じていたし、確かにそうでもあった。国母として、真偽を直観する女性の勘を働かせ、理屈は後ろに従わせた。

「母の願い、いや祈りを、ぜひお聞きくださいますよう」

一条帝は、時に涙をみせながら、（祈り）とまで手を合わせてかきくどく詮子の、母親としての言葉を聞き流せなかった。

「お手をおときください。かかるお姿まで目にした上は」

ただし、道長を関白にという願いをそのまま認めるわけにもいかない。未だ十代半ばの若さとはいえ、母への想いで思慮を曇らせてしまえば、王権の危うさにもつながりかねないところまで考えが至って朝を迎えた。詮子の見方とは違い、一条天皇は彼女ほどには未だ道長を評価してもいなかったのである。

「道長どのを関白にとの願いは、どうしてもお聞きいただけませんでした」

それでも、姉の熱意があって道長は、藤原氏長者をはじめとして、右大臣、そして内覧と、詮子が願った関白の座を除くほぼすべてを短い間に掌中にした。母系がなお色濃く残る時代でなかったならば考えにくい人事であった。

「皇太后様に報いぬわけにはまいらない。一切逃げはしまいぞ」

詮子に複雑な思いがあるのは分かっていても、そのひとつが自分への愛情にかられたものであるのも確かだ。弟を案ずる姉の、母親にも似た強い気持ちに接したうえは、主役を演じるべく舞台の正面に踏み出さざるをえない。兄たちの後塵を拝するだけの立場から、いつの間にか国の政事のもっとも前面に身があることに、驚いてはいられない。鼓舞する鼓の音とともに、足の裏を強く政治の舞台に打ちつけんとする決意が、藤原道長の心に火をつけた。

両者が拠る事情からして、道長と伊周およびその弟である隆家《たかいえ》との確執が、凄まじい様相となったのは当然であった。

「氏長者たる者に、なぜ殿下《でんか》渡領《わたりりょう》を引渡さぬか。譲渡を記した渡文《わたしぶみ》を未だ目にできていない」

藤原氏長者が管理する所領帳引渡しの督促である。氏長者印をはじめとして、伝家の宝器である朱器や台盤などの食器は、次兄の関白だった道兼家を経由して、新しい氏長者である道長に継承されているのに、所領の引き継ぎが滞っていた。

「関白であった道兼殿にさえ示してはいないもの。それを求めるとは、思い上がりたいのであろうが、言語道断」

「無礼を申すものではない。兄の関白殿下が病に倒れ、そんないとまがなかっただけのことではないか」

「いずれにしても、父の関白殿下から、内覧の宣旨を受けた内大臣として受け継いだもの。無礼きわまる者に引渡しなどあたわず。引き下がられよ」

関白殿下には、先代の関白殿下で対した。

「なに、もう一言でも口にしてみよ」

両者が内裏の陣座《じんのざ》において、二人だけで激論を交わしたりしているが、もっとも重要な朝議である陣定が行われる公の場所であるだけに、考えにくいことであった。罵声の交換に、外にいた者たちは恐れをなして、部屋に入るのを躊躇するだけでなく、震えだす公卿さえ出た。

数日後、双方の郎党が激しい喧嘩に及び、怪我人が出る騒ぎにまで発展して、都の人たちを驚かせてしまう。未だ公卿たちも弓馬から遠ざかっていない時代であり、伊周の弟である隆家などは、若いがゆえに乱暴な言動を抑えきれずに、道長の随身の一人が、隆家の配下の者により殺害されてしまう事態にまで至った。

伊周にしてみれば、叔父とはいえ、道長からは朝議の場において瞠目《どうもく》する発言など耳にしたことがなく、逆に見当違いの考えが示されたりして、才のかけらどころか、凡庸な資質しか感じられなかった。理不尽な人事であると断じざるをえない。

「優れたものなど、なにもない。それにもかかわらず、なにゆえに、朝政を主上に代わり差配する内覧の宣旨が、かかる者に下されたのか。加えて、内大臣たる麻呂を追い越して、権大納言から右大臣へと異例の昇進を果たしたのも、おいそれと認容できるものではない。そうではないか」

弟の意見を聞くまでもなく、兄弟の気持ちは一致している。

「まさに。帝のためにも、右大臣の内に早くつぶさなければなりませぬ」

「まずは、あの者の後ろ盾になっている、皇太后様のご気力が萎《な》えるように、手だてを講じなくてはなるまいな」

顔を寄せ合い、小声で交わされていた会話を断ち、兄の耳元に唇が触れるほどに近づいて、隆家がさらに声を落とした。

「お任せ下さい。すでに、ごくごく内密に手配済み」

表情を曇らせながらも、視線を交わしあった。このまま放置しておけば、生涯風下に立たざるをえなくなるだけでなく、長く子孫の栄枯盛衰にも及ぶ。手段の選択に迷いは許されず、叔母への呪詛もやむなしと決した。

もともと道隆と伊周たち親子の権力に対する執着は、（積悪の家ゆえ、災いあるもしかるべきこと）と、後日、日記に記す者がいたほどに露骨なものであった。公卿たちの間だけでなく、彼らの横暴ぶりを耳にした市中でさえ、悪口が飛びかっていたのである。

そんな甥たちを相手にして、道長とても、

「一歩も引くことあたわず。引くに引けぬし、引く気もない」

闘争心が体中の血を沸き立たせた。

藤原道長が朝廷において卓抜した立場を得るには、国母の後援があったとはいえ、易き道ではなかった。倫子には一切愚痴めいたことを漏らさなかっただけでなく、常に明るくふるまっていた夫であるが、辛い時間が重なる日夜があったことは、もっとも近くにいる妻が分からぬわけはない。本人が語らぬとも、朝廷内での激しい葛藤の様子も耳に入ってくる。

「許さぬ」

妻の隣でいつか寝入ってしまい、夢をみているのであろう夫の寝言で、肌を擦り合わせた軽い疲れからの心地よい眠りを破られて、目が覚めた夜もあった。それも一夜や二夜ではない。悩む姿を見せまいとする夫に、妻としてひそかに胸を痛めていたものの、いかに気にはなろうとも、倫子はそ知らぬ様子で夫に接するしかなく、道長はそんな妻の態度に救われていた。

こんな時こそ婿の助けとなってくれたはずの彼女の父親は、二年前に、現職の左大臣のまま亡くなってしまっている。倫子が助力を期待したのは、父の後を継いで左大臣となっていた、叔父の源重信であったが、彼には火中の栗を拾い、事態を収めようという気はさらさらなかった。重信にしてみたら、争っているのは藤原北家の者たちであり、内輪もめとしか映っていない。岳父である源高明をおとしいれて、自分にも不遇な時期を過ごさせた邪悪な権力欲が、形を変えて露呈しただけ。

「火勢に分け入ったところで、火傷《やけど》をするのが精々で、なにも良いことはない」

ついには傍観しているだけでなく、厄介な争いから遠ざかろうとして、病気と偽り、大内裏に顔を見せなくなる。これを聞いて姪の倫子は溜息をつくしかなかった。長女、長男に続いて、前年には二女も誕生したばかり。なんの悩みもなく動き回る幼子たちを眺めるにつけても、はやく落ち着いた状況になってくれないかと祈るばかりであった。

源重信に頼る気持ちが夫に皆無であったのに、彼女は思い至っていない。当事者ではない者の余計な口出しは、状況を混沌とさせかねず、むしろ無用である。姿を明らかにしている前面の敵には正面から堂々と立ち向かうしかないのを、道長はよく分かっていた。姑息な策略はその場しのぎになっても、やがては行く先々でしっぺ返しを受ける原因ともなりかねない。

「左大臣として、目の黒いうちに右大臣を鍛《きた》えんとしているかにも思える」

重信の不作為に感謝さえしている。小心翼々としたつまらぬ疑念を持たない道長の性格が、人と人とを阻害する壁を造らせなかった。

その道長が、

「東三条院様のところへ、ご機嫌を窺いにまいろうかのう」

ある時期から吹っ切れたように、朝廷の動きを断片ながら妻に語るようになり、夫が行く手を遮っていた障壁を除《の》けたのが倫子にも分かった。出家してその頃には東三条院と称されていた、一条帝の生母である姉のもとを訪れるのに、同行を誘われたりするようになったのである。

これは、新しい家司として藤原保昌が、道長に仕え始めたのと時を同じくしていた。

保昌には初見の折から、見馴れた公家たちとは異なる、陽をあびた皮膚の艶に逞しさが感じられ、倫子は柄にもなくこの年上の男に興味を抱いた。

「藤原保昌にございます。この後、右府様にお仕えさせていただきます」

あまりの愛想のないもの言いに思わずむっとしたが、

「面《おもて》を」

屈託のない穏やかな視線を向けられた。描かれた引眉《ひきまゆ》とは違って自の眉は逞しく、鼻筋もやや無骨なものを感じさせたが、目は細めながら涼やかである。すぐに顔を伏せられてしまったのが惜しまれるようであった。

「諸事、よしなに」

「はっ」

短く応え、さらに頭を下げただけで、倫子の気配が消えるまでその姿勢を保っていたと、つき従っていた侍女から報告があった。振り返らなかったのが心残りになったのは、彼女にしては思わぬこと。

倫子が夫の新しい家司として、藤原保昌の挨拶を受けたときには、藤原斎明と保輔の二人が保昌の兄弟であり、祖父が藤原元方《もとかた》であることも分かっていて、彼らが引き起こした事件も思いおこされ、忘れておきたかった出来事が、閉じている幕の隙間から顔を覗かせてきたように思えた。なにせ元方は当時もっとも恐れられていた怨霊であり、怨みにさらされた帝たちに不幸がくり返されていたのである。夫の意図など分からなかっただけに、保昌から彼の兄弟の黒い姿や元方の悪霊の影を拭いきれなかったものの、じかに会ってみると、三十歳の半ばを過ぎた男盛りの保昌の姿は凛々しく、頼りになるものを感じさせた。構えさせていたものすべてを、挨拶を一度受けただけで消しきれないとしても、よい印象が残った。

元方の娘の一人が父の側室だったというのは、この折に初めて知った。当然ながら両親からは聞いたことはなく、保昌を見送って彼女のもとに戻ってきた侍女が、わけしり顔でそっと告げてきた。

「そのような」

眉をひそめた倫子を見て、

「つまらぬことを申し上げ、申し訳ございませんでした」

保昌の叔母が父親と深い係わりがあったとの話は意外であっても、不愉快には思えてこない。首をふり、侍女をほっとさせた。

主従二人の間になにがあったのか後々まで分からなかったが、道長の変化にこの者がかかわっていたのは間違いないと、彼女は確信している。世の中にはつまらぬ詮索などせぬ方がよいことも多い。知ろうとするあまりのあやまちもあるし、知ったがための不幸だってある。この者が夫によい効果をもたらしてくれたのなら、知らぬが仏である。

（いずれ、お二人の係わりについても、明らかになるでしょう。そちらは、楽しみにおいておくことに）と、倫子は割り切った。分かりたくはあるものの、どうしても深く理解しなければならない相手でもない。

「妬まず、怒らず、こだわらず、これを賢き室と謂う」

道長は、少年の日々に愛読していた『口遊』の曲調を真似て、倫子をよく冷やかしていたが、夫にからかわれるまでもなく、一事に捕らわれすぎないのは、本人も自覚している幼少のころからの性分であった。

2　保昌を供に

藤原斎明、保輔兄弟が傷害事件を起こしてから二年後、藤原保昌は兵部省の高官である小輔《しょうふ》の役を解かれ、令外《りょうげ》の官である鎮撫使に任じられて、信濃国に赴任していく。朝廷は、兄弟たちの事件に影響を受けての転出と受け取られるのを避けるために、何事も起こらぬのを願いつつ、ほとぼりがさめるのを待って、長く途絶えていた武威を示す官職を、非常な人事のために復活させたのである。保輔を捕縛できないどころか、所在や動向が定かでないまま無駄に時が流れているなかで、斎明や保輔の兄弟であり、彼らにも増して武技に長じた者との評判が高かった保昌を兵部省から外し、念のために都から遠く離しておきたかった朝廷の意図が、見え隠れする転任であった。

彼の叔父の一人がたまたま数年前まで信濃国司を務めていたし、その後の国司たち、たとえば道長と競合していた伊周の弟である藤原隆家らが、京を離れず遥任《ようにん》していたために、古来、牧《まき》の多い東国の要衝を平らかに治めたいといった表向きの意向が、本人には示された。

「面白いことが待っているかもしれない」

軍政を司るとはいえ、この頃の兵部省は退屈な役所になっていて、平板な勤務に辟易としていたところであったから、朝廷の怯えによる役外しから離れて、保昌はこの人事を前向きにとらえた。

それから三十歳代の数年間、彼には京の日常とはまったく異なる生活が続くことになる。実際に着任してみると、鎮撫使として与えられた権限は、決して小さなものではなかった。久しぶりの令外の役割というのは、前例は遠く霞んでいるし、定めも曖昧で、自由裁量の余地が大きく、縮こまるのも許されるが、伸び伸びとも振るまえる。しかも、この折の国司は京から動こうとしていなかったので、当時の信濃には、彼の行動を掣肘《せいちゅう》する立場の者などいなかった。

「高きを望まぬとはいえ、眠るがごとき生き方はつまらない。であれば、めぐってきた機会を好機ととらえ、そこに充足を探していけばよい。それこそ吾が質《たち》に合っている。弱きを相手にすれば弱くなり、馬鹿を相手にすれば馬鹿をみる。まずもって、自らを鍛え上げたくなるおのれになればこそ、だ」

恐れる者を遠ざけるのは、虎を野に放つがごとき危険にもつながり、公卿たちの臆病が判断の過誤ともなりかねなかったが、藤原保昌が賢く冷めた虎であったのは、朝廷にとって幸いだったとしかいいようがない。

「高山あり、大河は流れ、平もあれば、湖もある豊かな自然。山河だけでなく、日常の生活にも起伏がある」

保昌は、都のあれこれに耳目を向けて判断を左右するような素振りをまったくみせずに、信濃国の統治にひたすら注力し、役務をぬかりなくまっとうするだけでなく、都から離れた遠国《おんごく》での役割を満喫している。

精励ぶりは都にも聞こえてきていた。この役目を終えさせたのは右大臣になったばかりの藤原道長だった。保昌のような人物を起用することの危うさはあろうが、それを避けていては前には進めない。

「腰くだけるような無様な姿を、人前にみせるわけにはいかぬ」

自分の気持ちに鞭打ち、鼓舞したのである。

たまたま運よく権力への扉が開いただけで、進みゆく道が多くの岐路に分かれているのを、道長はおのずと覚悟していた。直前まで、朝議を牛耳る立場に立つのは漠然とした夢に過ぎなかったものを、突然、まったく予想しにくかった局面の中で、なんの手立ても準備できていないうちに、恵まれてはいても、つらくもある状況に立たされてしまった。予期せぬ役割を与えられて、展望が拓けたのは間違いないが、あまりにも急すぎる展開は危険も伴っている。

(天上への上りやすい階段などないのに、奈落は常に目の前。手をこまねいていたら、落ちていくしかない。機会を失してしまったら、残るのは後悔だけ。そうなってから歯ぎしりしてみても仕方がない)

なんの引き継ぎもなかったうえは、自力で態勢を整えて、流れを意図する方向に導いていけるようにしなければならないが、敵対する者を黙らせ、政権を安定して主導するまでの途次には、陥穽《かんせい》がいくつも待ち受けているはずである。

「先が見えるところまで、早くたどり着きたい」

独り漏らすだけの道長の本音であり、たとえ妻にも悟られるわけにはいかない。誰に対しても不安げな様子など見せられず、みかけはできるだけ駘蕩《たいとう》とした姿を示さなければ、足元を見透かされてしまう。だから、心許せる家司がぜひとも必要であった。言葉にしない胸のうちを、なにも言わずに忖度《そんたく》してくれる者がほしかった。扉をこじ開け、ようやく権力を差配できる領域に足を踏み入れながらも、権力基盤がなお定まらない誰もが、身の周りでさりげなく補佐してくれるのを念願する存在である。

世を安寧に統《す》べ続けなければならない人物には、主人をただの冠に見せてしまうほどの配下と、そんな者を心服させられる器量が求められる。

「側で仕える者はしっかり、主人はおっとりとみえるくらいが望ましいのです。例えば、漢の高祖である劉邦がしかり」

姉の教師の一人から、漢や唐の歴史を学ぶ中で聞いたことがあった。

（和田是業は力不足、平群真臣は善人であるのが取り柄の、下働きが似合う者であるし……）

権力を軌道に乗せてさえしまえば、断りたくなるほどに人材は集まってくる。せめてそれまでの間は、腹心の者が欠かせない。保昌にかかわる風聞であれば、真偽を別にして、言動の端々までまずは集められるだけの情報を集め、咀嚼《そしゃく》して、藤原道長は一人で決した。

「このような者を使えなくては」

道長には、若年の頃に保昌とわずかながら接した記憶も残されていた。

弓術の鍛錬を学問よりも好んだ彼は、時おり兵部省の弓術道場に通っていたが、そこで抜きんでて強い弓をひく青年貴族を目にしていて、彼が藤原保昌と聞いた覚えがある。道長は漆塗りの腕力相応の弓をつかっており、高官の子弟の中では的によく命中し、自信を深めていて、漆の朱が鮮やかな弓は彼の自慢の逸品であった。

ところが、藤原保昌という年長の若者が放つ矢の勢いは、別の武具からのものではないかと錯覚させるほどで、鋭く空気を切り裂く音を発して走る矢が、他者のものとは異なる深さで的に突き刺さる。いかなる弓か問うてみると、

「堅いはぜの木を芯にして、厚めの竹をにかわで両面に貼りつけただけの、ただの弓にすぎません」

笑いながら答えてくれたので、頼みこんでひかせてもらったが、弦を右手《めて》で握りしめてようやく左右に引き分けられはしたものの、引いた肘が定まらず、矢をつがえて的に向かうのは諦めた。

「強弓が必ずしも優れているわけではありません。身に合った弓を選ぶことこそ肝要。無理な背伸びは怪我のもと」

慰めるでもなく、誰かと知った上で臆しもせず、若き道長に屈託ない笑顔を向けてくれた姿が、印象として強く刻み込まれている。

「腕の力だけでは強い弓はひけません。身体を中心に弧を描く気持ちで、左に押し、右に引く力を均衡させ、円の中心に無心で入っていく心持ち。そこで初めて円を二つに割る。貴方の良いところは、急ぎ矢を射て、早く的に当たるのを見たいと急いていないところです。的を矯《た》めて、力を溜め、気が満ち、機が熟するのを待っている。弓を物として扱うのではなく、身の一

部のごとくにされている。できるようで、できないことです。お若いのにと感心しておりました」

真っすぐに褒められて、道長はこの青年が好きになった。

「弓は武具でありますが、神器《しんき》でもあるのです」

鹿皮の弓懸《ゆがけ》をはめた右手を胸近くに静かに寄せた。

「高ぶっている気持ちを沈静させてくれるのも、それゆえかと」

青年の矢が放たれると弓がくるりと回転し、左手《ゆんで》の甲を弦が軽く打つのも、道長には羨ましく映り、稽古をしてみたが旨くはいかなかった。

「藤原保昌があの青年ならば、弓が掌中で回るこつも教えてもらおう」

保昌との再会が楽しみになってきた。

この時代、武力に傾斜する軍事貴族が生まれ始めていた。花山天皇出家時にも一役を果たした源頼光をはじめとする武家源氏、あるいは坂東でも力を蓄えていた平氏の一党などである。藤原保昌の出自は彼らとは異なり、朝議に列して民部卿を務める者がいるような家柄であり、武事と係わりない。そうではあるが、武に近しくないはずの貴族にもかかわらず、彼が武勇に優れていることは道長の耳に入っていた。少年時代の弓術道場での印象もはっきりとよみがえってもきて、当面の競合相手の一人となっている伊周弟の隆家が、当時の信濃国司であったので、政敵を追い落とすなにかの材料を保昌が握っているかもしれないというかすかな期待もあって、彼を家司として抱えるべく命を発し、信濃を離れさせた。

武力をもって圧する時代は遠く過去のものであり、まだ先のことである。武威を示すのが精一杯であった。

(遠くから呼び寄せただけのことがあった。良き供をえた)

再会の場で確信した。

(多くを言葉にせずとも、深く通じ合える)

「十年よりも昔になるが、兵部省の弓場《ゆみば》で相まみえて以来と思うが」

伏せ気味にしていた顔をさらに下げた。

「然り、と存じ上げます」

「久しぶりの都はいかがであるか」

上げさせた面からは不思議なほどに気負いが伝わってこない。

(この者にとっては、人生の大きな転機になりうる局面のはず。肩に力が入ってしかるべきものを)

拍子抜けするほど淡白な様子には、がっかりするほど。

「ひたすらご自重あるが宜しかろうと、拝察申しあげます」

主人の当たり前の声がけに、見当違いな一言が返ってきた。

「なんと」

訝しげな道長の表情を確かめ、

「離れし頃とは違って、戻ってまいりました都には、いささか荒ぶった気運が感じられます。右府様には、ご自重が肝要かと思われます」

自重という言葉だけを背負って信濃から戻ってきたようで、なにやら可笑しくさえあった。無駄なものを一切捨象した、思いもよらなかった直截《ちょくせつ》な物言いを耳にして、このところはやっていた気持ちに落ち着きが戻ってくる。

「さようか。自重がよいか」

無礼でさえある唐突な反応にもかかわらず、違和感なく流れに乗れた。怒りをかう恐れがあるのは保昌も承知していたが、腹を括って任地を去ってきたからには、唯々諾々《いいだくだく》と随従するだけでは収まらない。信濃国に、忘れ物のようにおいてきた女性への想いも、早く払拭しなければならなかった。

（これしきのことで立腹されるようなら、吾が標《しるべ》たらず）

道長は保昌の力量を頼みとし、保昌は道長の器にかけた。

双方ともに、十数年前の弓道場での記憶をよみがえらせ、相手を再び認めあえたのを確かめ、それぞれに安堵した。

「御意」

武威の誉れ高き者から、自制するようにとの助言を受けたのは意外であったが、かえって堪能するものがあった。これまで接したことがない頼もしさに触れえたようで、納得できたのである。

「随分と風格が増したのう」

道長の本心であった。目を細めて、まぶしそうに保昌を眺めた。

久しぶりに会った保昌が、寡黙な男になっているのに道長はすぐに気がついた。立場の隔たりが大きくなったゆえの遠慮かとも思ったが、向けられた視線のさわやかさや、動じるものをなにも感じさせない落ち着きは、若い頃とおなじ。兄弟たちの所行のとばっちりを受けて都から遠ざけられ、積み重ねたであろう葛藤や辛抱が、言葉数を減らす生き方にたどり着かせ、自ずと静かに周りを圧する力を増したのであろうと推量した。

「滅相もございません。恐れ多くも右府様の命を直接賜り、ひたすら恐縮するばかりでございます」

「よしなに、な」

「はっ」

道長の意図など、信濃から呼び寄せられた際には分からなかったものの、保昌はすぐに事情を理解し、これによく応えることになる。

(信濃であれば名馬もいように。吾が室への挨拶として、絹か、せめて上等の麻布の十反や二十反くらいは、手土産として運んできても不思議ないものを。いや、普通の者なら間違いなくそうする)

右大臣が声がけして京に復帰させたのに、身ひとつで顔を出したのも意外であったが、それもいくつかの言葉を交わしているうちに、直情だけを持参してきたかに思われ、不快なものにはならない。それどころか、道長には、先々に進み行くための勇気と運を伴って、この家臣が舞い込んできてくれたと実感できた。

「かく再び巡り合う縁ならば、必ずやよきものに違いあるまい」

心内でつぶやき、安心して一言をつけ加えられた。

「仮の居所を近くに心づもりしてある」

要《かなめ》を押さえた後に、準備してあったであろう住まいに言い及んだところに、道長の歩んできた足跡が確かめられ、保昌も安堵した。

「ご配慮有難く、お指図のままに」

保昌は信濃から都に呼び戻されて、新しい主人の前に伺候するまでの二日間に、なぜ自分に声がかかったのかを探り出している。

久しぶりの京に近づいたところで、弟保輔の配下の伴継雄《ばんつぐお》なる若者が出迎え、保昌だけをそのまま隠れ家に案内した。供の者たちは主人を一人にするのが不安げな様子であったが、笑顔で首を振られて素直に従った。次の日の待ち合わせを約して、それぞれが馴染みの住まいに向かうのを見送り、継雄に従った。弟の住まいなど知るわけもなかったが、朝廷からあらかじめ知らされていた父親を通じて、保輔に情報が伝わり、彼は兄の入洛の日も探り当てていた。

寂れかけていた右京の、西寺よりはるか西、近くまで迫り来る小高い緑に封じられて、家並みも途切れがちな一角の破れかけた建物は、入る者の行く手を遮るかに配された木々に埋もれ、外からはその姿に気づけない。馬から下りて、案内されるままに足を踏み入れると、外見とは異なり中はこぎれいに調えられ、奥まった板の間には、四尺四方ほどの新しい畳が二枚敷かれていた。

「いつもは莚《むしろ》なれど、今日ばかりは貴人に失礼があってはならぬからのう」

保輔が冷やかしながら兄を着座させてから、手を叩いた。合図に応じて酒肴を運んできたのは、顔かたちが住まいにそぐわぬ若い女だった。

「住み心地が良さそうじゃな」

「そうよ。堅苦しいものがなく、好きなまま、気楽に住んでいる。ゆっくりしてくれと言いたいところだが、そうもいくまい。都の実情だけは急ぎ伝えておきたくて、顔を出してもらったのさ」

兄がなぜ道長に呼び寄せられたのかを、おおよそ推理していた。

「権大納言にすぎない道長が内覧の宣旨を受け、右大臣に叙せられたのだから、内大臣の伊周が面白いはずはない。地位を飛び越されただけでなく、氏長者や内覧の座まで奪われてしまったのだから」

天皇に奏上するすべての公文書に予め目を通す内覧は、実質的な政務の統括者で、関白や摂政にちかい権限をもち、天皇の治世の代行者ともいえる。先に世を去った関白の藤原道隆は病に臥すと、権力の実質上の承継を図り、内大臣に引き上げていた嫡子の伊周に、右大臣である弟の道兼を飛び越して内覧の宣旨が発せられるよう、一条帝に強引に嘆願する。病身を気づかわれてこの願いは渋々受け入れられただけなのに、(関白の病の間に限る)という条件がつけられた宣旨の内容を不満とした伊周は、自らその修正を求めた。帝の沙汰に異をとなえるこの要求は当然退けられ、もともと後ろ指を指されがちであった彼の評判は、さらに悪化の一途をたどることになってしまう。

これもあって父亡き後の伊周は、定子中宮の兄という強い立場にあるようにみえながら、孤立していたのである。本人や彼の取り巻きたちだけが、いささかも自覚できないでいただけ。

「傲慢な伊周が、なにもせずに大人しく引き下がるとは、誰も思っていなかった」

公卿の争いとも思えぬ直接の実力行使を、冷やかす口ぶりで、保輔は兄に語って聞かせた。

「隆家などわれらの仲間にしたいほど。あんなままでは公卿の世界に住むのは難しかろうに」

五位の職位にあった貴族ながら、今や都中の盗賊たちを束ねているといわれる保輔だけに、表の動きだけでなく、裏事情にも精通しており、今回の争いの行く末までも見据えていた。

「あの兄弟や係わる者たちの評判は悪すぎる。四方八方敵ばかり。権勢に陰りがみえてきているというのに、悪あがきをしているとしか思えない。いずれころげ落ちていくであろうよ」

女癖の悪さにまで触れ、この者たちにまったく好意を抱いていないのがよく分かった。同じように呼び捨てにしながらではあるが、道長とは違って、伊周、隆家の名前は口にするのも疎ましそうである。

(嫌悪している)

弟の一本気な性格が幼い頃のままと変わらないように思えて、微笑ましく、懐かしさにかられてしまう。

「変わらぬのう。いつまでたっても、素直で、正直じゃ」

「この悪党にそんなことを言ってくれるのは、一人だけよ。涙が出るわ」

兄の昔ながらの言葉は久闊を叙せた喜びを、すぐに喪失感へと変えてしまった。道長の家司となることは、おそらく栄達の道への入り口に立ったということであろうから、それは敬愛する兄だけにひたすら喜ばしいが、見方を変えれば、朝廷から幾重にも追捕を受けている自分の住む世界から、いっそう離れていくことでもある。むしろ敵対する領域に入ってしまいかねず、心許して保昌と酒宴を張るなど、これからは考えにくい。

（ずっと甘えてこられた兄が、遠ざかっていく）

酔えないままに酒を浴びながら、自分が知りえている事情のすべてを伝えきったと思えたところで、抑えてきた睡魔に襲われて、畳の上に倒れこんでしまった。すでに夜明けが近づいてきていた。弟の思いと言葉を静かに受け止めた保昌は、寝入った保輔の顔をしばらく見やってから、手のひらでひと撫でして、明るくなる前に隠れ家を後にした。部屋の外で寝ずに控えていた伴継雄が、灯りの隅からなにも言わずに眺めているのに気がついた。

若者も、にこやかな表情を浮かべて立ちあがった。

馬を先導して道案内に立った継雄と久しぶりに朝ぼらけの都の空気を味わいながら、都に真ん中から足を踏み入れんと思いたち、九条大路を東進して西寺も通り過ぎ、羅城門の跡地にたどり着くと、継雄が自ら足を止めた。

「ここに羅城門があった。そなたは知らぬだろうがのう」

すでに木片も瓦も、建材や薪《たきぎ》として持ちさられ、礎石が残っているだけ。そこから、ずっと先まで見通せる幅広な朱雀大路が北へ直進していく、保昌は何度も仰ぎ見たことがある今はなき都の正門。

「知っている。我《われ》が生まれた場所だから」

意味が解せぬ保昌に向けて、継雄は寂しげな表情を浮かべた。

「ここに住みついていた母《かか》は、大風で門が倒れた時に、下敷きになってしまったようじゃ。着ていたぼろきれを剝がそうとした奴が、骸の下でかすかな泣き声がしているのに気がついて、助け出されたらしい」

「そうであったか」

「だから、ほかのことは分からぬが、歳だけは確か」

丈夫そうな赤子だったのだろう。拾われ、飯にはありつけたものの、物心つく頃になって盗賊の一味に売られてしまう。

「名前なぞ縁がなかったのに、伴継雄なんていう妙な名をつけられてしまった。もっともらしい名前をつけて高く売りつけようとしたらしいが、これがからかいやいじめのもとになるとは」

確かに少年にとって、不都合な名前であったのだろうと思えた。百三十年前、南面から官人たちが日々くぐって朝堂に向かう応天門に、火をつけたとされ、遠い伊豆《いず》国に流刑になった大納言、伴善男《よしお》の名に似ている。伴（大伴《おおとも》）氏と紀《き》氏、藤原氏より古くから連綿と続いてきた両氏族が一挙に力を失った事件の主犯とされた人物である。藤原北家が権力を固めつつあった中の出来事であり、真実とされた経緯《いきさつ》に疑義が残されたまま、応天門が焼失したという大事件の暗い記憶だけが語り継がれてきた。

保昌には、真相を疑っている京雀による、藤原氏へのからかいかとも思われたが、重たい名前をつけられて、わけも分からぬうちに返事をさせられていた本人はたまったものではない。この名前がもとで、同じ歳恰好の仲間数人と大喧嘩になってしまった。気働きのよい継雄が盗賊の頭領に目をかけられていたのが、妬みをかい、仇《あだ》となる。

「継雄は火つけがうまいそうじゃなあ」

「なに、もう一度ぬかしてみろ」

「母にでも教わったか。そうか、お前は母なしだったたな」

殴りかかったものの、多勢に無勢ですぐに袋叩きにされてしまった。殺されかける中を必死でくぐり抜け、追手からはなんとか逃げおおせられたが、帰る場所を失い、野垂れ死に寸前で、西寺の南大門近くで斃《たお》れていたところを保輔に拾われたという。後日、継雄が生きているのが分かってから、連れ戻そうとして盗賊たちが押しかけてきたが、保護した相手が保輔だと分かると、愛想笑いをして引き揚げていった。

「我に救いの手を差し伸べてくれたのが、保輔様。供として仕えるうちに、武具の扱いだけでなく、いずれ役に立つこともあろうと、文字の読み書きまで教えてくれ」

継雄が言葉を詰まらせた。保昌を見上げた目が潤んでいる。

「保輔様は、父でもあり、兄でもある。いや、神や仏と同じ」

母を知らず、本人になんの責めもない理不尽な理由でいじめにあったのは、保輔も同じ。それも、もはや父と保昌しか知らない。

(捨てておけなかったのであろう。弟らしい)

「ここからは一人で参る。ご苦労であった。また会おうぞ」

手綱をひと揺れさせ、鐙に力を伝えた。再び会うこともなかろうと、涙ぐんでいる若者から目をそらし、片手をあげて別れを告げるのが、弟との別離にも思えてくるのを堪《こら》えながら、なぜか動きたがらぬ馬の腹に両足を強くあてた。

儀式や祭事でもなければ早朝でなくとも人通りの少ない朱雀大路を、馬の蹄の音だけを耳にしながら北上し、小さな点にすぎなかった朱雀門が、輪郭をなぞれるほどの大きさになり、正面から形をはっきりと確かめられるようになったところで左に折れ、右京三条の父の屋敷を訪ね、ひと眠りした。

「信濃の務め、大儀であった」

そっけなさは相変わらずだが、心なしか優しげな眼差しに、父親の老いが感じられる。信濃国司だったこともある叔父から聞いていたようで、京とは異なる東国での生活にまで言及され、いったんは息子としての視線を向けたくなった。

「父上のつつがなきご様子に心から安心いたしました」

だが、かれら親子に定められたものなのか、一人の女性に話が及ぶと、すぐに行き違ってしまう。

「そなたの母については、報《しら》せたとおり」

亡き母親についていくつか加えられた短い言葉で、保昌の心はすぐに冷え、父親から離れていく。

「ここに住んでもよかろうと準備はしておいた」

「有難きお言葉ではありますが、手当てしておりますので」

間髪をいれずに断った。

「左様か」

返事の仕方で息子の心情を窺い知ったのか、うすら笑いで応えた。誘いに応じて、せめてもと朝食だけはともにした。

日が高くなる前に集まってきた供と手分けし、一日かけて京の様子を探ることに費やしている。その結果、

「右府は、悠々としているのがもっとも良かろうよ」

弟の言葉に迷いなくたどり着けた。これを、立場を違えての再会の折に、道長に短く伝えたのである。

知りたくもなかったが、父親の悪評が数多いのには辟易とした。金を貸して厳しくとり立てているというのも、しばらくぶりの屋敷が、前にもまして豊かになっているのは明らかだったから、意外なものではない。父とは違って、見える悪事を重ねているはずの保輔が、都人から好意を持たれているのにも、保昌は納得できた。

（貴族や官人だらけの都では、民人には、うわべを透かして、ありのままを識別されてしまうということか。やはり、どこか安閑《あんかん》と過ごせた数年間だったのだろう）

信濃から、たちまち京に引き戻されてしまう。

（都に戻った途端、なぜか意地を張りたくなるのは、いかんともしがたし。徐々に馴らしながら歩むより、ほかない）

翌年の一月に、伊周と隆家の兄弟が、花山法皇に矢を射かける事件が起きた。先の太政大臣

の娘たちとのことが発端である。花山天皇の女御の一人にこの大臣の長女がおり、彼女の急逝に悲観したことが、落飾して帝位を去るきっかけとなったほど、帝はこの女性を寵愛していた。ところが、道長一家による策略にのせられて法皇となってからは、ひそかにその妹の次女のところに通うようになっていた。伊周はこの三女のもとへ足を運んでいて、よく確かめもせずに、法皇も同じ女性に想いを寄せていると、勘違いをしてしまったことが引き金となる。いずれも、美女の誉れ高い姉妹である。

脅かすだけのつもりであったとはいえ、従者が放った一本の矢が、法皇の衣に突き刺さってしまった事実は重すぎた。事情を知れば、どちらも褒められるような行状とはいいにくいとはいえ、襲った相手が法皇であるうえは、不敬が放置されるわけがない。権力奪取の競い合いをしている状況に鑑みるまでもなく、

「あまりにも浅はか」

事の次第を耳にした者たちは、ひそかに嘲《あざけ》った。

事件を道長は、都の治安を司る検非違使よりも先に知った。弟からの連絡を受けた保昌が、事実であるのを素早く確かめるや、即座に道長に伝えたのである。

「主上」

いち早く参内した道長からの奏上に、一条天皇は当初信じられぬ様相を示したが、それも、

当時は検非違使別当《べっとう》であった藤原実資《さねすけ》に確かめさせてからは、激しい怒りに変わっていく。先代の天皇に対する大逆罪であり、帝位をないがしろにしているとしか思えない。もともと真っすぐな心の持ち主で、理非に厳しい帝であるのはよく知られたところ。これから先は、内覧の道長が後追いで知るような帝命が、天皇から直接に発せられているが、この当時きわめて珍しいことであった。

彼らの行状を調べるなかで、伊周たちの縁者による東三条院詮子に対する呪詛や別の大罪も露見し、関係者に対して厳しい措置がとられてゆく。中宮の定子も、兄弟の愚行によって辛い立場に導かれてしまうが、帝は愛妻が窮地に陥るのにさえ目をつぶり、一歩も引く気配をみせなかった。

その一方で一条天皇は、まずは自分のもとに駆けつけた道長の姿勢を多とし、事件の素早い把握にも感服している。十分評価するまでにいたっていなかった道長を、見直すことにもつながった。

ちなみに、伊周と隆家兄弟は、罪科を咎められるなかで、異なる姿勢を示すことになる。兄の伊周は大宰府への左遷が決しられても、中宮である妹の陰に隠れるように未練がましくふるまうも、弟の隆家は観念してからは潔く罰に服した。

「なにの苦労もなしに内大臣になった伊周ならこそ、さもありなん。不思議ではない。取り持たれることが少なかった隆家のほうが、やはり逞しかった」

道長はこれを他山の石とした。

「息子には、時に応じて厳しく接してやらねば。それが親の愛というものであろう」

ここから先の道長は、情勢を冷静に把握しつつ、つまらぬ言動は抑え、流れに沿って静かに動くだけでよかった。

この年の七月、藤原道長は右大臣を一年で通過して左大臣に任じられた。左大臣であった源重信が病気を装っているうちに、高齢もあって本当に病気になってしまい、二か月ほど前に他界して、左大臣が空席となっていたのである。

関白職ができて百年ほど経ち、この頃には公卿最上位の役職として定着していたものの、あくまで令外の官。また、古くからおかれてきたとはいえ、太政大臣は徐々に名誉職の性格が強くなってきていた。行政の最高責任者は、やはり左大臣であり、右大臣はあくまでこの補佐である。道長の一年間は、名前だけの左大臣を上に仰ぎながら、政務を司らざるをえない、不安定な役回りのものであった。

「左府様」

簀子から階段の下段まで降りた道長が、ひれ伏した保昌の顔を上げさせ、肩に手を預けた。祝意は一言で表され、謝意も一触れで伝わった。

一連の騒動を通じて道長は、権力闘争のなんたるかを探り当てていた。

「出すぎてはならない。自重こそ肝要。強く踏み出して手の内を見せてしまえば、相手に構える余裕や反逆の機会を与えかねない。淡々と努めながら自制している敵ほど、怖いものはない。なにを考えているのか分からぬ疑心暗鬼で、敵対する者を不安にさせられれば、それで十分だ。本心をさらす必要があるほどの勝負の機会など、一生を通じても、ごくわずかであろう」

後に御堂《みどう》関白と称されたりはしたが、藤原道長が関白に就くことはなかった。関白になるのは難しくなかったものの、食指を動かしさえしていない。

「関白を目指して、なりふり構わぬ争いが続きすぎた。関白の座奪取に力を注ぎ過ぎ、朝政に混乱をきたすのさえ厭うていない。関白とは、それほどのものなのか。この二文字に、父や兄たちの早い死が重なってならぬ。どこかで一度は断ち切らねば。それも吾が役回り」

ひそかに呟くだけの、誰にも気取らせてはならない道長の恐れであった。

「関白への詔勅を願ってくれた姉は有難いが、詔を拝しえなかったのは、天の差配のようにも思える。天命には従うのみ」

これを大官たちほど、関白の座さえ無用としていると彼の心中をうがって推量し、より大きく見える権勢に頭を下げるようになっていく。

「それに、ここまで至れたのは、ひたすら運の良さゆえ。吾が力などと奢《おご》ってはなるまい。自重、自重」

一方の保昌は、力任せの争いをできるだけ遠ざけんとする、主人である道長の生きかたに深く共鳴していった。

（信じるところに従うのはよいとしても、それを一切疑わないだけでなく、腕力に頼ってつき進まんとする者を上にいただくほど、危ないことはない。思い込みの強い男はおのれを映す鏡を無用としていて、他者の意見は批判としか受け取らない。へつらう者たちに煽《あお》られて信じこんだ正義が、時に大きな害悪となって多くの人たちに苦難を与えかねないことにも一顧だにしない。道長様は難事にあたり、よく迷い、よく疑い、よく悩み、そのうえで決しられた。断行しなければならぬときこそ、自分の信念に厳しく熟慮を重ねられた。それゆえ安心してついてこられたし、これからも従っていけよう）

主従は、それぞれ再会の縁に感謝した。

五　藤原保昌

1　保昌の系譜

道長に仕えるまでの藤原保昌は、その出生からして、長じるほどに難儀な歩みを定められていた。

保昌は藤原氏の一族とはいえ、権勢の中心から外れ、衰退の一途にあった南家の一員として産声を上げ、ややこしい事情が取り巻く中で育っているが、その多くは、保昌の祖父である藤原元方が、当時もっとも恐れられていた怨霊だったことに起因している。

藤原氏の繁栄は、ひたすら皇室との結びつきが底流にあり、女帝が遠い過去のものとなってからは、まず娘を入内させ、皇子の誕生から立太子の成否が興隆と衰亡とを分けた。天皇との姻戚関係の濃淡が、政権の行方を定めるようになって、すでに久しい。

権力の中枢から遠ざかっていた南家の藤原元方ではあったが、その娘が更衣として村上天皇（六十二代）の後宮に入り、第一皇子である広平《ひろひら》親王の母となった際に、不安は残しつつも乾坤一擲《けんこんいってき》、天皇の外祖父になるという望みを抱いてしまう。帝の長子の祖父になるという僥倖に巡り合えたのだから、それもやむをえず、実家に戻った娘が産み、育てている孫の顔を毎日眺めているうちに、夢は大きく膨らんでいく。

「皇子のご誕生、これほど目出度きことはございません。麻呂は、この日を長く心待ちしておりました」

朝議の前後に、檜扇で口元を隠しながら何人もの公卿たちが寿いでくれたし、元方の邸には祝の品がひそかに届けられもしたから、祝意を受けているうちに、前途に光明が待っているように思えてくる。

「夢ではないかもしれぬ。そうなったら、いかにせん」

現実のものとなるかもしれない様々な情景を想定しては、独りほくそ笑んでいた。世評の高い村上天皇だけに、公正な判断があるものと期待をかけたのである。

ところがほどなくして、かすかに不安視していた方向に運命は流れ、大望《たいもう》はあえなく崩れさる。右大臣である北家の藤原師輔《もろすけ》の娘が、第二皇子ながら誕生間もなく立太子される憲平《のりひら》親王を産み、もともと更衣より上位の女御だったとはいえ、后《きさき》として中宮となっていくのが、元方には自分たちとはかけ離れた夢物語のように思えてしまった。第一皇子の母となったにもかかわらず、女御にもなれずに更衣のままに据えおかれた娘の姿は悲しく、弟に皇太子の座を奪われた孫は哀れである。

「更衣の父であり、親王の祖父である麻呂が非力ゆえ」

髪をかきむしって痛さを刻みこむ自虐の朝夕を繰りかえす元方には、第一皇子の誕生を祝してくれた公卿たちが、手のひらを返すように右大臣に祝意を伝える姿は、娘親子をいたぶるものでしかない。

「やんぬるかな」

右大臣の兄である時の左大臣も、女御として娘を入内させていたものの、皇子の誕生をみておらず、憲平親王が東宮に立てられた際には、朝堂の首座にあったにもかかわらずなんの相談もなく、内定後の報告には思わず大息を漏らすしかない。師輔は、立太子にあたってひそかに村上天皇に諮《はか》り、したたかに帝の聖断として兄を出し抜いた。

この頃から藤原北家も枝分かれしていくが、この右大臣を祖とする九条流《くじょうりゅう》は北家の主流となり、やがて摂関家へと流れていく。彼が道長の祖父である。

弟の策略で、左大臣の娘がこの後に皇子を産んだとしても、皇太子への道は閉ざされてしまったのも同然で、娘ももはや后にはなれない。普段から気難しい表情の左大臣が、元方に首を振ってみせたのも、弟の家系の隆盛を、子孫が指をくわえてみることになりかねないからであったが、実際、彼を祖とする小野宮流《おのみやりゅう》は、本来なら北家嫡流のはずなのに、予測されたとおり、徐々に傍系の扱いを受けるようになる。

「無念」

眉間《みけん》の皺を深くした痛惜の表情を、元方には隠そうともしない左大臣から、ひしひしと伝わってくる遺憾の念に、元方は心《しん》から共鳴した。正直な気持ちをぶつけられて、どちらかというと苦手にしていた、気難しいところのあるこの男に、親しみを感じてしまうほどであった。

この元方の長男である藤原致忠《むねただ》を父として、保昌は生まれた。

元方の生前から、孫の広平親王が、憲平親王に東宮の地位を奪われた形になっていたため、彼が怨念に取りつかれ、いずれは怨霊と化していくのではないかとの予想はあった。それから三年、元方は痛恨の思いを消しきれずに、六十五年の生涯を閉じる。

「この怨みを」

最後の一言を跡切《とぎ》らせ、宙を睨《にら》みつけたままこと切れたと流布されていた。

数年後の右大臣の病死がまず不安の種を蒔く。乳児にして東宮となった憲平親王の奇行も、幼い頃から人口に膾炙《かいしゃ》されるところとなり、冷泉天皇として皇位を継承する頃には、帝としての所作に懸念が示され、病弱としてわずか二年で退位せざるをえなくなると、元方の死霊がすべてをあやつっていると、誰もが疑いを挟まなくなってしまう。

藤原致忠は、妹が天皇の更衣となり、嫡男ともなりうる皇子を産んだ際には、半信半疑ながら、自分の未来に一筋の明るい光を感じなくもなかった。ただし、夢は抱きつつも、時の権力中枢に列する右大臣の娘と、南家出身で、ようやく中納言の地位まで上ることができた父の娘とでは、比すべきでない立場の差を認識もできていた。

「たとえ更衣の方が美貌に優れ、よしんば帝の愛情が深かったとしても、だ」

父親が天皇の外祖父になるとは考えにくく、妹が天皇の第一皇子を生んだことにより、父が大納言への道が開けたことで、「よしとすべきか」と、冷めてみている。

元方は確かに右大臣とその孫を怨んだが、息子の致忠は父とは違い、村上天皇からは、おさまりのよい判断が冷徹に下されるであろうと考えた。賢帝だけに、むしろ朝堂から争いの芽は摘んでおきたいはずであるし、女御と更衣の産んだ皇子には、遇され方に違いがあるのも分かっている。致忠は結果を恨みはしなかったし、予想通りになったことを違和感なく受けとめたが、しらけはした。


南家出身の悲哀を幾度か舐めさせられているうちに、藤原致忠は、貴族社会の出世争いに距離をおくようになっていく。元方の粉骨砕身ぶりを嫡男としてもっとも間近で見てきて、いかに能力があり汗を流しても、北家の壁をこえられない現実を痛感せざるをえなかった。元方は娘を入内させるのみならず、皇孫でやがて左大臣となる源雅信にも娘の一人を嫁がせ、北家の壁の一角でも穿《うが》たんと全力を注いだが、すべて徒労に終わっている。

「父の位階や母の出自からして、吾が望める地位がおのずと定まってこよう。高くはなくとも、決して低くもない。無理をしたところで、足をすくわれかねないだけ。子孫にも責任は持てぬし、それにもこだわるまい」

彼の弟には、参議の娘を母として国司を務めた者や、大納言の娘から生まれたゆえに従二位に叙せられて民部卿になった者もいるから、これが見当違いではなかった。もっともこの弟たちにしても北家出身でなかったから、大臣にはなれなかったが。大納言となった父の元方の地位には及ばぬものの、致忠とて従四位下右京太夫と高位の役職をえている。町政を司る役目ながら、発展を続ける左京と違って、廃《すた》れかけている右京担当というのがいかにも彼らしくはあったものの、それでも京職の長官。

肩肘張るまいとする姿勢は女性選びにも通じて、彼は妻帯には興味を示さず、気に入った女子のもとに通って満足していた。

「つまらぬ」

気位の高い女に背伸びをしてみせるなど詮方ないものとして、ひたすら気楽な相手を好んだ。結果として、保昌の兄弟たちは、名前もろくに知られていない女たちから生まれ、乳離れもしないうちに、豊かな父の手に託されることになった。致忠はこれも割り切り、納得して子どもたちを受け入れた。母親の姿も追えずに父親との生活が始まった兄弟たちが、乳母《めのと》とも言い難い仲働きの女たちに育てられ、母というものを知ったのは、いずれも物心がついてからで、少年の域に入っていた。

ところがまったく意に反して、致忠は妻を迎えざるをえなくなる。しかも、考えに沿わない身分の相手、醍醐天皇の孫娘であった。この女性が保昌を生む。

「京職の太夫として、しかるべき室を隣におくのがよかろうよ」

縁談は、あの右大臣師輔の勧めによるもので、怨みを抱いて卒去した父親への、彼なりの鎮魂の願いであろうと致忠は推量したものの、示された相手が皇孫であるうえに、右大臣からじかに勧められた結婚話を断れはしない。

「かえって迷惑な。なれど、逆らう能わず」

扱いがややこしかろうとの憶測とは違って、通い始めてみると、女性は皇孫ながらそれを鼻にかけもせず、彼とはかけ離れて生活臭が薄いのがむしろ新鮮であった。致忠は彼女を気に入り、保昌の誕生をみる。

「吾がもとから離れまいぞ」

寝屋では、甘い戯言《ざれごと》まで口にしていた。

保昌が生まれた年に藤原師輔が薨去してしまうとは、致忠が予想しえないことであった。彼の女性への想いとは別に、右大臣の死が怨霊となった父によるものとされ、さらに広平親王が少年期を迎え、弟に皇太子の座を奪われたのが誰の力によるものかを知るにいたると、師輔の声がけで娶った妻から、遠ざからざるをえなくなる。結局、致忠の訪れは、後ろ髪を引かれまいとの彼の決意から、ぷっつり途絶えてしまう。

醍醐帝の親王とはいえ、保昌の祖父は必ずしも恵まれためぐりあわせになく、娘に父親の記憶も残せぬ年齢で薨去している。ただ、藤原北家にとって皇子《こうし》や皇孫は、政略に資するために囲い込んでおきたくもあり、保昌の母となった女性は、師輔の庇護下におかれていた。彼女にとって幸いであったのは、師輔の意を継いで、官からの扶持《ふち》は引き続き支給されたうえに、女性に対して金銭面では律儀だった致忠からも、季節の変わり目には助成の金品が届き、皇孫としての体面を損なわずに過ごせたことである。

「たまには、文など遣わしてはいかがでしょう」

長く仕えてきた老女は気を病むが、老婆心など彼女には届いてこない。

「こちらから願ったものではない。謝意など無用。なにを気にしているのか」

求めずとも与えられることに彼女は慣れていた。

(母は、社会から、生活から、時には人からも浮遊していた)

保昌がそれに気がつくのは、ずっと先のことである。

「健やかですか」

共に一日を過ごした夕刻に、なにげなくかけられた言葉や、親子の奇妙な間合いを思い出し、母と離れてから、彼女の天然の屈託なさに微笑ましくなることがあった。

「はい、健やかです」

保昌も母に応じて育っていく。それでも保昌の母が、ただ一人の子どもであった息子に注いだ愛情を、彼は疑わずに生きていけた。

「そろそろ、父上のお顔を拝してきたらいかがです」

市中を往来できるほどの年頃となると、声をかけ、送り出してくれるようになった。

(元方どののことは、私が膝をそろえて語るようなものではないし、殿御の世界にも馴れさせていかなければ)

母親が外出を勧める理由は、そのひとつだけではなかった。

父の屋敷で兄弟たちと一夜を過ごし、早朝に帰宅したことがあり、なにげなく塀にできた透かしから、中の様子を覗いてみると、柘植《つげ》の樹間と半ば開かれた戸の隙間の先、曙の薄明かりが広がり始めている部屋の真ん中で、父とは別の男が母と添い寝しているのを目にしてしまう。あまりに静かな気配に、倒れているのかと心配が先だったが、よく目をこらしてみると、母の白い足が薄紅の布地からはみ出ていて、かすかに動いている。思わず身を引いてしまい、動揺を抑えきれぬまま、あらためて確かめようと顔を寄せた際に、額を思いっきり強く塀にぶつけてしまった。

「痛っ」

外の声に気づき、男に続いて身を起こした母の片衿がずれて、肩があらわになったのが視覚にとびこんできた。初めて目にした母のなまめかしい姿は、禁断の状景に思われ、急ぎ塀から離れた。日が高くなるまで時間をつぶしてから戻ると、母親はなにごともなかったかのように出迎えてくれ、男の気配は消えていた。

「朝餉を済ませ、遅くなってしまいました」

母は保昌の額にちらっと視線をおくり、そっと目を伏せた。母が頬を染めたので、男とのことを伏せたがっていると思いやった。

（知らぬふりをしておくのがよさそうだ）

正直なところ、覗くのを禁じられていた一枚の絵が、思いがけず目にとびこんできただけとしか思えない。それより空腹が少年にはつらかったところへ、いつまでも母を（姫さま）と呼ぶ老女が、椀に山盛りの飯を運んできてくれた。

「姫さま、いえお母上がお気づかいになられています」

保昌が、塩漬けした野菜と小魚の干物で、途中から湯を注いだ強飯《こわいい》をむさぼり食べ終えたのをみて、膳を片付けながら、上目づかいで探りを入れてきた。

「なんのことじゃ」

彼女は、保昌よりも、母を第一に仕えてきたのは分かっていて、甘える相手ではなかったから、問い返されて慌てているのをからかうのに、ためらいはない。

「なぜ母上が。母上の身になにかあったのか。誰かが訪ねてきたりしていたのか」

「いえ、そのようなことは、めっそうもございません」

「ならば、母上はなにを気づかわれているというのか」

老女がしばらく口ごもっている。

「なぜ母上はそのように」

「お食事はお済みとのことでしたが、まだお腹をすかされているのではないかと」

「まるで食べることしかないような」

口をとがらせてみせた。

塀から覗いたのが息子かもしれないとの疑念は、食べっぷりを聞いて確信になり、とりあえずはと、来訪をしばらく控えるように手紙を届けたものの、いつまでも続けられないのも分かっていた。男に運んできてもらわなければ困るものもある。それに、老女が気に病むほどには、保昌に見られたのを苦にもしていなかった。

「そのように深刻な顔つきにならずとも。なるようにしかならないでしょう」

老女は、母と子のそれぞれがたいした波風を心の中に立てていないのが不明で、彼女だけに気が気でない落ち着かない日が続く。あの日から、老女が保昌との間に、微妙な齟齬《そご》をきたしているのに、彼なりに気づいていた。直視すると、保昌からの言葉を避けるかに、あたふたしながら視線を落とすので、鼠をからかう猫のように、気持ちに余裕が生じてきた。

（そういえば、あれからお見えになっていないが、もしかしたらあの方が）

用事を携えて明るい時間に時おり母を訪ねてきていた人物の姿を、しばらく目にしていないのに気がついた。

「母上とお知り合いのようだが、近頃お顔を見せられないあの方は、どなたなのか」

老女に訊ねてみた。

「姫さまにお力添えするべく、お役所から遣わされ、お越しになられています」

母に支給される禄《ろく》を管理し、届けにきている役人だという。なにか言いたげに次の言葉を探している様子に、

（やはり、いつぞやの）と、早朝の出来事が思い出された。

「それだけなのか。なにか隠しだてをしてはいないか」

無言でいるのを繰りかえし問い詰められて、老女は観念した。

「姫さまをお守りいただき、姫さまも大切に思われている方です」

慎重に言葉を選んで言いきると、保昌を見つめ、すぐに下を向いてしまった。

「母上が、さようにか」

「はい。間違いございません」

「そのような方ならば、も少し繁くお越しいただかなければ」

あらかじめ心積もりしていた言葉を添えると、

「若ぎみ」

老女はふっと肩から力が抜けていくのを隠せないでいる。

(元服を控える歳の男子にとって、こだわるほどのものではない)

それまで母親のほうは、致忠が離れていったのを通じて、元方の縁者が受けるであろう世のつまらぬ風塵を気にかけていた。風除けとなってくれる人物は亡くなってしまい、いない。実の父親にも期待はできず、風当たりが強い境遇を、

「独力で闘っていかなければならないのですよ」

彼女は、母親の行状を知った後もなにも言わず、態度を変えまいとしている保昌を見直し、唯一ともいえる懸念が薄れ、ほっとしていた。

「何事にも動じずに向き合い、静かに耐えられる資質を備えているのでしょう」

保昌の父親とはいえ致忠は、彼女を裏切り、失望させた男である。

「口先だけで、世評に立ち向かわずに、私をおいて逃げた」

赤子を抱き締め、憎んだ記憶も霞んできていたが、帝につながる彼女が初めて味わった、置き去りにされるという信じ難い出来事であった。そんな中、右大臣亡き後も変わらずに足を運び、抑えきれぬ苛立《いらだ》ちを慰め、身を寄せてきてくれた人物を、息子がいかに受け入れるか、多少は気になっていたところ。

（この子は、黙することで私を守ってくれている。あの男とは違う）

少年なりに確かに母親を思いやっていた。

（なにか事情があるのだろう。辛いことを母は見せまいとしている）

もっとも、男が保昌に配慮しつつ慎重に訪問を再開したのに、背伸びをしている息子の心中に思いを寄せず、母が隠そうともしなくなったのにはやるせなさを拭いきれない。細事《さいじ》と見なしたなら一切頓着しない母親は、やはり皇孫であり、彼女の意識の中ではすでに落着した事柄にすぎなかった。

父の屋敷に足を向け、幾夜かを過ごす機会が増えていくことになる。

「よく来たな。そなたの母御も息災の様子でなにより」

父が不在の時も多かったが、在宅している時には、形だけながら挨拶は欠かせない。母の様子は耳に入っているようであった。

「わしが足を運ばぬほうがよかろうよ。そうではないか」

困った表情の息子に視線を当て、父親がにやりと強がってみせた。この笑いに、責められるべきはこの男に違いないと保昌は確信した。

(母に嫌な思いをさせている)

横を向いた父が、わずか寂しげな表情を浮かべたのに、少年が気づくわけもない。妻を訪ねてくる男が、職務を通じたものとはいえ、夫である自分より古くからの彼女の知り合いであるのは、致忠の耳に入っていて、邪推も生じている。

「女子とはそのようなもの。おいおい分かってまいろう」

邪魔にはしないが、離れて暮らしている息子の来訪を、待っている様子もなかった。


父親はどうでもよかったが、兄弟である斎明や保輔たちと木剣を交え、弓を引き、相撲で力比べをする一時は憂さ晴らしにもなり、足繁く通うようになっていく。母との眠気を覚えるような暮らしと違って、父親の屋敷は男の臭いにおおわれ、荒々しい空気が醸されていた。歳の離れた姉たちがいるのは知っていたが、女子というだけでなく、わが子を手元において育てられる母親だったようで、一緒に住んではおらず、会ったこともなかった。

「やはり強いな」

大柄な保昌がたちまち自分を凌駕《りょうが》していくのを、兄の斎明は素直に喜んでくれた。

「流石じゃ」

兄弟とはいえ保昌の母親は出自が定かであるから、二人は初めから一目も二目も置いているのに、偉ぶった気配を一切みせない兄を保輔は慕っていた。

「母とはいかなるものですか」

母親の匂いをさぐるかのように身を寄せ、甘えてくる。

「退屈なものよ」

窮して、しばし思案した返事をかえすしかない。

「そうですか。退屈ですか」

「だから、こうして兄上やそなたのもとに通っているのさ」

保昌たちは元方の孫である。父親の兄弟ほどではなかったにせよ、祖父が怨霊となった経緯やこの件にこだわる人々の視線から無縁とはならない。これに父の致忠の高利貸しといった悪行や叔父の欲深さに尾鰭《おひれ》がついた噂など、父親と一緒に暮らしていた兄弟たちをからかう材料には事欠かなかった。

「受領《ずりょう》は倒れたところの土をもつかめ、だ」

信濃国司になった叔父が家来たちを諭《さと》した一言が、都人の間で嘲りの種となる頃には、

「つかめ、つかめ、土をつかめ。転んでも、ただでは起きまいぞ」

人々の間で盛んに言いはやされているのは知っていても、

「転んでも怪我をするだけで、土もつかめぬ者よりは、ずっとましじゃ」

「羨《うらや》ましいのでありましょう」

つまらぬ風聞やからかいに、保昌の兄弟はうんざりしつつも、祖父にかかわる風評にめげずに、しぶとく処世している父親たちの姿には、むしろ共感していく。

「大したものではないか」

父親が薫物《たきもの》に通じるなど、文化人の側面を有していたとは後に知ったことで、保昌にはむしろ武を好んでいた印象が強く、並べられた武具から豊かな様子が窺えた。初めはむせかえるほどであった、濃密過ぎる生活の臭いや社会との係わりの生々しさに、保昌はもがきながらも徐々に慣れていく。

三人の兄弟が順次元服を迎えるころ、広平親王が兵部卿などを歴任した後に薨去した。同じ歳ながら弟の冷泉天皇が退位し、はるか年少の弟である円融天皇が即位した翌年のことで、満二十一歳であった。父の屋敷にしばらく逗留し、ここでの生活に馴染みかけていたところへ急報として伝えられた。

親王が時の帝の長兄であるうえは、大臣の座は現実のもの。多くを期待しないとはいえ、悪い風聞が取り巻いている一家にとって、唯一の希望となっていた甥であり、従兄である。彼らにつきまとう影を消してくれるかもしれない光にほかならなかった。

「なぜに、このようなむごい仕打ちが、吾らを待っているのでしょう。父上」

糺《ただ》すように父親の両袖を強く引く斎明の嘆きに、致忠の抑えてきた憤懣《ふんまん》がはじけた。

「彼の方ばかりがこのように不運なだけでなく、不幸までも背負われてしまった。父上には怨むのではなく、お守りいただきたかった。あまりにもお気の毒な」

二人の落胆ぶりに保輔までが父にしがみつき、泣きじゃくりながら首を振っている。喜怒哀楽をあまり表さない父までが、寄り添う子どもたちを両腕に抱えて慟哭し、悲嘆を隠そうともしない姿には、世俗とかけ離れた母と過ごし、彼らの鬱屈とは無縁であった保昌は驚くしかない。あっけにとられているだけの保昌に、致忠は気がついた。

「この場を外せ」

致忠は出かかった声を呑みこんだ。息子とはいえ保昌は、一家が佇む暗い場所から離れている。ともに暮らす二人の息子は渦中にあって、渦の外から身を浸しかけてはいても、好きな時に飛び出していける者とは違う。斎明や保輔が哀れであった。

（お前は、ここにいてはいけない）

眼に力を込めた。

父親が向けた一瞥には怒りさえ感じられて、保昌は唖然としてしまった。

(あの女子への罪滅ぼしを、その眼差しは強いているのか)

視線を隠すように、父が兄弟を抱えて背を向けた。

しばらくは父の屋敷から遠ざかったものの、父親がみせた地の姿に、ようやく大人の男の厳しさに肌身で触れえたように思え、その後はいつも通りの迎え方であったので、保昌の訪問はすぐに復活した。

(わが子ながら不可解。神経が太いのか、鈍いのか)

父は兄弟たちの庇護者であっても、自分はそこから外されているのを実感させられた保昌が、態度を変えずに、世の現実を探ろうと踏み出してきたのに、致忠が気づくことはなかった。息子は愛憎を超えて、父親を、良し悪しを探る、生きていくための手がかりと突き放してから、再び虎穴に入っていった。

さらに長じた保昌は、貴族の子弟たちの教育の場である、式部《しきぶ》省の大学寮《だいがくりょう》へも通っているが、学府としての緊張感に欠けているのに嫌気がさし、むしろ兵部省で弓術や乗馬の鍛錬に力を注ぐことになる。一方で、混迷して一向に定まらない自分の立ち位置を探ろうとして、母の伝手《つて》を頼りに図書寮に足を運んで、書物にも熱心に触れている。この折に、母のもとへ通ってくる人物が、図書寮も司る中務《なかつかさ》省の高官であるのをようやく知り、保昌の養育にも、書籍の素読を日課とさせるほか、老女がいい顔をしなかった木剣振りを黙認させるなど、いくつもの助言があったと頰を染めながら母が漏らした。

「諸事にわたり、有難い方ですね」

保昌にそんなつもりはなかったが、これを息子の婉曲な冷やかしと受け止めたのか、母が親子の会話のなかで、男にふれたのはこれ一回きりであった。

（祖父は親王とはいえ足跡を詳らかに聞けていないし、元方殿は風聞豊かなるも、怨霊となったとされる方で、遠い。流れきた源が不確かならば、流れゆく先も曖昧模糊《あいまいもこ》。吾が境涯は、かくなるものということか。どうやら肩肘張らずに生きていくしかないようだ。背伸びをせず、萎縮せずに、だ。生きる中で、良きことにも巡り合えよう）

こんな保昌が、ひたすら昇進を志向する同輩たちと近づけはしない。

「なにせ元方殿が祖父。怨霊の孫ゆえ、麻呂らと違うのはいたし方なし」

「そのようなことを申しては、祟られますぞ」

「そうでしたな。おお、怖《こわ》、こわー」

大内裏の南に隣接して広がる大学寮は、青年貴族たちにとって、任官まで与えられた猶予の時を気ままに過ごせる場である。のんびりと過ごす者が大半で、学識を重ねるはずの機関が、彼らの任官までの腰かけになっていた。

「あの者たちの生き方は、多分正しいのだろう。でも、退屈でつまらない。嫌だ」

貴族社会での上昇など彼の視野に入ってこない。

「危うい道と知りながら目指すほどのものであろうか」

祖父の元方の精励は耳についているし、努力や程々の運だけで地位が得られるほど朝堂が甘くないのは、明らか。権力を志向するのは、淘汰《とうた》されるのも覚悟しなければならない道であり、祖父は怪我をしなかっただけ幸運であったと保昌は受けとめていた。下手に抜擢されようものなら、たちまちのうちにつぶされてしまうのは、

「宇多天皇の信任が、あれほど篤《あつ》かった菅公でさえ、しかり。その頃には生を受けていた祖父には、近い過去の暗い記憶として、刷り込まれていたはず」

菅原道真は、醍醐朝で右大臣に叙任されるが、これはまったく変則であった。

「藤原氏との縁薄き宇多帝が藤原北家への牽制もあって重用したのだから、次の治世で右大臣にまで上ったところで、北家がつぶしにかかるのは当たり前。彼らにとっては定石の一手にすぎず、予見の内ではないか。破れて世を震わす怨霊になったというのは、いかがなものなのか。排除した者たちの後ろめたさが生み出した幻にすぎまい」

元方は、帝の外祖父となる夢を諦めさせられただけだから、(怨霊としての姿も小さかった)と冷めた見方をしながらも、かく考えざるをえないほどに藤原北家が跋扈《ばっこ》するなか、刻苦勉励

して職務に精勤し、出世の階段を少しずつ這い上がった祖父には頭が下がるようになっていく。

「大納言は大臣に次ぐ役職。よく上りつめたというもの」

その元方の孫が東宮になるのは、

「難しかったであろうな。よしんば皇子が広平親王お一人だけだったとしても、そんなことを北家が黙認するとは考えにくい」

保昌は祖父の願いを、父にもましてつき離した。もっとも、努力を重ねただけに、結末に元方が納得しにくかったであろうことは、人の情として理解はできた。他人に関わる不条理ならば平気で目をつむれるものを、おのれが関わる事になると、汗を流すほどに、わずかな非道でも受け入れられない人間の本性が、世の諸相とともに保昌のまえに姿を現してきていた。

権力に近づくほどに人は夢を膨らませ、抱く欲望の強弱が、やがて失望の大小につながりかねないことに気づいていながらも、期待や願いを制御しにくいなかで、

「つまらぬ上昇の夢など、それこそ、つまらぬ」

保昌だけでなく、兄弟たちにしても、努力などというものは、血筋との相克の場においては勝負にならぬ、あえないものであることを早くから痛感していた。それでも、彼らには若くして低からぬ役回りが準備されていたが、これは父の位階に準じるというよりも、祖父である元方への朝廷の臆病でしかなく、彼らが妻帯する年齢になった時に、与えられた厚遇は、かぶ

せられた冠《かんむり》にすぎないことを思い知らされる。元方の孫たちを婿としようとする貴族はいなかったのである。ことに斎明と保輔には露骨な拒絶が待っていた。

母親の素性も知らぬまま、虎の穴の奥に巣くっていた魑魅魍魎《ちみもうりょう》を遊び相手に成長した兄弟たちが、より低く地に伏せ、血の臭いを嗅ぎながらの生き方に傾斜していくのを、保昌はなんとなく理解できた。二人とは違って、彼には身近で育ててくれ、幼い日には甘えられもした皇孫の母がいた。手をひかれたよちよち歩きの足取りは、手を離されたとて次の歩みにつながっていき、保昌は人生の折々に、とぼけていながらもどこか温《ぬく》い母の愛情を思い出せたのに、兄弟たちにはそれがない。

2　信濃での保昌

「とーの」

保昌が馬から下りると、郡司の娘が居館の陰から飛び出し、走り寄ってきた。供の者たちは館に近づくと、気をきかせて馬の歩みを遅らせ、迎える者たちもそっと身を隠し、気配を消すように心がけた。

「息災な様子、なによりであった」

保昌は女の細腰を両手ではさみ、わずかに抱え上げた。かすかに藁の匂いがするのを確かめてから足を地に着かせ、あらためて深々と頭を下げる娘に導かれるままに、茅葺《かやぶき》の屋根が多い農村風景の中では珍しい、桧皮葺《ひわだぶき》の母屋に足を踏み入れる。

保昌を迎え入れる際の、信濃国は安曇郡司一家の儀式となっている。

娘といっても二十歳をいくつか過ぎていた。郡司には子どもが一人しかいなかったので、婿を迎えたものの、前評判とは違って怠け者のうえに跡継ぎもできず、数年で家から出されてしまったが、娘は夫となった男を憎からず思っていたので、新たな婿を迎える話を頑《かたく》なに拒んでいて、家を継ぐ男児が期待できないのが郡司の悩みであった。孫が生まれるなら、婿が相手でなくともよいとさえ思い始めていた。

娘の名前は菜知《なち》といった。

保昌がこの館を訪れ酒宴で迎えられた一夜、酌をしている娘が都から来た貴種《きしゅ》に好意を抱いているのに父親は気がついた。上気した顔つきの娘を見るのは初めてのことで、婚礼の夜でもこんな表情をしてはいなかった。保昌のほうも娘に向ける目が優しく、酌を受けて楽しげに言葉をかけている姿に、京の女子になれた目には、やや日に焼けているとはいえ愛嬌がある、いかにも健康そうな若い女が珍しいのかもしれないと思えてきた。父親のひいき目だけでなく、郡司の婿になるのではなく、器量よしの菜知を嫁にしたいと申し込んでくる男もいたほどだが、内孫がほしい父親は興味を示さず、娘は縁談そのものに関心をなくしていた。

（この方は奇貨かもしれぬ。長年待った機会を逃すわけにはいかない）

菜知に声をかけ、座敷の外に連れ出した。

「どうじゃ。願いを聞いてくれぬかのう」

小声で伽《とぎ》をしてほしいという父親の言葉に、かぶりを振るつもりが、菜知は思わずこくりとしてしまった。

都から赴いてきた貴族という興味にかてず、恐る恐る宴席の手伝いを始めると思わぬほど気さくであり、信濃国の国司に代わる高官と聞いていたのに、郡司にすぎない父を見下ろすふうもない男に親しみを抱いた。骨柄《こつがら》の逞しさは彼女が勝手に思い描いていた都人の姿と違うものの、やはり気高さが感じられ、人柄も穏やかそうな保昌に、菜知は一目惚れしてしまった。

（勝手な想いではあろうが、一夜なりとも添い寝がしてみたい）

父親の突然の願いは胸を高ぶらせるものであっても、心中を見透かされてしまったようで気に入らない。待ったところで退けられる懸念も十分予期され、女として断られた時の辛さが頭をよぎった。

（はい、とはいえない）

断るつもりだったのに、思わず承諾してしまったのには彼女自身が驚いた。そして、なにも言わずに、父親の求めに応じてくれる娘の姿は久しぶりのもので、郡司のびっくりした表情がすぐにゆるんだ。

宴も終わり床についた保昌は、ほの暗さを探りつつ、音を立てまいとしながら、人が近づいてくるのに気がついた。横になっていた身を起こして刀に手を伸ばしたが、ためらいがちな足音のかそけさが女のものであるのに気がつき、刀をおいて、誰であるかを確かめると、手で招き寄せた。

いったんは刀を手繰り寄せたから、菜知は、男が待っていなかったのが分かった。

（なにも言ってくれていない。こんなときまでも）

母が生きていた頃からそうだった。

「お前もいずれは分かるでしょうが、男とは、身勝手なもの」

初めて肌をすり合わせた男と離別させられた時もそうであったが、娘の気持ちをまったく斟酌《しんしゃく》してくれない父の独りよがりの迂闊さが恨めしく、踵《きびす》を返したくなってしまった。だが、

（この期《ご》に及んで、それもつらい。どうしたらよいのか）

立ち止まった戸惑いに、声がかけられた。

「できればと、ひそかに願っていた」

不安を抱えての思いきった行動に、待っていたかに応じてくれた保昌の言葉に、瞳がにじん

でくるのに気がつき、菜知は袖口を軽く目元にあてててしまった。

「なれど、無理はならぬぞ」

なだめるかのような声が、わずかな明かりをくぐりぬけてくる。膝から力が抜けていくのを感じながらも、精一杯絞り出した。

「いいえ、田舎の女がもしお嫌でなければ」

「よく来てくれた。ここに参れ」

稲田の蛙が賑やかな夜であり、顔を寄せあわなければ声が届かない。

「ここでは、ドンビキというのです」

抱き寄せた保昌の耳に口を近づけて、水田から低く響いてくる蟇蛙《ひきがえる》の騒々しさに眉をひそめてみせるしかなかった。

枕元におかれた小さな灯火だけで、部屋は薄暗い。男の胡坐《あぐら》の上で仰向けにされ、前で結んだ細帯を解かれてしまうと、菜知はこの瞬間、身が神に供されているかに思われ、気が楽になり力が抜けていった。

(人身御供《ひとみごくう》。でも、幸せな人身御供)

大きな胡坐から首が外れかけているだけで、男の仕草に抗しられない気持ちにさせられてしまう。肌を撫《な》で、女の形をさぐる男の手が人のものとは思えない。

（神はすべてをお見通し。なされるがまま、素直に身を委ねるしかないでしょう）

水田の表面を滑って届いてくる蛙の声が邪魔なすべての音を消していき、不愉快なものではなくなっていく。音が靄となり、かすかにくすぐる耳元でのささめきと触覚だけを手掛かりにして、神の動きに応えていった。

菜知が離別させられた夫をようやく忘れかけたところに保昌が現れた。彼女が家事や野良仕事の手伝いをしながら、歳を重ねていくのを覚悟しつつも、諦《あきら》めと未来への漠然とした希望の間を行き来しているころのこと。彼女には、保昌の訪れが定められた救いのように思えた。身分や立場があまりにも違いすぎるのは分かっているから、貴人のしばしの光臨であって、間違いなく覚める夢だとしても、彼女は没入するのにためらいがなかった。いずれ男が去っていくのは必定であり、神がいつまでも抱擁していてくれると錯覚しないほどには賢く、大人の女であった。

（それまでは、しばしの夢であっても、夢の中にいたい）

郡司の見立て通り、保昌には殆ど化粧していない女が新鮮なだけでなく、寝所での振るまいも素直な菜知を気にいって、安曇に馬を走らせる時にはここの館を宿とした。そのうちに、要らざる用事までつくって足を運ぶようになる。たどたどしくあっても珍しく読み書きができ、彼の来訪をひたすら心待ちにし、話し相手ができる女と過ごす一時は、京から離れていた保昌にとって、かけがえのない慰めとなっていく。

「かぐや姫の物語を知っている、鄙《ひな》には稀な女子よ」

常駐している信濃府中には、三百年ほども前に晩年の天武帝が行幸を夢みた束間《つかま》の名湯があり、この頃には保昌の背中を流すような女たちもいたが、化粧の香りをさせている彼女たちとは違う、彼をまるで夫のように待っている素朴な女は、それまでの人生で味わっていない、母とは異なる、女の家族の飾り気ないぬくもりを実感させてくれた。

「こんな安らぎがあるのならば、信濃で暮らしていくのも悪くはない」

彼は信濃に定着する気構えをみせ、職務に邁進した。

藤原保昌は鎮撫使として委ねられた裁量に基づき、信濃府中がある筑摩《ちくま》のみならず、更科《さらしな》、埴科《はにしな》、佐久《さく》、安曇から諏訪《すわ》、伊那《いな》など十の郡すべてを往来して朝廷の威光を示した。兵部省の管轄にあった官道に点在する驛には、彼の武名が着任前から伝えられていて、この間、国司が不在にもかかわらず、信濃は平らかに治まっている。彼に課せられた職務は治安であったが、国衙《こくが》に常駐する最高位の役人であったため、時には国司代行の役割まで期待され、保昌はこれも厭いはしなかった。朝廷の期待以上に信濃統治に努め、牧からの献上馬に目を通し、京に運ばれる絹糸や麻布、栗や干茸《ほしきのこ》などの荷駄を見送ることまであった。一方で、朝廷への報告書面を収めた漆塗りの箱とは別に、都人との交信の私書も預かってやるなど、時には役人らしからぬ柔軟さを示して、地の人々を驚かせた。

そこに突如伝えられた藤原道長からの上洛の特命は、不意の、意外なものであったが、迷う素振りも許されないのを保昌は分かっていて、従うしかなかった。

信濃にいる間に、慈《いつく》しまれた記憶だけが残されている母の訃報を受け取り、都は遠くなっていて、京への未練はなくなっている。

「行ってしまわれるか。今生《こんじょう》の別れになるやもしれぬ」

別れの挨拶のため久しぶりに母を訪ねた際に、彼女は保昌を近くに寄せ、細い指で息子の大きな手をくるみ、じっと視線をあててきた。その眼から大粒の涙がこぼれおちたのを忘れていない。まがうことなく、ただの母親の姿になっていた。

「必ずやお目にかかりに京へ戻ります。そのようなことをおっしゃらずに、お健やかにてお待ちください、母上」

保昌にもこみ上げるものがあったが、なんとか抑えた。首を小さく振った母からは、言葉が返ってこなかった。

これもあって保昌は、どうしても京に戻りたいとも思わなかったものの、かといって信濃に骨を埋める決心があったわけでもない。それぞれに良き面、悪しき点があるし、どこに住むかにこだわりはなかった。東国に派遣されて下向したまま、京には帰らずに、そのまま居着く者もいた時代であり、京での栄達を望めぬ者にとって、頭を下げる者が少なく、貴人とあがめられて生きていくのも心地よい。ただし、右大臣から下された命に従わないのは、下向下命《げこうかめい》の経緯からして、反逆の意思ありと疑われても仕方がない。兵部省から彼を外した朝廷の本意が、保昌には達していた。

「叛意《はんい》もないのに、つまらぬ」

府中で露天の湯を独り浴び、信濃での事々を忘れようと洗い流し、気持ちのうえでも割りきろうとした。

「未練かもしれぬが、心に残るものをすべて消すなどできはしない。吾を呼ぶ声がある。吾を待つ者がいる。菜知をいかにせん」

しかし、彼のわずかな名残さえ意味なきものであるのにすぐ気づかされる。保昌帰京の連絡を受け、各地の郡司たちが送別の挨拶に来たなかに、安曇の郡司もいた。

「娘のお腹には殿のお種が宿されています。娘に伝えるのは、この地を去られてからと考えております」

京での栄進を祈り、男児ならばの名付けを願い、惜別の表情を取り繕いながら去っていった。

「あの者にとっては、男の孫が生まれるならば、父親は無用ということか。生まれていたなら、京へ伴われてしまう恐れがなかったとはいえない。今回の帰京の命は、都合がよかったのかもしれない」

それも、ゆえないものではなかった。その時まで、信濃を去るのはやむなしとはしても、菜知への想いは断ち切れていない。

（落ち着いたら呼び寄せよう。かな文字も読めるし、都に憧れてもいる。吾が側にいるだけで十分だから、華やかに競い合う舞台への登場も無用）

安曇郡司を目にするまでは、判断に揺らぎはなかった。二人の間でそんな話題が俎上《そじょう》に上がることはなくても、誘えば女が否なく上洛するものと保昌は信じ込んでいて、菜知にそんな気がさらさらないとは思ってもいない。保昌の気持ちは父親から一顧だにもされず、門前ではねかえされ、永久の別離を瞬時に悟らされた。せめてもう一度会って別れを告げたかったが、菜知への想いを断ち切った。

（もはや、顔を見せてくれるな）

命名の頼みしか言葉にしなかった男の本音を、保昌は理解した。父親の真意はそれとしても、女が気の毒であった。

「哀れなのは、間を割かれ、吾を追えない菜知」

安曇野の西に聳《そび》える、離れた男女が向かい合って、互いの姿を確かめているかのような双耳《そうじ》峯《ほう》の頂が懐かしかった。晩春には馬上の菜知と二人、この山肌に浮かび出る鶴の雪形《ゆきがた》を望観したことが思いおこされる。

「鶴が飛び立ち、飛岳《ひがく》が遥かに霞んでいく」

蒼穹に羽を広げて、飛翔しているかにも見える山の姿が、都と大きく異なる安曇野の風景の真ん中にあった。峻険な嶺の名は菜知から聞いたもの。乗馬が好きだった菜知と轡《くつわ》を並べて馬駈けし、東山の麓から季節で移ろう山肌を仰ぎ見ては、想いを交わしつつ、都から離れての志《し》操《そう》の弛みも律しようとしてきた。目を閉じると、彼が信濃で育んできた心象のなかで、愛しい菜知と厳しい飛岳の姿が重なった。その銀嶺から風が吹き下りてきて、任地での時間を遠くに運んでいく幻影が浮かんでくる。ぬくもりある思い出を負って、信濃での時が遠くへ去ってゆく。さらに、つむった瞼の裏で風景が崩れて飛散し、白濁した寂寥だけが残された。

「やはり、かくなったか。吾が運命《さだめ》として、こんな結末がまったく意外に思えないのは、いかにも切ない」

一切の迷いや未練を振り払い、遠く離れた信濃にいる保昌になんらかの思いをもって声をかけてきた藤原道長に服するべく、心を定めて京に戻ることとした。

六　三十路《みそじ》と四十路《よそじ》

1　確固たる地歩への道

三十歳を過ぎたところで左大臣に上りつめ、藤原道長は、朝廷をいかに牽引《けんいん》していくか、不確かながらも、自力で足を前に進められていけそうに思えた時期もあったが、たちまち痛い目にあう。

政権にたどり着いた道長は、目の前を遮っていた壁が崩れたうえは、周りが従うものと信じて疑わない若い権力者の姿であった。権力の形だけが調えられても、行く末を疑心暗鬼で様子見されるだけで、初めから一心同体の動きを期待する方が無理であるのを、道長が気づくまでには試練が待っていた。

(自重して、着実に一歩一歩進んでいけば、皆がついてこよう)

若い道長をあざ笑うかのように、定められた日に朝廷に顔を見せない公卿が多く、朝議が開けない事態も。

「なに、物忌みだと」

「病による障《さわ》りが重いというのであれば、やむをえまい」

潔斎や病気を理由にされたら無理強いはできないが、朝議に列する公卿たちの、道長を軽くみた横着や侮りが感じられる。道長に次ぐ立場の右大臣は、道長の父である兼家の出世を、兄ながら死の間際まで妨害し続けたあの関白の嫡男である。遥かに年長のこの従兄は、朝廷の儀式において無知な仕儀を繰りかえすなど、無能力ぶりが広く世間で失笑をかっている人物。出自による、やむをえない配置でしかない。

「内府が病気ゆえに、奉幣使《ほうへいし》に関わる諸事の責任が務まらないというのか。主上がそれをご心痛されているとは、なんたること」

右大臣に次ぐ内大臣は、道長より年齢が十歳上の叔父であり、当初は、（幸運で首座を射止めたに過ぎない）と道長政権に不満を持ち、神事に係わる大切な役目を間際になって辞退するなど、無責任な姿勢が目をひいた。

「分かった。内府の代わりは、この左大臣が果たすしかあるまい」

右大臣よりはましとはいえこの人物も凡才で、道長に緊張感を与えてはくれず、怠慢な姿にはうんざりするばかり。座った権力の座は、想定していたほどには満ちたりたものではなく、神経をすり減らす事態だけが続き、いつの間にか独りで前のめりになっているのを自覚して、めずらしく疲労にさいなまれる。大臣どころか大納言たちまでが参内せずに、彼らの役目のすべてを道長一人でこなすため、大内裏のなかを駆けずり回らなければならない日さえあった。

伊周兄弟が、ここまでのわずかな時間を辛抱できていれば、道長政権は確かに危険と隣り合わせになっていたところであったが、彼らが功を急いだだけでなく、致命的な愚行をいくつも犯したことで、道長はおおきく救われているのに、そんなところにまで思いがいたる余裕はない。彼らの蹉跌《さてつ》は大きすぎて、一条帝や詮子皇太后の怒りのまえでは、復活の道は閉ざされているのさえ確信しきれていなかった。甥たちが頭をもたげてくる不安にもかられ、よろけたままの日々が重なっていく。

政務を終え、疲れきった足取りで土御門邸に戻り、

「不徳のいたすところか」

夫の身をそれとなく案じる倫子に、もはや虚勢を張ることなくこぼしている。

高松殿の明子のもとにも安らぎを求めて通い、彼女に繋く身を寄せてもいた。

(願っていた方向に国政が進んでいくのなら、地位の保持には連綿としまい。ただし、吾に敵したあの二人の兄弟に力を与えるのだけは、断じて避けなければならない。権力を握らせれば、彼らの幼稚な邪心が朝廷に混乱を招くのは明白だし、彼の家の怨みを一身に背負ってまでしてこの道長を信じ、肩入れしてくれた東三条院様を裏切れない。帝をお守りしたい)

その思いが強くなりすぎて、ついにはつまずきかける。三十二歳の後半、道長はまめに記し

ていた日記も書けないほど伏せがちになり、本気で辞意を思案し、うちうちに願い出かけるところまで追い込まれてしまう。

「死後はいかなるものか。いかなるものであろうとも、真剣に備えなければ、阿弥陀如来から招来してはいただけまい。毘盧遮那仏も導いてはくださらぬだろう」

出家を願う姿を、ごく身近な者には、愚痴のごとく示すまでになる。

一条天皇は道長の迷いは分かっていたが、職を辞したいという甘えなどには、横を向いて耳さえ貸さなかった。公卿の中で図抜けて精勤する姿を見せているうえに、高位にある者たちの顔触れを眺めても、道長に替わる者が見当たらなかったのである。伊周兄弟が視野に入ってくるのを、帝は、はじめから拒んでいた。だから、道長の願いには一顧だにせず、長男の田鶴《たづ》（後の頼通《よりみち》）に童ながら殿上の機会を与えるなど、細やかな配慮で十数歳も年長の道長を鼓舞した。

「左府どの、帝をお悩ませするなど、私が許しませんよ。二人で覚悟をもって歩み始めた道。外された者たちの怨念が正体と思われる悪霊が、日夜私を悩ませていますが、これにひたすら辛抱しているのは、ご存じのとおりでしょう。苦しみに耐えている私を前にして、貴方は弱音を吐くのですか」

「皇太后さまのお言葉に接し、気力も高まり、さらに一心してまいる所存でございます。ご懸念ご無用に、お願い申し上げます」

姉の前では、仮にでも顔を上げてみせるしかない。

「ご出家なされる時には、従わせていただきます」

和田是業が思いつめた表情を向けてきた。その一言が、かえって道長の気持ちに水を差す結果につながる。

（花山帝のご得度が思いおこされる。道兼兄の裏切りの姿も。むしろ誰にも悟られず、独りで思いを固め、仏道に入らなければならぬものかもしれぬ。なのに、嘆く姿をさらしてしまうとは。未熟、未熟。気弱になってしまい、情けない）

仕える藤原保昌も、弟に係わる出来事でこの頃辛い状況にあったのに、何事もないように常と変わらずにふるまっているのにも道長は励まされた。

（家司でさえ、ただただ堪え忍んでいるのに。左大臣たるものがなんという無様か）

藤原道長は三十歳代を通じて、一条天皇に添って政務を取り計らいながら、政敵の意欲を削《そ》ぎ、自らの力を涵養していくが、必ずしも順調に歩き出したわけでもなかったのである。

大きな転機は妻たちが与えてくれた。次の年に、彼は体調を崩していたにもかかわらず、二人の妻が競うように女児を産み、この妻たちがもたらした重なる慶事が病や迷いを追いはらい、闇を遠ざける灯火のごとくに思えた。暁闇《ぎょうあん》はすぐそこまできているし、曙も近いはず。

「朝の気配が流れ始めた。今度こそぬくもりある陽を浴びよう」

同じ長保元年（999年）、十一歳になった長女の彰子《あきこ》が入内した。姉の皇太后の尽力が実を結んだもので、彼女は悩める弟を援護し続けていた。

「田鶴丸や、そなたへ仔馬の献上があったぞ」

源頼光の弟で、兄ともども藤原道長に忠義を尽くしていた源頼信《よりのぶ》が、数頭の名馬を献上した際に、田鶴にも仔馬を送ってきて道長を喜ばせている。公卿でない者の方が、権力の在りかを真剣に探りあてていた。

「そなたの甥御から贈られた馬ゆえ、田鶴への乗馬のならしは、そこもとの役割」

保昌の姉が源頼光の父親の継室になっており、頼信はその女性を母としている。家司に気づかう余裕も徐々に生じてきた。気を紛らわせるための一言を保昌が欲しているのも、再び道長にはみえるようになった。

「御意。有難きご高配にございます」

子どもの誕生や成長は彼を元気づけ、娘が入内するのを待っていたかのように、公卿の中でも従う姿を露骨にみせる者が徐々に増えてきて、道長は急速に元気を取り戻していき、秋には、庭先で季節の移ろいを楽しむだけでなく、北山に紅葉狩りに出かける余裕が生まれてきた。逆境の中で道長は鍛えられ、一人で諸事にあたっていた姿が、高みの見物をきめこんでいた者たちに負い目を与え、従わざるをえなくした。様子見を決め込んでいた内大臣の叔父も、ようやく職務に精励するようになる。

妻の倫子には、男たちの有様が、五穀をつつく雀たちのように映った。殺風景な竹籠《たけかご》のふちに周囲を見回しながら一羽、つられて二羽、三羽と寄ってきて、ついには編んだ竹ひごの目が見えないほどに群がった。同じ左大臣の座に、父はさして苦労なくたどり着き、夫は厳しい修羅を経ている。父は敬意をはらわれていても、夫のように恐れられはしなかった。競い合って寄りくる者たちの、頭の下げ方が違っていて、彼らの慌てぶりが微笑ましくさえある。

「そんなものでありましょう」

動じない妻を相手にすると、夫は安心して素直になれる。

「出家はまだまだ先のこと。与えられた運命から、逃れるわけにはまいらぬ」

倫子を喜ばせる言葉を口にするようになる。

(やはり、かくなりましたか)

彼女は薄々予測していた夫の回復でもあった。病といいつつも壮年の気力や体力が薄れていないのは、妻として肌身で探りえていた。弱気の陰から、女人に向かってくる男の精気を感じとり、倫子は明子にも確かめてみたい誘惑にかられたほど。

悩める夫に対しては、愚痴を優しく受けとめ、子どもたちの明るい話題を取り上げるよう心がけるしかなく、立ち入りせぬ方がよいのは分かっていた。

「重責を果たさんと努められているお姿には、心打たれるものがあります」

時には、少しだけ励ました。

「近頃、母に似てきたように思う。吾が母も、このように父上をなだめ、すかしたりしていたのでしょう。殿御というものは、女子の肌に馴染むほどに、多愛もない面をみせてくれるようになる。まるで幼子のよう」

そんな中、道長の盛運から身を潜め、兄たちが引き起こした事件のあおりを受けて自ら落飾し出家していた皇后の定子が、隠れるようにして一条帝の第一皇子を産んでいる。しかし、これは皆が祝う慶事とはならなかった。なにせ兄たちが引き起こした事件の余波を受け、すでに出家していた女性の懐妊であり、出産である。

「怪しきこと」

時の帝の皇子誕生ながら、首を傾げる者が少なくなかった。たまたま予定されていたとおり、同じ日に彰子が女御を宣下されているのも、

「よもや、左府からの皮肉な祝意ではあるまいのう。いずれも怪しきこと」

疑念をもって受けとめる者がほとんどであった。

翌年の長保二年（1000年）には、皇太后の詮子の強い後押しをえて、彰子は中宮に冊立

された。一条天皇にとって身辺の大きな変化である。にもかかわることなく、帝の定子への愛はなおも減じず、この年に彼女は二女を出産。ところが、一条帝との強い絆を自ら断ち切るかのごとく、娘を出産の直後に、この世に多くの心残りの思いを残しながら、皇后は二十四歳で崩御。小雪舞う中を鳥辺野《とりべの》まで葬送されている。

この一年後には、彰子入内から中宮への道を切り開いてくれた皇太后の詮子が、悪霊に悩まされながら、定子に導かれるように崩御してしまう。こちらも四十歳と若かった。

「東三条院様が、お労《いたわ》しい」

野辺に送り、倫子と夫婦だけになった折には、つい姉との間で交わした涙の約束を破ってしまった。道長を押し上げたいばかりに、多くの者たちの怨みを彼女が一身に背負い、弟の代わりに苦しみを甘受してくれた姿には、身を投げ出して感謝してもしきれない。涙など、無理して抑える気持ちにはならない。

「殿こそ、お労しい」

倫子が小さな身体で、やや太りかけてきた夫を包む仕種《しぐさ》をした。彼女にしかできない役割であるのを、口にせずとも夫婦は共有している。

「これからは、この道長が苦しまざるをえないのであろうのう」

「なにをお気の弱い。殿は、常に正々堂々と歩まれてきたではありませぬか。殿がいなくては政事も前に進みませんし、覚悟して今のお立場に立たれたのでは。迷いは無用でありましょう」

「女方殿《にょうぼう》は強いのう」

倫子は、夫がすぐに気持ちを立て直しつつあるのを確かめてから、

「それとも、どなたかに朝堂をお任せし、先のことだったはずの出家でもなされますか。頼通は若輩で、未だ権中納言ですから、身近な一族の方にでもお願いするよりありませんね」

彼女はそしらぬ顔で、言外に藤原伊周、隆家兄弟を想定させる言い方をしてみせた。

「そ、それはならぬ。断じてならぬ。分かった、分かった」

東三条院詮子は道長の権力基盤そのものでもあっただけに、大きな痛手とはなったものの、この後は娘の彰子中宮が彼女に替わり道長を支えるようになっていく。

三十歳代後半の坂は、藤原道長にとって上るだけのものとなった。

権力の掌握を競い合った甥の伊周の牙を抜ききれたのも、徐々に実感していく。

若き日には叙位で常に道長に先行し、壁のように思われた公任も、すでに道長に従う者の一人にすぎない。父の兼家は死ぬまで決して許さなかったものの、左大臣になった道長の説得があって、詮子の生前に従三位に昇叙されていた。

「権大納言には是非参加するように伝えよ。才を披露あるように、とな」

和歌や漢詩のみならず、管弦にも通じた公任の才を認め、舟遊びの場などでは褒めたたえる余裕を見せている。道長がとてもかなわぬ面を敢えて明らかにし、公任をたて、仲よくしていた。

（たどり来た道を、時おり、思い出させてくれる者）

独りひそかに律しようとしている心情など誰も分からないから、両者の関係を知っている者ほど、道長の器の大きさと感服してしまう。

彼が四十歳になった年に、十四歳の頼通を従三位、さらに正三位へと特進させた。

「詰めの時を迎えている」

藤原道長は気力に鞭打った。妻たちもこれに応えていく。

2　武と武威と

藤原保昌は道長より八歳近く年長であるから、道長の三十歳代は、保昌の四十歳代とほぼ重なっていた。保昌が信濃から呼び戻され、弟の保輔と痛飲してから二年後、四十歳を迎えつつあった彼は、久しぶりに弟の名前を耳にした。

「朝廷から恩賞が下賜《かし》されるそうです」

保輔が、兄の斎明を追捕した検非違使の源忠良に矢を射かけ、この者の縁者にも報復を企てているという。また、民を搾取して蓄財に励んだ受領の屋敷を狙って盗賊に入るなどの度重なる悪行に、朝廷は報奨金までかけて、なんとしても捕縛すべく、厳しい姿勢で臨んでいた。ところが巷における保輔の評判は悪くなく、悪しきをくじこうとしているようにもみえる活躍には、陰で喝采する者がいるほどで、本人も出家姿に身を変えるなどして容易には逮捕に至らなかった。ついに翌年には捕縛されるが、これは賞金に目がくらんだ手下の裏切りによるものであった。藤原保輔は貴族には死罪がない時代にもかかわらず、牢の中で隠し持っていた刀で腹を割き、落命しているが、かかる自裁《じさい》など前代未聞《ぜんだいみもん》のこと。

この間、保昌の弟であるのを失念したかのように、道長は保輔についてまったく触れなかったし、保昌のほうも、弟の刑の軽減が聞きいれられるものではなく、主人に負担をかけるしかないのをよく認識していた。

「済まぬが、それはできぬ」

道長から聞きたくない言葉である。

保輔が切腹するとは誰もが考えだにしておらず、前例がない行為は、弟を理解していると思っていた保昌にとってもまったく予期せぬもの。保輔は、追われ続けるのに疲れていて、二度と都には戻れぬ遠島への流罪になるくらいなら、せめて死に方を、自分たち兄弟をここまで追い込んだ、弛《たる》んだ貴族たちに示さんとしての自決につながった。血に染まった壮絶な死骸を目にして、彼が意図したとおり、気を失う者もいた。

「藤原保輔、罪科は消せないものの、名に恥じぬ最期であった」

道長が初めて保輔の名前を口にした。重なる罪ゆえの断罪には納得しつつも、保昌が願い出なかった辛い抑制と結末に対する心情を思いやり、道長は哀悼している。

斎明、保輔の兄弟は、ともに配下の者に裏切られている。

「浅い気持ちも、深い気持ちも、所詮は思いこみ。往々にして勘違いと手を結んでいる。人の交わりの濃淡が見かけと逆に露呈したとて、驚くまでもない」

保昌は、裏切った者を憎んでさえいない。

「利を通じての交わりは、利が無くなれば消えてしまうものを」

それだけに、盗賊仲間にもかかわらず、忠義を尽くした者がいたのは意外であり、保昌を頼るためのおもねった行為かとも考えたが、これが邪推でしかないのを知ると、人の真心を疑ってしまったおのれを恥じた。自らも処罰される危険を顧みずに、保輔の亡きがらを受け取りに獄舎に赴いた伴継雄が、これにかかわる騒動がおさまってからは、時おり保昌の誘いもあり訪ねてくるようになる。

「弔いにくい事情がある兄に代わっての弔死への思いには、感謝しかない」

伴継雄の弟を送るための一連の行いだけは看過するように、道長に願い出た。配下にいた者と正直に名乗り出た彼も、当然のように逮捕されてしまったのである。

「弔うための暫しの間だけ、捕縛をお解きいただけませんでしょうか。保輔ではなく、あの者のために。逃亡などは、けっして許しませんので」

その実、罪をえてもよいから、彼が逃亡するのを助けてやりたくなっていた。

初めは表情を変えずに道長は黙したままであった。保昌が罪あるものを逃がさんとしているとまでは、考えは及ばなかったものの、

(為政者としては、私意を混在させたような裁断は避けたい。この者にはそれが分かっていると思ったが)

保昌の願いにそっぽを向く主人の姿は初めてのもの。保昌としては、公が発した罪の裁きに対峙する、秋霜のごとき道長の厳しい姿勢を理解していたから、いかなる事情があろうとも、弟である保輔の減刑を嘆願する気はなかった。これは公事《くじ》である。だが、継雄は親族でないうえに、彼の純な心意気を疑ってしまった後ろめたさにも動かされ、なんとか（了）の言葉がほしかった。

「この者は赤子の折に、羅城門の倒壊で母を失ってしまい」

道長の表情がかすかに動いた。

「羅城門とな」

道長の少年時代の記憶に、羅城門が大風で崩れ、多数の死者がでたことが残されていようとは思いもしない。彼が知っている事実を手短に訴えると、腕を組んで聞いていた道長が、しばらく思案する様子をみせた。彼は、すっかり忘れていた少年の頃に奈良からの帰りに見た、羅城門にたむろしていた民の悲惨な状景を思い出していた。その中に伴継雄なる者の母親の、生まれたての赤子を抱いた姿があったのだろうと胸が痛んだ。

(あそこから今に至る道を歩いてきた。忘れていたでは許されない光景。左大臣になり、つまらぬ不満や不安を抱き、悩みを繰りかえしているうちに、失ってはならない世事への対し方を、忘れかけていたのかもしれぬ)

「羅城門が消えてしまっていた」

道長の絞り出すごとき独りごとを、保昌は理解できない。羅城門の倒壊を惜しんでいるかに思えた。

(左大臣になったところで諸々の壁にぶつかるのも、病にしても、そこに原因していたように思えてきたぞ)

道長は腕を組んで、強く記憶をよみがえらせた。

「過酷な境遇にもかかわらず、人として真っすぐな心根を保ちえたことは、むしろ賞されてもよかろうかと存じ上げます。あの者が弔わんとする保輔が、たまたま吾が弟であるのが惜しまれてなりませぬ」

言葉を続けようとする保昌を、道長が腕をほどいて制した。この男がこれほど多くの言葉を並べるのは久しぶりであったのにも、ようやく気がついた。

「そこまで言わせてしまうとは、な。許せよ」

「滅相もございません。重ねてのご無礼、ご容赦願います」

硬かった道長の表情が崩れ、思わぬ一言が保昌の耳に届いた。

「母の命も生きるべし、と伝えよ」

保昌は額を床にこすりつけた。

弟を見捨てざるをえなかった保昌の痛惜を道長は推察し、少しでも彼の気を紛らわせようと、長男の乗馬の指導を頼んだりして心遣いもした。その、もっとも信頼している家司の弟とはいえ、保輔にかかわる一連の断罪は厳しくせざるをえなかったが、継雄についての願い出はそれとは別のものであるのに、ようやく道長は気がついた。

保昌が、羅城門倒壊の記憶に喚起された道長の心中を探れるわけはなく、自分に向けられた情の深さと感謝している。

(やはり左府様、有難し)

道長も忘れていた原点にようやく立ち返られたのに気がつき、（この者は、大事な局面でいつも救ってくれる。足元を支えている多くの民を思いやるのが帝の仁政というもの。補佐すべき者として、失念してはならぬことであった）と、心のうちで感謝した。

訳もわからぬままに縄を解かれ、捕吏《ほり》の指示に従って保昌のもとを訪れた伴継雄は、母にまで左大臣が直接言い及んだのを伝えられ、保昌を仰いで、こぼれ落ちる涙を拭わなかった。

「すでに亡き保輔様と同様に従いたき方なるも、ご迷惑になるのは承知しております。まずは御礼だけを申し上げさせていただきます」

「気にせずとも構わぬ。時には顔を見せに来るように。向後は罪なき道を歩むがよい」

罪を重ねた弟ではあったが、その骨身の髄《ずい》に宿る思いを、血がつながる者として理解できていたし、通じあうものがあっただけに、やむをえなかった死とはいえ、辛かった。

同じ年に、父の致忠が、金銭にかかわる揉《も》め事から人を殺めた罪で佐渡に流された。こちらは位階に応じた罪の減免を受けて都に戻れたものの、短くとも罪人としての異郷の生活や、生まれて初めての舟にも乗る長旅の往復が老体にはこたえ、帰京の後に程なくして亡くなっている。

父を失ったというのにまったく悲しみがないのが、保昌には意外でなかった。

「そなたの母親の死は人伝《ひとづて》であった。その者から預かった遺品じゃ」

信濃から戻って父の邸に顔を出した際に、布の切れ端を細く折り畳み、木軸に幾重にも巻き付けた手よりの独楽《こま》を渡されていた。保昌が幼い頃に、母が誰かからわざわざ教わって自ら作り、両の掌をこすり合わせて軸を回し、遊んでくれた玩具を久しぶりに手にして、彼は涙をこらえた。

「ねんごろに埋葬してくれたようじゃ」

(形だけになっていたとはいえ、妻ではないか。吾が母ではないか)

この男の子どもであるのが、保昌はつらくなってしまう。父親の曇りを浮かべた表情に、保昌が気づきはしない。

独楽を手にしたしばらく後に、朝庭の左右に並ぶ八省院の右手の建物のひとつから出てきた、母の相手であった男に保昌は遭遇している。老いてはいたがすぐに気がついた。不意に大柄な壮年の男が目の前に立ち止まったのに、男は不思議そうな表情を浮かべて見かえしてくる。

「独楽を」

言葉を途切らした保昌が、大きく下げた頭を上げると、眩しそうな視線をなげかけてきて、丁寧に挨拶してきた人物が誰か確かめられたようで、かすかに顔を赤らめた。

「母を、有難うございました」

万感の思いを込めた保昌の礼に、はにかんで小さく首を振り、なにも言わずに応天門を背にして遠ざかっていった。別れ際に、母に代わって励ますごとく、一瞬ながら凝視してくれた。

「母上」

遠ざかっていく老人の烏帽子がぼやけてしまう。

「良かったですね」

中務省は他の省で扱わない公務全般も預かっているから、時の右大臣の指示で帝の孫である母にも助力があり、その係わりの中で、母と男が結ばれたのではないかと保昌は推測していた。

「心が通い合うものがあったのだろう。あの男には決して求められぬなにかが」

中務省が入る東第三堂の前には、何人かの男たちの姿があった。その様子が名残惜しげであり、男の表情にも満足と寂寥が混在しているかにもみえたから、役人生活を全うして去りゆく場に保昌を立ち会わせるべく、亡き母が導いてきたようにも思えた。

「ご苦労様でした。重ねて恩礼を申し上げます」

母を想い、幼い自分を気づかってくれた男の後ろ姿に、見送る者たちの視線を気にすることもなく、いつの間にか手を合わせていた。

保昌に父親の死に対する感懐はなかったものの、父との乖離《かいり》とは別に、すでに亡い兄弟たちに代わり、表立っては示せなかった兄や弟への弔意として、位階に恥じぬよう形どおりには葬送した。斎明や保輔には、彼とは違った父とのつながりがあったのを想起して、兄弟たちの代わりを果たしたのである。父の屋敷や蓄えられていた品々はすべて処分した。望んだものではなかったが、これにより、彼は一挙に裕福になった。

保輔の逮捕を助け、朝廷からの恩賞を得た者が惨殺されたという話を耳にしたのは、弟の死から半歳の後。

「木に縛られ、生きたまま腹を割かれたようじゃ。臓の腑が引きずり出されていたというのは、余程の憎しみがあったのだろう」

右京でも南西の平安京の外れ、崩れかけた屋敷の入り口近くの、建物を隠すような大木の裏側に括られた遺骸として見つかっている。保昌は、そこがどこかは察しがついた。外から見える木の表面が削られ、（誅《ちゆう》）と読める文字が大きく朱書されていたので、すぐに気がつく者がいたものの、犯人が誰かは不明であった。

「いずれにしてもつまらぬ者たち。捨ておけばよい」

検非違使も真剣に追い求めていない。

ほどなくして伴継雄は保昌のもとに身を寄せ、心よく迎え入れられて従者となる。保輔を密告した者については、ともに気にかける様子さえみせなかった。

時が進み、藤原保昌が四十五歳となった寛弘元年（１００４年）、道長は九州に係わる問題で頭を悩ましていた。

ひとつは、宇佐神宮による、大宰府権師《ごんのそち》の提訴である。この神宮は朝廷からの崇敬厚い石《いわ》清水《しみず》八幡宮をはじめ、全国の八幡宮の総本宮であるだけのみならず、九州随一の荘園領主でもある。鎮西から神人《じにん》たちが大勢で上洛してきての訴えだけに、軽く取り扱うわけにはいかないとはいえ、朝廷から遣わされている大官の罪状を掲げる彼らの主張に、安易に耳を傾けもできず、道長は一条天皇にはかり、取りあえず調査のための使者を派遣している。

朝廷として九州にもうひとつ、肥後《ひご》国にも難問を抱えていた。もともと荒ぶった気風の土地柄であったうえに、このところ凶党や群盗のたぐいが跋扈して、極めて治安が悪化しており、国司が殺害されるような無法な状態に陥っていたのである。

この事態にあたり、道長は為政者として冷めた判断を下す。

「あの者の力を確かめるよい機会かもしれぬ」

道長は、保昌が仕えるようになってから、常に近くにおいていたため、信濃での評判を除いては、独りになったときの真の力量を測れていないのに気がついた。

「大宰府や宇佐神宮など九州の実情も、それとなく探らせてみよう」

保昌は赴任にあたり、随伴したいとの伴継雄の強い嘆願を許さず、都に残していくほどに、武の気配を遠ざけることに努めた。

「黒に抗するは白、武には文で対するのがよかろう。しょっぱなの一手だけは、かちりと打ち込むとしてもだ」

兵部省の武官だったという伝聞とは違って、体つきをのぞいては、いかにも文官のような佇まいの新国司を侮る空気は、着任間もなくして一変する。彼にしても賭けではあったが、広く呼びかけて大がかりな鳥獣狩りを催したのである。もちろん目論見はあったし、思惑どおりにいかなければ、武に徹するまでと腹を据えた。

「鬼神か、夜叉《やしゃ》か」

誰が図ったのか、犬に追われるように、保昌の近くに迷い込んできた猪をかわして、首筋に太刀を突き刺してみせた。刃を抜くと、吹き出した返り血が保昌の顔に飛び散り、手渡されて血を拭った麻布から現れた、血痕が残るにやりとした笑顔は、都からきた貴族のものではなかった。さらに陣形をあらため、刀も弓に変えて、鋭い矢音を示せれば外れてもよしと放った矢が、疾駆する鹿を貫いたのを見て、潜めていた緊張がようやく保昌からほどけ、驚きの喚声に小さく応じた。

（これで、なんとかなりそうだ）

それでも、女や子どもをかどわかして、多くの民を嘆かせていた盗賊の一味を捕らえ、捕縛されてもせせら笑っている首領の首を、衆人の前でためらいなく刎《は》ね、にこりとするようなことが、二、三度は必要であったものの、徐々に国情は落ち着いていった。武威は背に掲げるだけでなんとか乱国を鎮め、藤原道長からあらためて信頼が寄せられる任務となったとはいえ、国司としての役割をまっとうするのもたやすくなかったうえに、大宰府も宇佐神宮も遠すぎ、もうひとつの期待には十分に応えられないまま任限を迎えてしまう。

「それもやむをえまいが、あの神宮については、もう少し把握しておきたい」

大宰府はいざとなれば朝廷が人事を差配できるものの、九州の最大勢力である宇佐神宮に係わる情報を道長はつけ加えたかったので、そのまま日向《ひゅうが》国司への転任が、保昌を待っていた。

「そんな目的だけで任じておくには、あまりにも惜しい人材」

この配転を道長は後悔するようになり、任期半ばで日向守を解いている。保昌が近くにいないのが物足りなくなってきたのには、気づかぬこととした。

それでも、数年にわたる保昌の九州在任を通じて、大宰府や宇佐神宮の当事者が、当然のごとく手にしていた利権の実態が垣間見られ、遠く離れた九州をより知る手がかりが、道長にもたらされている。

「難事あれば、保昌に」

道長は心浮かせ気味に、保昌を京に帰任させた。

「大儀であった」

そっけない様子で迎え入れ、淡々と報告を受けた。

「向後も出精すべし」

言葉少なに視線を逸《そ》らす、それゆえ深い主人の思い入れに、家臣の頬はかすかにゆるんでしまい、気取られぬようすぐに頭を低くする。

「はっ。御意にかなうべくあい務めさせていただきます」

道長の堅苦しい姿はずいぶん久しぶりのもので、保昌は内心では嬉しく、可笑しくもあったが、威儀を調え主人に合わせた。

「ご帰参を、指折り数えるようにお待ちになられていましたよ。前の日には、用もないのに渡《わた》殿《どの》を行ったり来たりと落ち着かないことで」

侍した保昌に、倫子が袖を口にあてて、道長にかこつけながら思わずあふれてしまった喜びを、慌てて隠した。

七　めでたき日々と辛き日々

1　慶事

倫子は四十歳の坂を越して二年、初めは体調を崩したとしか考えられずに、病であるとひたすら信じ込んでしまった。

「薬師《くすし》を煩わせるしかないか」

七歳になったばかりの末だ幼い娘もいるだけに、その行く末などが案じられて気鬱になってしまい、これがまた身体を重くする。

妊娠などとは、みじんも考えていなかったので、

「おめでとうございます」と告げられても、

「なにを無礼な」

つい声を荒らげてしまい、誇らしげに祝意を伝えた薬師を、慌てさせてしまった。

「ご懐妊、心からお祝いを申し上げます」

あらためて声を高くして、はっきりと男が告げた。

上目遣いに見つめられて、本気で慌てたのは、今度は倫子のほうであった。汗が一挙に噴き出すほどの恥ずかしさに、いつになく動転してしまい、思わず腰を浮かせてしまった。すぐに顔を伏せた薬師の表情が推測され、夫の気まぐれな戯れさえが恨めしくなる。間違いなく、あの夜のこと。久しぶりに身体を寄せられ、たやすく崩されてしまった姿態までよみがえり、顔がほてってゆくのを抑えきれない。小さく息を吐いて気持ちを鎮めると、男の肩に視線を送りながら、彼女にしては珍しいほど強い口調で言葉を発した。

「見立てに間違いがあれば、咎《とが》を受けることになろうが、分かっていような」

薬師がきっとして、顔を上げた。

「左府様のこれほどの慶事でございます。安易に申しあげられるものではございません」

不満げに顔をしかめた。

「左様ならば、よい」

「二位様の薬師としても長く務めさせていただいております」

敢えて彼女の位階を称しての訴えに、倫子はうんざりした。薬師としての声望があり、彼女もこの者を信頼してはいるが、それを鼻にかけ、くどいところがある。褒めてやればおおげさに喜ぶのはよいとして、得々と吹聴してまわる悪癖もあった。

「大儀であった」

もう一言つけ加えておかなければならない。

「伝えるべき方には、私からお伝えする。他言は一切無用。よいですね」

「はっ、御意は、よくわきまえております」

賢ぶるのにもすっかり慣らされた。

「頼りにしておりますよ」

笑顔をつくってみせるしかない。

娘の彰子が一条天皇のもとに入内して、すでに数年の歳月が流れているのに、中宮となった娘に懐妊の兆しがない中で、本来ならば孫の誕生を待つ身の倫子が妊娠してしまったというのは、尋常ならざる事態である。このような困った時には、ひそかに助けを求めてきた安倍《あべの》晴明《はるあきら》は、昨年、鬼籍に入ってしまっていたし、そもそも陰陽師《おんみょうじ》による加持《かじ》は馴染まない事柄。

とはいえ、なんらかの祈禱は必要になろうと彼女は考えた。それより、まずは夫に報告して、相談しなければならないが、夫のうろたえる姿も目に浮かび、気が重くなるばかり。

月ごとにめぐりくるものの訪れがしばらくないのは、なにかの障り、あるいは歳ゆえであろうかと考えていただけに、薬師の一言はにわかに信じ難いものであった。

「抜かっていた」

女の身体というものを、あらためて自覚させられてしまう。

「あの報せには、驚くとともに、なぜか妬ましくもあったものを。でも今の私にとって、めでたいとは言い難い。困った。本当に困った」

前年に、高松殿の明子が、藤原道長の五女となる女児を四十一歳で産んだとの報告があった時のことが思い出される。彼女にはその前年にも男児が誕生していたのである。

「誰がどう口の端にのせようとも、大様《おおよう》にされていらっしゃればよいではないですか。なによりの祝い事であり、恥じるものなどなにもありませぬ。私からも心よりお祝いを申し上げます。本当に、本当におめでとうございました」

夫がきまり悪そうにしているのを、皮肉まじりにからかったのが悔やまれる。


倫子と明子は年齢も近く、相前後して子どもをもうけた。倫子は二男四女、明子は四男二女と人数まで一緒である。藤原道長は、二人の女性に同じように愛情を惜しんでいない。ただし、安和《あんな》の政変と称されている事件で、罪をきせられてしまった明子の父である源高明とは違って、倫子の父である源雅信は現役の左大臣であったし、結婚してからはその邸宅である土御門殿に同居もしていた。これもあって道長は、二人の妻に対する待遇を大きく違えていて、嫡妻として倫子は常にかたわらに控えさせ、公の場でも日輪のごとく表舞台に立たせた。いっぽうで、苦労知らずの倫子と違い、明子が育った不遇な境遇は、彼女を控えめな女性に育てており、道長は安心してもう一人の妻にも愛情を注げられた。

（夜の萩は、葉に隠れてひそやかなるも、太陰の光を浴びれば、静かに乱れる）

道長は彼女のもとに通い始めて、変容する妻に驚き、明子が起居する高松殿からまったく足は遠ざかっていない。彼をひたすら頼っている二人目の妻と、夜半に帯紐《おびひも》をほどきあうひと時は、政務の苦労から離れ、気持ちをゆるめられた。普段はしとやかな明子だが、ひとたび道長の愛撫を受けると、しどけなく崩れ始め、彼女のあまり汗が浮かないさらりとした肌に触れ、まとわりつく四肢の動きに応じているうちに、すべての世事が霞んでいく。

「なにか足りぬものがあれば言うがよい。欲しいものがあれば、なんなりと申せ」

「御意のままに添えていければと願うだけです。欲しいのは、殿の御心だけ」

明子は不安げに目を潤ませ、夫を見送ることが多く、道長は常に名残を惜しみつつ高松殿を後にした。

道長のすべてを従順に受け入れている明子にしても、吾が子たちに対する道長の姿勢には心を乱すところもあったが、それでも夫になにかを求めようとはしなかった。道長は似通った年齢ながら、双方の子息たちに与える位階に差をつけ、娘たちの嫁ぎ先にまで心配っていく。明子の男子たちが、つまらぬ野心を持たぬようにとの考えからで、競い合えば生じかねない争いを避けるため、初めから諦めさせて、芽を摘み取っている。

「骨肉は争ってはならぬ。そなたも覚えておろうよ、吾が父と伯父の、兄弟ゆえに元の鞘《さや》には決して戻せぬ争いを。あの奈良への初めての旅の折々にも痛感したものじゃ。兄たちもしかりであった。つまらぬ兄弟喧嘩は避けなければ」

加冠前から仕えてきた、和田是業にしか分からない情景がある。従五位下まで位階を上げ、是業を長く身近においてきた。この男は、道長の気持ちに寄り添ってひたすら同調してくれる。保昌のように支えてくれる家司には語れぬ愚痴や私情を、雨滴を待つ乾いた砂のように、ひたすら受けとめてくれる家臣も必要であった。国司任官や叙位などを望まず、道長の近くで彼の世話をできるのを生き甲斐としている。

「関白様たちが兄弟同士でなんとか争わずに済んだのも、左府様が、道兼様のお嘆きやお怒りを受けとめられたからこそ。よくよく分かっております」

「嫌な供をよく務めてくれたのう」

「もったいないお言葉に、涙がでてしまいます」

髪に白いものが混じってきた是業が、本当に涙ぐんでいるのに驚き、道長まで胸が熱くなってきた。

兄弟間の争いは断じて回避したかったので、異母兄である道綱が、

「せめて一か月なりとも大臣になれるのなら、それで辞しても構わない」

高望みをして願い出てきた大臣の職は、私意を示さぬためにも、力量を斟酌して与えなかったものの、筆頭の大納言にまでは引き上げ、仲よくしていた。言葉とは裏腹に、ひとたび大臣に任官されてしまえば、退任したがらなくなるのは間違いなく、そうなれば、兄との間に波風が立つのは明らかだ。競い合い、争い合うのが兄弟であるのは、道長は痛いほどに味わってきた。

明子も夫の強い思いは察していた。彼女とて吾が子は可愛い。しかし、

「多くを望めば、失いかねない」

それも身にしみて分かっていた。父の受けた不条理な仕打ちは、到底納得できないにしても、（望みの高きは、必ずしも低きに如《し》かず）と、心に刻み込んで生きてきた。道長とのことも、詮子皇太后の弟との縁談というのには、むしろ逡巡する気持ちが強かったものの、拒否できなかっただけである。形ばかりの歌のやりとりは意味なく、無用に思えたほどだった。

「父は醍醐天皇の皇子であり、左大臣にまで上っている。父が冷泉帝の後継として、兄弟の中でもっとも優れていた親王を、順序どおりに立太子させたいと考えたばかりに、無実の罪を着せられてしまった。その皇弟が、吾が姉を妃としていたのは、たまたまであり、なによりも国家のためを願ったがゆえ。でも、父の曇りない至情が嫌われてしまったのみならず、父の左大臣の座に食指を動かした者までいたとは。彼らにとって父は邪魔だった。そんな者に、父が報

いたのは当たり前。多くを望まなければ、よかったものを。愚かな者」

明子は、子どもたちの安泰をなによりも望み、争いごとからは遠ざけたかったし、彼女自身の心の安寧を望んだ。

「父を追放した藤原の者たちが、この世にいたことさえ消し去りたかった私の憎しみを知りながら、皇太后さまは広いお心で私を守ってくれた。いつまでも、過ぎたことに振り回され続けても仕方ない。道長さまが私のところに通い、私は夫に満たされる今のかたちに、不満はない。あの子たちのためにもこれでよいのでしょう」

ぼんやりと道長の姿を追い、表情が崩れてしまっているのに気がついた。明子は唇の紅にそっと舌先をすべらせてみる。

「なおも、甘く薫っているというのに」

しばらく姿を見せていない男の姿をかき消さんと、小さく首を振った。

「子どもだけでなく、道長さまも愛しい。困ったこと」

妻たちはそれぞれに夫に応え、想いを減じていない。

倫子はその後なにごともなく、翌年の正月には、藤原道長にとっての六女が誕生した。娘とはいえ中宮の彰子から祝いの品まで届けられ、照れくさそうにしていた道長も、いつものように自分の運のよさと結びつけ、面目躍如の様相を示した。

「女子とは、素晴らしい」

嫡妻の倫子は二人の男児の母だから、もはや彼にとって女児の方が有難い。将来にわたって外戚を維持していくために、なによりも娘がほしい。

「残るは、中宮さまに御子さえご誕生あれば」

この年の八月初旬、藤原道長は都合十三日をかけて吉野の金峰山《きんぷせん》（御嶽《みたけ》）に詣でている。閏《うるう》五月の中頃から始めた、長い潔斎を経ての人生の大事業であり、道長にしては珍しく、妻の倫子にも多くを語らぬ強い思いに動かされていた。禊《みそぎ》と自制に耐え、奉納するための数々の経典を書写し、都を離れてからも、雨に打たれながら歩く日が続いた厳しい旅程にも辛抱する、諸社や寺院を訪ねる巡礼の旅でもあった。

京を後にした初日には、まずは都の南に鎮座している石清水八幡宮の長い坂道を、喘ぎながら登り降りして、額の汗を拭えば、神域に漂う張りつめた空気が気持ちを引き締めてくる。夕刻までに舟で木津川を渡り、小さな仏堂に宿舎を求め、急ぎ準備されたであろう青畳に身を横たえると、久しぶりに少年時代の旅路での志に戻れた気がしてきた。

「左府様をこのような所にお泊めしなければならないとは」

和田是業が申し訳なさそうに肩を落とした。

「いや、これでよい。むしろ、これがよい。易き場所は苦労の先にしかない」

翌日に達した奈良では、まず氏神である春日大社に拝礼しているが、その一方で藤原氏の氏寺として、氏長者である彼を迎えたいとした興福寺からの強い要請を断って、敢えて、興福寺と並び称された、南都七大寺のひとつである近くの大安寺に宿泊している。和田是業や今回の旅にもつき従った平群真臣らは遠い記憶をなぞり、主人の判断にひそかに手をうったが、少年の道長を応接し、今では興福寺の高僧となっている一人を除いて、理由は誰にも思いあたらなかった。

(けじめは、けじめ。自らを律するためにも、忘れてはならない)

参詣を済ませて金峰山から下りてきた道長を、吉野川近くで、出迎えを禁じていたにもかかわらず、源頼光をはじめとする軍事貴族たちが轡を並べて待っていた。道長の不在で、都に不穏な風説が流れているという。

「つまらぬ風聞など聞き流しておけばよいものを。なれど、大儀」

不在が多くの者たちに不安を与えるほどに、道長の占める位置は大きくなっている証左である。武家源氏を束ねる頼光のみならず、平家の棟梁も侍った陣容に、道長は、言葉と裏腹に満足した。余程に心砕いた差配が察しられたにもかかわらず、多くの貴族たちはそんなことには気を回さず、錚々《そうそう》たる顔ぶれを確かめ、ひたすら道長の威勢に恐れをなし、平伏した。

（謀反の噂の中心に伊周や隆家の名前があったというが、誰が流したものか。あの者たちは、さぞかし困っていることであろうよ。気の毒に）

「つらき日々は無駄ではなかった」

都で待ちうけていた保昌と二人になった時、道長が手にしていた扇をわずかに開き、口の動きを隠して漏らした。

「宜しゅうございました」

東三条院はすでに崩御している。正三位とはいえ嫡男の頼通は未だ十五歳。さりながら、こんな場合には動揺する姿をみせない倫子がいるし、中宮は娘の彰子であり、なによりも一条天皇は道長を信頼しているうえに、伊周を嫌っている。

保昌は、都から動いていない。

「迷いましたが念のため、縁者や親しき者たちには、そっと伝えてみました」

源頼光は、はるかに年長ながら、保昌の義理の甥。

「分かっておる。何事も確かめながらじゃ。だから、自重できるというもの」

一歩近づいた道長が呟《つぶや》き、すぐに離れて小さく顔を崩した。

「刃《やいば》が無用とは申さぬが、血は無用。承知のとおり、刃は輝いてだけおればよい」

「御意」

巡礼の甲斐あってか、御嶽詣でから一年ほどの後、中宮彰子が皇子を出産するという慶福に恵まれた。

「中宮様におかれても、客歳《きゃくさい》の妹の誕生は、よき導きになったのであろうよ。女方殿には、感謝あるのみじゃ」

次から次へと華やいだ祝典が重なる中で、夫婦二人だけになると、道長は妻の手の甲を頬ずりせんばかりにさすった。夫のまめな労いに、明子への妬ましさは、倫子からすっかり消えていく。

「女方殿が幼い頃に遊びにいったという、叔父上の別邸に手を加えることにしたから、姫たちを伴って骨休みに出向くがよい。心ばかりの御礼じゃ」

岳父の弟である源重信は、左大臣ながら病のふりをして、右大臣であった甥に政務を委ね、都合よく薨去してくれたと道長は受けとめていた。恩義を感じていた道長は、謝意を示すべく、重信の死後に、彼が所有していた宇治の別荘を買い取ってやっていたのである。倫子が、母の穆子との思い出のひとつとして、共に宇治に遊びに赴いた折の、童女としての水遊びを、懐かしそうに話していたのが夫の記憶には残っている。

果報であったのは、倫子にとどまらなかった。明子にしても、第一子の頼宗《よりむね》が元服を祝され、十五歳で従四位下に叙位されたのと同じ時期に、中宮彰子が懐妊したのを知り、この皇子誕生には奇縁を感じて素直に喜べた。大きく望まないにしても、「良きことありや」と明るい気持ちが生じて、久しぶりに軽やかな気分に包まれ、夫を前にもう一人の妻にまで言い及んでしまった。

「私も本当に嬉しゅうございます。心からお祝い申し上げます。鷹司どのにもよしなにお伝えくださいますように」

「おお、なんと心温まる祝意。なんとも心優しき言葉か」

顔を崩し、目をしばたいてみせる夫を、明子は道長の手を白い両手でおおい、首を傾げ、涙を確かめるようにじっと見つめ返した。

2　崩御と出家

倫子が末娘を産んだ四年後の寛弘八年（1011年）と翌年にかけて、藤原道長にとって辛酸の日々が続く、縁起の悪い年が重なってしまった。

まず初めが、金峰山詣での中止である。彼は新年早々の正月八日から、再び金峰山への祈願を志して、厳しい精進の生活を始めた。近ごろは、藤原一族の邸のひとつである枇杷《びわ》殿で共に過ごす時間が多かった妻の倫子を、彼女が生まれ育った土御門邸に移してまでして、厳格な潔斎を続ける。ところが出立の日が近づいた三月二日になって、不意に犬のお産による穢れに感染してしまったのである。解除《げじょ》するために禊払いをするも、ついには道長が恐れもし、避けえないかと予感もしていた参詣断念にいたる。六十日に及ぶ努力が水泡に帰してしまった。

これにも増す辛い出来事が追い打ちをかけた。五月に、長女の彰子が敬愛してやまない一条天皇が体調を崩して、翌六月には三条《さんじょう》天皇（六十七代）に譲位し、多くの時をおかずして崩御してしまう悲悼《ひとう》が道長を待っていた。意中が一致しない人事もあったりしたが、政権を支え合い、藤原道長をよく後援してくれた天皇であったというだけでなく、誕生する前から係わり続けた帝である。

「左府様のご心中はいかばかりか」

側に仕える者に対してもほとんど無駄口をたたかない保昌が、もっとも信頼している従臣の一人となっている清原致信《むねのぶ》に顔を曇らせるほど、短い間ながら道長は帝の病に落胆した表情を隠さなかった。配下とはいえ致信は、官職にもついていた人物であり、妹が一条帝の皇后であった今は亡き定子に仕え、後宮での出来事や公卿たちの姿、あるいは季節の移ろいや風物までを、『枕草子』として記し残した女性で、彼女を通じて保昌が耳目で確かめにくい宮中の事情にも通じていた。ことに定子皇后にかかわることには、なおも鋭敏になっていて、立太子についても彼女の賢慮は健在であった。

「ご心配はご無用かと存じ上げます」

確かに清原致信の言葉どおり、道長はすぐに立ち直った。新しい東宮として一条天皇の第一皇子である敦康《あつやす》親王ではなく、道長の長女である中宮彰子が産んだ、第二皇子の敦成《あつひら》親王が立てられたのである。主人の一連の行動は、おおかた保昌がのみこんでいる道長の考えに沿うものであり、違和感はなかった。

「それは、それ」

道長の長年の念願が成就したのだから、家司として従い、権力の奪取と安定を助けてきた者だけに、致信の指摘は承知済みである。だが、道長が他人には決してみせまいとしている気力に鞭打たなければ萎えてしまう弱さも、身近な者たちに向ける情の深さも保昌の頭からは離れない。

(見かけはそのとおりであろうが)

余人では推察しにくい、表には示さない道長の胸中に心痛めていたのである。

敦康親王は皇后定子の御子であり、定子が薨去した後は彰子が養育し、道長が伊周兄弟を退け後見していたが、彼女に敦成親王が誕生すると、たちまち道長の庇護から外された。道長が円融天皇の第一子誕生を待っていた姉の心中を思いやり、奈良で恐れた事態は、競争の末に没落させた甥の伊周のものとなる。憎しみによる悪霊の影を薄くするために、道長により地位の回復を図られてきていた彼は、前年に敦康親王の将来を心配しつつ、一条天皇の怒りが解けぬままこの世を去っていた。復権していた伊周の弟の隆家とて、手をこまねいて静観しているしかない。

ようやくたどり着いたあの古都での少年の日の決心を仕上げるために、藤原道長は一切の理屈をかなぐり捨てて、外孫の立太子については、とにかく強い姿勢で臨んだ。若輩の頃には常に彼の先をいっていた藤原公任の父親である関白は、晩年の僅かな間隙をつかれて、道長の父である藤原兼家に政権を奪取されてしまった。いささかなりとも隙をみせられないのを道長は痛感していた。言葉では示さなくとも、藤原道長の本心は誰にも明らかであり、特段の動きをみせないだけに、かえって断固たる決意が伝わってくる。

敦康親王を幼児の頃から母親代わりで育てていた娘の彰子は、夫である一条天皇の、初めて吾が子として抱いた長子を東宮にしたいというひそかな願望を思いやり、第一皇子の東宮への道を探った。

「お二人の親王は同じように私が慈しみ、お育てしてきたのはご存じのとおり。帝のご聖慮に是非、是非お心を致していただきたいのです」

実の娘とはいえ、中宮に対して（否《いな》）とは道長も啓せられない。両手を床についたまま無言で耳を傾けていたものの、中宮の言葉が途切れたのを確かめて彼女を仰ぎ見た道長の表情は、唇を固く結び娘の頼みを強く拒んでいた。退去する姿はいつもの父親のものではなかった。

「なにもおっしゃられないのですよ」

倫子にも助力を仰いだ。

「あの方は、大切な局面では、心を固めるほどに言葉数が減っていくのです。中宮さまに無言というのは、余程の覚悟で決心されているのだと思います」

道長は非情に徹し、迷いを一切消し去っていて、中宮彰子も諦めざるをえなかった。一条天皇は、今は亡き愛妻の定子皇后が産んだ敦康親王を東宮にと願う一方で、道長の真意も十分理解しており、信頼していた周囲の者たちの声にも耳を傾けて、政争にまで発展しかねない混乱を断腸の思いで避けた。

努力は報われなかったが、吾が子である敦成親王の立太子に、彰子は胸をなでおろした。ためらい、悩む姿をみせながらも、ひそかに期待していた結果に落ちついたのである。じつのところ、初めからおおよそつかんでいた流れであったから、道長を説得しようと心おきなく振るまえた。父の思いとの強いつながりを自覚しての行動であり、夫を安らかに送るのに必須な心の手順として臨んだものであった。

「私がなすべきことは、なした。天命には逆らえぬ」

道長がいたから、彰子は一条天皇の中宮となれ、敦成親王だけでなく弟皇子の生母ともなっている。彼女にとっての父は、父親の姿を超えて大きい。帝が病に伏せ、余命を数えざるをえなくなってからは、すべてを連帯する存在になっていたのである。

一条天皇の葬送を終えたところで、道長にとって今やもっとも煙たい存在となっている藤原実資が、亡き定子妃の弟である隆家に語りかけてきた。実資は、隆家たちが花山法皇に矢を射かけた事件の際には、検非違使別当として都の治安の責任者であったが、この時には大納言に昇進しているだけでなく、小野宮流を継承して、わずか前まで藤原北家本流だった一家の大きな資産を抱え、また先祖から伝わる記録や資料に通じて博識であり、道長が一目も二目も置かざるをえない人物である。

「私利も私欲も、国家の平安にすり替えられるということか」

「しかりですな。もっとも、力さえ備えられていたならば、麻呂たちも同じではありましょうが」

寂しげに自嘲する隆家に、実資も苦笑いで応えるしかなかった。二人は後々まで手を携えて道長の意向に抗する動きもみせていくが、心の内では共鳴しても、同調しない者たちが殆どであったから、たいした効果もみせずに泡として、たちまち消えていった。

「それでよい」

小さな反抗の動きは道長が望むところで、その度に彼の権力が鍛えられ、盤石なものになっていくかに思われた。

翌年の正月、道長と明子の第二子である顕信《あきのぶ》が突然、比叡山延暦寺で出家してしまう事件が起きる。この頃には正二位にまで昇進していた倫子の子である嫡男の頼通が、急な報に接するや、義弟の短慮による軽挙と驚き、説得して連れ帰すべく比叡山に駆けつけ、一方では聞き及んだ公卿たちが道長を見舞いに足を運ぶ、大きな騒動となる。

確かに道長が意図したとおり、母を違えるとはいえ頼通が弟を案じるなど、兄弟間の確執は避けられる方向に流れはしたものの、両親がその聡明ぶりを愛でていた十八歳の息子が、父が示した処遇への不満もあって、なにも言わずに彼らの手元から去ってしまうという、想定もしなかった現実に向き合わされてしまった。

その日、道長邸の空気が突如かきまわされた。

「本日明け方に、顕信殿が出家をしたいと頭を丸めてお見えになり、動こうとなさいません。いかがいたしましょうか」

雪化粧された比叡山から、高僧が白い息を吐きながら駆け下りてきた。

「はや僧形になっているというのか」

息子が出家を独りで決しての行動で、三十歳を過ぎて醜態をさらしてしまった、自分の出家への意志とは明らかに違って、確固としたもの。誰にも気づかせずに決断して、独り仏門をくぐった姿には、父親として敗北感を味わうようであり、その後ろ姿を心の中で手を合わせながら励ましたくなった。

「ただ今聞いた所行からして、覚悟の末のことと思う。もはやなにを言っても無駄であろう。出家の手続きを進めていただくしかあるまい。座主《ざす》には、後日、あらためてお願いにあがる」

僧が立ち去るとただの父親に戻ってしまう。後悔があり、息子たちを甘く見ていた油断に臍《ほぞ》をかみながらも、平静でいられない自分をなんとか抑えつけ、明子のもとに走っていくと、高松殿で道長を待っていたのは、こちらも急ぎの報せに接し、正気を失うほどに悲嘆している明子と顕信の乳母であった。促されて、這いつくばって辞去する乳母の姿を不安げに見送る妻の姿に、彼も腰が砕けそうになってしまう。

「母として察しもせず、なすべきこともなせぬ間に離れていってしまわれた。近くにいながら、申し訳もございません」

自らの無為や不作為を悔いるだけで、父である自分を責めない明子を抱きしめ、ともに涙するしかない。

（私は子どもたちを守るためにと、この方のなされるままに従ってきた。私がそうしたのは、そうするしかなかったゆえ。どうやら母親なのに、父親ほどに後悔していないらしい。あのよ

うに言ってはみたが、なすべきことなどなかったのかもしれない。悔いても仕方がないのか）

明子は道長のあまりの落胆ぶりに驚き、夫に背中をさすられているうちに、落ち込んでいた気持ちが、わずかながら立ち直っていくのに気がついた。

（左大臣であった父は、大義もあって帝の外祖父になろうとした。道長どのもしかりなうえに、父とは違って次の御世は夫の思惑どおりになりそう。顕信とて出家の道を自ら選んだだけ。男子は自らの意思で道を選べ、歩みもできる。私はおかれた立場で殿御としての道長どのを受け入れ、添ってきた。選んだ気はしないが、私は、〝おんな〟として満たされてはいる。進むべき道は男も女も人それぞれ。このまま、時の流れのままに歩んでいくのも、悪くはない）

顔を夫の直衣に埋めたまま、徐々に平静になっていくのを自覚した。

（あちらの方は、むしろ私よりも心を痛めることになるのかもしれない）

高松殿の邸には、道長が少年の頃から彼に仕え、奈良にも供をした平群真臣が、道長の指示を受けながらしばしば顔を出している。余計な気配りもできない代わりに、明子も気楽に接しられて、道長の供をして訪ねた時には、子どもたちの馬となって戯れ合う姿を見せたりして、道長夫妻の笑いを誘っている。心を許している真臣が明子に漏らす倫子の日常は、苦労を知らない女子が、左大臣の嫡妻として周囲に気配りしている健気な姿であった。こんな事態に彼女は負い目を感じ、もろさを示すように思えた。

（後ろめたいものが尾を引いていくのはやむをえない。それはそれで、やむをえない）

ふと自分の意地の悪さに気がつき、おかしくなってしまう落ち着きとは別に、引いたはずの悲しみが、返す波のように大きく膨らんで戻ってきて、わけのわからない涙が溢れ続け、道長の胸に顔を沈めたままの明子の身体が、小刻みに揺れている。

「母の辛さにまで思いが至らないのが、もどかしい」

夫は涙を流すばかりであった。

侍女から報告を受けた倫子は、明子が予想した通り、

「高松どのがお気の毒」

伝えてきた者に背を向け、袖で顔を覆い、もらい泣きしている。

「一言だけでも申し上げねば。それができるのは私だけ」

倫子は夫の帰りを待っていたが、見たこともないほど、たった一日で憔悴しきった表情に接して、黙したまま深く頭を垂れるしかなかった。道長は、倫子がおおよその事情を知って動揺を隠せないでいるのを悟り、妻の姿に慰められるままに言葉を絞り出した。

「当座入用の品々を明日には届ける」

明子と分かち合った悲しみを、そのまま倫子にさらさざるをえないほどに、

（夫もつらい。正直に父親の顔になっている）

倫子は立ち入らずに、嘆きや憤懣《ふんまん》を伏せた。

この折の保昌は、そもそも明子のもとに足を運ぶことはなかったので、主人夫妻の悲しみや心痛に直接触れえていない。保昌には、明子には負担になりかねない重みがあると道長は判断していたし、彼の母親が明子の従姉であるのも分かっていた。気にするものではなかろうが、離しておいたほうが無難な縁もある。なによりも、彼には触れてほしくない世界であり、主人が明かしたくない独りだけの時も必要だと、保昌もわきまえ、明子について触れることはなかった。

顕信が出家した四か月後、倫子が産んだ頼通の弟である教通《のりみち》が、若い道長が出世を競いあい、この頃には交流を深めていた藤原公任の娘と結婚し、舅の邸で豊かな暮らしを始めている。倫子にとっての慶事である。

「律儀なことです。ご丁重なご挨拶には、頭が下がるばかりです。お任せください」

教通の婚姻の前に、道長は時間をやりくりして比叡山まで足を運び、天台座主に頭を下げている。僧形の息子とも面談し、行きは馬で上ったものを、帰りは徒歩で下った。この真摯な姿を称賛する声が多かったが、夫が高松殿の明子に心砕いた行動であるのを、二人の妻だけは察している。

藤原道長にとって、求めるものがまったく異なるとはいえ、源倫子も源明子も必要な女性でした。

あった。大切に遇しなければならない妻たちである。豊穣をもたらす太陽であり、満ち欠けして再生を示す太陰のごとき二人。不満やかすかな嫉妬が生じても、消化していける彼女たちであったのは、道長にとって幸いであった。もっとも夫として、もう一人の妻の気配を引きずらずに、彼女たちに寄っていくのを心がけるなど、細やかな気配りや涙ぐましい努力もあって、ともに左大臣を父にもつような妻たちの間に、表立った波風は立っていない。

ちなみに、後に右大臣にまで昇る明子の第一子の頼宗は、道長の最大の政敵であった亡き藤原伊周の娘と結婚している。没落しつつある一家の女婿である。子どもたちの処遇は、位階の違いだけではなかったが、明子は、それにも異をとなえていない。

「父親の悲嘆を見たのは私と同じ。自分たちの落魄に一切関与できず、眺めるよりほかになかった女子は、与えられた運命への添い方を身につけざるをえない。つまらない背伸びをせずに、多くを求めない良き妻になるかもしれない」

むしろ前向きに受け止めているうちに、皇太后の詮子が思い出されもした。血のつながらない年長の同性の優しさに、彼女は救われている。世から身を隠さざるをえなく、誰からも忘られつつあった明子の姿を探り出し、優しく手を差し伸べて招き寄せてくれた詮子が、仏の姿に重なってくる。

「なぜ、かくも優しく」

気にしたこともあった詮子を動かしたわけなど、今やどうでもよい。すでに詮子が薨去した齢を超えている明子であるが、すがるように願った。

「皇太后さまのご尊顔を、いまひとたび拝したい」

明子も、宿る仏性《ぶっしょう》を呼び覚まされた。辛い情況にあった息子の妻に温かく接し、これに涙した女性は、実の母にもまして彼女にすがり、甘えた。

3　変わらぬ姿

道長を続いて襲う不幸に、保昌は仕える姿を変えることなく、課せられていた重い役割を淡々とこなしていた。悲しみの表情は、うんざりするほど皆が示してくれるから、黙して諸事に励んでいる家司の姿が、どんな慰めの言葉よりも有難い。

「ひたすらご自重あるが宜しかろうと、拝察申しあげます」

道長は、保昌が初見の場で発した言葉を、繰り返し思い返している。保昌の無口は、なによりの励ましであった。

一条帝亡き後の藤原道長にとって、新天皇への遺漏ない対応こそが最優先であるのは明らかで、主人が求めているものを保昌はよく理解し、この一事に集中して対しきった。

一条天皇が病に倒れ、年上の東宮である居貞《おきさだ》親王が三条天皇として内裏に移るまでの間、藤原家累代の邸宅である東三条第で過ごしていたのである。新帝の母親は道長の長姉で、冷泉天皇の女御として入内した翌年には帝が退位したために、上皇の子どもとして居貞親王を産んでいる。三条帝がわずか七歳の年に、幼い弟二人も残してこの母が急逝してしまい、誕生の経緯もあって、恵まれた環境で長じていない。三条天皇は、肉親とのつながりが希薄だった幼いころの寂しさを埋め合わせるかのように、妻を愛し、子沢山でもあった。ここに道長の次女も嫁していただけに、裏方としての保昌の気配りは、並大抵のものではなかった。

天皇が訳あって摂政や関白たちの屋敷に仮住まいし、里内裏とするのは、この時代にはままあったことであり、天皇だけでなく皇后や皇太子たちが、自邸の火災や方違《かたたが》えのために、臣下の住まいに、ある期間移り住むこともみられた。退去する際には、家の者たちに叙位があるのはむしろ普通であったし、家臣に及ぶのも珍しくはない。内裏に三条天皇が移ってから、関係した者たちに昇叙があり、藤原保昌も正四位下に叙せられた。

「左府が頼り。心置きなく、思案を内に止めぬよう」

いかに良い働きがあったとはいえ、主人の推挙なしに家臣が栄進したりはしない。間もなく三条天皇とは険悪な間柄になる道長であるが、一連の沙汰には道長の意を汲み、心砕いた跡が十分に見受けられ、(同じ甥ながら、やはり新天皇は苦労人である)と受け止めるほどに、行き届いたものであり、感服している。

それよりも、この叙位に対する保昌の大仰な謝意が、道長を驚かせた。

「ただただ左府様に従っているだけの者に、かくなるご栄誉を賜り、いかにせんかと」

(保昌とて、正四位は嬉しいのか)

官人ならば、位が上がるのを虎視眈々《こしたんたん》と狙っているのは当たり前。任官できる役職は位階しだいで、実入りも左右される。これを無縁としているのは、藤原道長くらい。

「なぜ左府は固辞するのか」

位階によって、職務とは別に報酬も定められている。

「女方殿が豊かになり、機嫌がよくなるなら、それがなにより」

妻の倫子はすでに従一位を賜っているのに、道長は正二位のままで、昇叙を辞退し続け、三条天皇にも許しを願い、他者の推挙に気を配るばかりであった。

(有難がられ、恐れられればそれでよい。皆が、さらに従わん)

道長の家司の多くも上国の国司などを望み、彼に仕えている理由のひとつでもある。いったん任官されたなら、彼らは国司としての徴税権を濫用して、国に納めるものとは別に、人事で生殺与奪の権を握っている主人の懐を潤すことにも力を注ぐことになる。

(それで余りある報いを得ている)

そんな家司の中で保昌だけは違っていて、それが道長にとってはもどかしい。

「あの者は、やはり別のようだ」

道長に近侍し続けてきた保昌は、主従の信頼関係を推断され、公卿たちからさえ一目置かれるようになってきていた。

「左府様に微衷《びちゅう》をお伝えいただきたく、宜敷くお取りなしいただけぬものでしょうか」

道長の顰蹙をかってしまった中納言から、ひそかに依頼を受けて保昌が困惑してしまうような場面さえあった。

「私ごときが立ち入られるものではございません。平にご容赦くださいますようお願い申し上げます」

ところが、常に淡然としていて、虎の威を借るがごとき態度を一切とらないことで、かえって畏怖されるようになってしまい、彼はまた、孤立を噛みしめざるをえない視線を受けることになる。

「それも、やむをえまい」

これが虚飾ない保昌であり、敢えて自制を示して相手を恐れさせんとするものではなく、敬遠する者たちの勘違いであるのが、道長にはみえていた。だから安心して身近に置き続けられもする。

「あの者が、それとなく皆から遠ざけられるのは、不都合ではない」

ただ、そんな打算とは別に、いつまでたっても把握できない保昌の実相を、分からぬがゆえに探ってはみたい。

「これからは別なところで、朝臣《あそん》に与えられるものをみつけなければならないな」

「過分なお言葉を耳にできただけでひたすら有難く、左府様の御心に接しられる幸いに増すものなどに思いもいたりません」

道長はなおも半信半疑であったが、保昌の本心である。もともと蓄財に興味はなかったし、財貨を得んとする努力が徒労であるのは、父を通じて痛感せざるをえなかった。彼には跡を継がせるような子どもはおらず、係累の縁に薄いことも自覚している。

「物欲など、たいした目的のものではなく、あの男とて、南家の者ゆえに夢を限られた心の空隙を充《み》たさんとしていただけのものかもしれぬ」

多くのものを握りしめている道長は、この真逆である。道長にしてみたら、子孫への権勢や財産の継承を否定するのは、権力を放擲《ほうてき》するのと同じである。

「血族の末代までの繁栄を願わぬ者など、いるものか」

保昌とても、高位にある者ほどこの欲念が強くなるのは、否定するものではないが、彼を動かしはしない。

藤原保昌は、社会の中で自分がおかれた心もとない立ち位置に、若い頃から気がついていて、藤原道長から声をかけられ、ようやく求めていたものを探りえたと思っている。曖昧な選択しかないとの諦めが、先に向かえる充足に替わった。多くを望めば、かえって失望しかねないのは、若いころからの達観にちかく、保昌や保輔兄弟だけに目を向け、それゆえに水を得た魚のごとき伴継雄の姿にも学んでいる。

「吾にも、お仕えしたときから左府様がいる。それで十分」

執着するものを限る幸せを保昌も求めた。

もっとも、その過程で、すべてが思い通りにいくわけがなかった。信濃を去って間もなく、安曇郡司の娘が彼の男児を生んだとの報に接しても、遠い世の出来事のように思えて、求められた命名にも、(よしなに)と文を送っただけで応えていないし、忘れようとは努めていても、時おり心の臓に疼きが走る。信濃からの一報は父親からで、この後は娘が精一杯努めて書いたと思われる文が一、二年おきに届いたが、返事をしたためることは一切なかった。さりながら、受理されることで保昌の息災を確かめているだけの、返信を期待せず、押しつけがましさを感じさせない文面は哀れであり、一読しただけで破棄する気にはならず、菜知への執着は消しきれぬまま、彼女の便りだけを収める文箱を保昌は大切にし続けた。

「いかんともしがたい」

これだけは、だらしなくなるのを、自ら認めた。

「内なる惑いにとどめておくならば、逃れられない想いがあるのも許されん」

保昌に秘めたる恋情から逃れきれない相手がいることを、道長が知る由もない。

「女人に心を寄せるなどとは、無縁な者」

道長にとって、それも保昌の不可思議であった。

八　縁談

1　左大臣の悩み

左大臣の座を掌中にしてから十余年、四十歳代の半ばも過ぎた今の道長に、敵対する者はいない。多少なびかぬ者はいるが、遠くに身を退けての反発の姿は、相手をする気にもさせない。

結論を先行させるのは、往々にして権力を自覚する者たちの常であり、権勢が強まるほどに、施策の落ち着き先が鮮明に見えてくる。理屈は後から従わせることとして、判断に至った筋道を確かめ、物事を円滑に進めるための手筈《てはず》に道長も多くの時間を費やしていた。片肘の下で身体を軽く受けとめる脇息《きょうそく》に、上半身の重みを託しているうちに、大抵は腹案が浮かんでくる。人事であろうと、新しい定めの布告、あるいは寺社からの所領にかかわる訴えに対する裁きであっても、頭を悩ますことは減ってきた。政務や儀式などの公事は前例にならえばまず大過なく、朝政を司ってきた先祖たちが多くの記事を残していて、道長の心強い虎の巻となっている。

「読む、読まぬは別にして、子孫のために残してやらねば」

道長も日記は書き続けてきた。

あらかじめ近づいての具申にはよく耳を傾けるものの、決定した政策に陰で不満をとなえる者は、一時は気づかぬふりをしていても、ついには許さなかったし、厳しく処断した。反対の意見を述べていても結論を得たうえは、藤原実資をはじめとして賢明な者ほど、前向きにこれに従う姿勢を示し、多くの者が、道長の判断に尾を引くごとき逆らいができないのは、肝に銘じている。予め熟察《じゅくさつ》した方策であれば、大方の反対意見に抗して、欠席していた朝議の結論を覆すことさえ避けない。

「私見に足らざるものあり。左府様のお考えこそ、ごもっとも」

陣定で先立って意見を述べたとしても、道長の意向に沿っていないのに気がつくと、急ぎ前言を取り消し、感心する様子を示しながら賛同する者まで出てくる。

聖断の実施やその顚末《てんまつ》には気遣いするが、尊意を窺う手立てはあるし、予め意見の具申も許されているうえ、一条天皇もそうであったが、帝位に坐したばかりの三条天皇も道長の考えを尊重してくれる。ひとたび勅裁《ちょくさい》が下れば、これに従う姿勢で事に臨むのみである。帝の権威を背に負った権力者にとって、諸事、先は見通せる。

わずか六歳だった一条天皇の即位は父の兼家が画策し、兄の道兼が活躍して達せられたが、果実をもっとも満喫したのは小さな役割を果たしただけの道長だった。思わぬ幸運が重なって、あの少年時代の奈良で願った現世の事々の多くが、すでに手の内に入った。図りきれないものといえば重い物忌みくらいだが、左大臣の道長とてこればかりはいたしかたなく、一切の外出を避け、邸にこもってひたすら身を謹んで、時が過ぎゆくのを待つばかりだ。

この藤原道長にとって、皇太后に仕える者とはいえ、女房一人の縁談が、これほど煩悶の種になろうとは考えもしないことであった。

脇息を落ち着かないまま右に左にと動かし、胡坐の前に据えて、両手の拳を置いてもみる。同じ姿勢を繰りかえすのにあきてくると、季節に合わせて緑地の唐織《からおり》が貼られた座具を脇下に置き直し、上半身を崩し気味に身体の重みを預け、しまりのない姿までさらけてしまう。

「まるで毬《まり》にじゃれついている猫のようではないか」

猫の姿にまで自分を擬してしまったのが悔しいし、腹立たしくなってくる。脇息は主人の拳で叩かれもしていた。参内のない日にはもっと心穏やかな時を過ごしたいものをと、朝餉を食した後から、次々に浮かんでは消えていく男たちの品定めに、道長は溜息を重ねるばかりであった。

「なぜ、かくも役に立たない者しかいないのか」

弥生の陽光は先ごろまでの心細げな陽射しとは異なり、僅かに揺れる廂《ひさし》の陰にもぬくもりを与えていて、うらうらとした気分で包んでくれる。それなのに、これほど思い通りにことを図れぬいまいましさから逃れられないのは、久しぶりである。文机の端に積まれた文書に目を通す気にもなれず、日々わずかな文字でも記さんと心がけている日記の、墨跡を待つ紙も白いまま。これ以上は先送りできないのも承知済み。つい、

「誰か力を貸してくれぬものか」

珍しく弱気な思いに至ったところで、天啓に導かれるように男の姿が浮かんだ。

「そうか、一人いたぞ。あの男なら、なんとかしてくれよう。困ったらいつも側に寄ってきてくれるのは、あの者。女の影など胸に潜めていないのも都合がよい」

半ばまで開けられている妻戸《つまと》をくぐり抜けた風が廂を縫って、季節の香りを運んできたかに思えてきた。道長の周囲で目には見えない光の粒がぶつかり合い、はじけながら陸離《りくり》として彼

にまといついて、気持ちを高ぶらせてくる。

「誰も思いつかないであろう妙案を得たぞ」

後宮に仕える女房たちの機微にもっとも通じ、朝廷を取り巻く男たちにも日頃から目を行き届かせている妻の倫子でさえ、あの和泉式部を娶《めあ》わせる者となると、何本もの赤い糸をたぐっているだけで、未だ結ぶべき相手を探しあぐねている。先日来の督促するような夫からの問いかけにも、首をひねり、吐息をついてみせるだけであった。

これが藁にもすがる思いから生まれた急場しのぎの着想にすぎず、

（とんでもない勘違いかもしれない）

道長は正座して背筋を伸ばし、しばし黙考した。腕を組んで瑕疵がないか浚《さら》い直し、組んでいた腕をほどき、思案の結果を断案とすべく、右の拳で片膝を強くうった。

「いたっ」

これとて苦痛にならず、じわっと残った痺れがむしろ心地よい。

「皇太后様の周辺から、ようやく吾が懸念の種をひとつ取り除ける」

一条天皇がわずか三十一歳の若さで崩御し、皇太后となった娘の彰子の後宮に和泉式部が仕え続けているのは、道長にとって、いかにも不都合な事態であった。なにせ新帝である三条天皇が、この女性を好ましく思っていないのは確かである。皇太后とはいえ娘は皇太子の生母でもあるから、何事もなければ、道長には、次帝の外祖父としての立場がほぼ約束されているのも同然。小さな石ころとても取り除いて、地歩を固めていきたい気持ちが強くなるばかりだ。だから、妨げにもなりかねない和泉式部を娘から遠ざけたい気持ちは山々ながら、出仕を強引に辞退させてことを荒立ててしまったら、彼女の歌才に慰められてもいる彰子の心を傷つける恐れがある。

(良い縁組でも調えられれば)

藤原道長と倫子夫妻がたどり着いた結論であった。

ところが彼女は、固い契《ちぎ》りで結ばれたはずの和泉守である夫がいたのに、三条天皇の実弟である二人の親王と、都中を驚かせた恋愛沙汰を引き起こしただけでなく、男たちとの噂が絶えなかった女性である。道長の口利きだとしても、妻とするには誰とてまず二の足を踏むであろう。なにせ親王たちとの事々は、あまりにも知れ渡りすぎているうえに、本人もそれを是認し、日記として書き連ねていた。女としての盛りの歳を後にしてもいるだけに、適当な相手が容易には見つからないのは当たり前であった。

その男女の組み合わせを耳にしたら、

「女方はいかなる表情を示すかな」

早く妻の反応が見たくて心急いてしまう。

「ではあるが、容易に見破られては、考え抜いた甲斐がない」

一呼吸おいてから、おもむろに腰をあげた。妻戸から足を踏み出すと、顎を引きめにして内心を誰にも気取られまいと、常よりゆったりと渡殿を歩んだ。権力を掌握しきった今でも、邸の中では常に気さくに振るまっている左大臣が、口をへのじに結び、気難しげな表情を浮かべながら歩いてくるのを目にして、すれ違った者たちはすばやく脇に身をよせ、視線を足元に落としたまま通り過ぎるのを待った。足音が遠ざかるのを確かめてから、わけが分からぬままにその後ろ姿をそっと探ってみるが、いつもとは違う重々しさにあっけにとられてしまい、茫然と見送るしかない。

（左府様は、いかがされたか）

道長が北の対《たい》の襖障子《ふすましょうじ》の外から、そっと中の気配を探ってみると、女たちの笑い声もなく、たまさか静かであった。几帳《きちょう》の横から顔を覗かせ、妻が一人で文字を追っているのを確かめ、物憂げな様子であるのを気にしながらも、ひとつ軽く咳払いをしてからそろりと部屋の奥まで歩を進めた。珍しく仕える女たちの姿がない。普段なら誰も侍っていないのが気になるところであるが、今日に限れば、女房たちを遠ざける手間が省けてまことに都合よく、お膳立てができている。

あらためて渋面をつくった。

淡い浅葱《あさぎ》の狩衣で上半身をおおい、青が強めの二藍《ふたあい》の差貫《さしぬき》をはいた左大臣が、やや年長の妻にいつになく威儀を正して近づき、無言のままこくりとしてみせた。今日は参内する予定もなくくだけた姿でいるのに、もったいぶった様子を崩さず、袖をゆったりと左右に払う仕種で倫子に対座した。妻にはその装いの動きが、ふわりと春が忍び込んできたかに感じられた。今朝ふいに思いたち、侍女に誂《あつら》えさせた色合いから、のどかな空気が流れきて、明るい気持ちに誘ってくれる。

夫を迎えた倫子は、こちらも小袿《こうちぎ》で堅苦しくなく身を調えていて、やや薄めの浅緋色は年齢相応の落ち着きをみせつつも、衿にのぞかせた色調が離れた紅緋色が際立って鮮やかで、季節の花に色を分かち与え、萌えさせてしまいそうなほどに艶やかであった。一見しただけでは秋を思わせる配色も、夫の位階を飛び越えて、先年に従一位を賜った彼女ならば、邸内では誰もがこれも春の召物かと違和感なく受けとめている。

草木の匂いまで運んできた風情の夫はもうひとつ咳払いをして、装いとはそぐわぬ、めずらしく硬い表情を妻に示した。もっともそれが崩れるまでに、さほどの時間は必要なかった。

(なにかお隠しある。それも楽しきことを)

顔をやや斜めにして優しげな表情をつくってみせる倫子に、しかめっ面を向けたのも束の間で、目じりを下げ、戯《ざ》れた顔つきに変わってしまうのを抑えきれない。夫の様子からして、和泉式部についての一件だろうと察しがついた。先ごろから、解の模索を夫婦で分かち合っている難問である。

舅である藤原兼家の側室が書き記した『蜻蛉《かげろう》日記』の綴《つづ》りをさりげなく傍らに置いてから、倫子はなにも言わずに微笑んだ。いささか息苦しくなるようなくだりから解き放たれ、ほっとした。

(悋《りん》気《き》をぶつけるのではなく、想いをもっと素直に表せなかったものか)

そう思うと同時に、夫の道長はその父とは違って、

(自らよりも高い位階を妻に配慮し、心憎い気配りに重ねて愛嬌まで示されては、嫉妬する姿を見せるのさえ封じざるをえなくなってしまう)

時には、真剣にとぼけた顔つきまでしてみせる。

「高松どののこととて」

道長のもう一人の妻である明子にふと思いがいたって、そっとつぶやいてしまっていたところ。倫子には、関白だった舅より夫の方がしたたかに思える。二人の妻たちを巧みに扱い、彼女たちもなんとなく納得させられていて、不満につながっていない。

「分かっていながら、あの破《は》顔《がん》にはいつもだまされてしまうもの」

苦笑いをしたくなったところへ現れた道長が、いつもとは違って肩肘張った様子であったから、妻は敢えてにこやかに表情を崩してみせた。倫子が動くと、布地にしみ込ませた香木の薫りがわずかに流れ、言葉を発するように促してくる。

道長から、

「保昌はいかがかのう」

男の名前を告げられて、彼女は思いもかけなかった組み合わせに、えっと驚いたが、（まさに妙案）と、すぐに感心してしまった。

首をたてに大きく振って、「はい」と答えた。

他人には内緒にして、二人だけで思案していた企みの仕掛けに、ようやくたどり着けたようだ。絶妙な手口を見つけられたと確信し、あらためて顔を見合わせると、低くはあっても、ほっとした笑い声が漏れてしまう。彼女には、ひそかに大切にしていた玩具を取り上げられてしまったような味気なさも残ったが、それは倫子自身も正体に気づかないたぐいのものであった。あの者のことはもうひとつつかめていないものの、浮き名を流し続けてきた中年の女の再婚相手としては、日常の静かな所作やさりげない心配りの裏に、茫漠たる心の複雑さを潜めている、あんな男しかいないのかもしれない。

「さすがのご慧眼と思います」

妻が正面から褒めてくれることなど近頃はあまりないだけに、道長は機嫌をよくして、

「それでは早速」

座ったばかりの身を勢いよく起こすと、彼が好んでいる沈香《じんこう》が、部屋の片隅で遠慮気味に焚《た》かれているのにも気づかずに、催馬楽《さいばら》でも口ずさみかねない面持ちで妻に背を向けた。中の様子を探ろうと廊下の内側を取り巻く廂の間に入りかけた侍女が、道長が姿を現すと、びっくりした様子で一歩下がり、薄桜色に紅の模様を散らせた上着の膝近くまで手を下ろし、深く腰を折った。

「よき日和《ひより》じゃのう」

からかい気味に声をかけると、あきれた表情を浮かべたものの、

「はい、まことに」

何事もなかったかのごとく、たおやかな笑顔に変えた。


和泉式部は三十歳の角を曲がって数年、さすがに二十歳代のはじける色香はあせてきたが、替わって、若い男たちが気安く言い寄りにくい妖艶さをまとってきている。朝廷を掌握しきっている夫が首をふりつつ、「浮かれ女よ」とまで口にする、なお盛りにあるあの女性より、男が二十歳近くも年上であるのが、その歳ごろの自分を振り返り、女として倫子はふと気には

なったものの、

「あの者に限れば、そのような心配は無用でありましょう」

やや老いたとはいえ陽に焼けて、今なお精悍さを残している男の姿を思い起こして、要らざる気づかいに首を振ってしまう。

夫に仕える藤原保昌は、この者が邸に出入りし始めた十五年も前から知っているのに、未だにその本性がよく分からない。この間に黒かった眉に白毛が混じるなど、容姿に変わりは見られても、老いなどあまり感じさせない。心許しあえるものも生まれ、時には年月に醸された幽愁が、なにげなく保昌からこぼれ出てきたりするのを眺めるのが、彼女には心浮く楽しみになっている。

かような女子を妻として迎えるとなれば、自分の身近なところから遠ざかる心地がして、かすかに惜しむ気持ちが生じてきもしたが、なにより倫子は、この結びつきに感心してしまった。

和泉式部は娘の後宮を華やかに彩っている女房のなかではめずらしく、権力の頂点に立つ夫に媚びるどころか、軽々に表情もゆるめず、夫も彼女につまらぬ関心を寄せていないこともあって、もともと好感を抱いていた。保昌の方は、これまで接してきた少なからぬ家司の中で、夫ともっとも心が通じ合えているのは明らかで、夫との親密な仲は、妻として好意を持てるゆえんのひとつ。女は夫の心から遠く、男は夫に近い。

　このとき倫子はひとつ勘違いをしているのに気づいていなかった。道長は必ずしも和泉式部に興味がなかったわけではない。

「なれど、危うい女子である」

　権勢の頂点にある左大臣の愛を受けたとなれば、女には箔がつくから、彼の力をもってすれば、どうにかならない官女は少ない。だが和泉式部は、配下にある橘道貞《みちさだ》の妻であったうえに、二人の皇子たちをはじめとして艶聞が絶えない女性である。そんな女と男としての係わりをもてば、失うものが大きいのは自分であると分別し、道長は才色兼備の魅力に目をつむり、近づくのを避けた。

「つまらぬ。それほどのものではない」

　若い頃から道長は、女性については打算が先んじがちであり、妻の前で和泉式部を敢えて酷評してみせ、この女への関心を封じた。もっとも、道長もひとつ見誤っていて、道長が言い寄ったところで、和泉式部は彼になびかない女性の一人であった。

「なぜでしょう」

　倫子は、和泉式部が、左大臣の夫から距離をおきたがっているのが不思議であった。

「皇子たちへの想いが、なお強く残っているのかしら。でも、それとは違うように思えてならない」

悪評をくくりつけた和泉式部に摸した雛《ひいな》が水面に浮かび、保昌の手元に流れていく光景が目に浮かんだ。紙の人形が遠ざかり、視野から消えていくのをいったん瞼で閉ざし、彼女は現実に回帰した。

（夫が探り合わせた貝覆《かいおお》いの絵柄は、間違いなく合致している）

流水で清められた雛を流れの先で拾い上げる保昌の姿を思い描くと、この者に較べれば夫などは、倫子の手のひらの上で、表の佇まいだけでなく裏の姿もありのままに見せてくれているように思え、周りに誰もいないのを確かめてから、袖口を顔に寄せて一人笑いをしてしまった。

「したたかなのに、可愛げも忘れない困ったお方」

今の今とて、「なんと正直に」と楽しくなる。

道長は今回の縁談を、すでに五十歳の坂を越えている家司の保昌に持ちかけるという。彼がこの誘いにどのように応じるのか、この者を一歩深く知りうる機会となりそうなのに、倫子は男への関心を転じた。

2　困惑する家司

道長がいつになく楽しげな表情を保昌に向けてきた。

「妻がいないのはさぞかし不自由であろうと、内々にそなたの相手を探していたところ、これはという女子が近くにいた」

初めはからかっているのかと思ったが、座輿を保昌には向けないしと考えをめぐらすうちに、昨年、昇進を告げられたときの会話に戻った。

「ところでじゃ、この正四位から上ということになると、いささか難事である。他に、なにか朝臣が欲するものはないか」

「格段のお心づかいがあったことは、十分に存じ上げております。たいしたお仕えもできておりませんのに、望みえなかった栄誉に預かり、驚きと感激で、感謝の表し方を見出しえずにおります」

同じような謝辞を繰りかえすしかない。朝廷から新たに授けられた正四位下といえば、その上は三位の公卿になってしまうから、道長の家司である保昌にとっては、確かに想定できる最上位の位階ということになる。なにせ三位以上といえば、女性や現役を引退した者を除くと、二十人も数えられないほどの高位である。もっとも正四位上もあるが、これは三位昇進の踊り場のごときもの。

「帝としての初めての叙位に、私はご遠慮すべきかと思ったが、帝は朝臣の働きに特段感服されたようで、是非にとの思し召しであった」

「恐れ多くも帝のご叡慮を拝しえたのも、左府様のご恩あってのこと。重ね、重ねて御礼を申し上げます」

敢えて望むものをというならば、兄弟二人、斎明や保輔に再び会いたいというかなわぬ夢だけである。父が流罪にされた同じ年に、遠島への罰を拒んだ弟の保輔は、捕縛され自決してしまった。三十年近くも前に世を去った兄はまだしも、弟の死からは十年余り。その死に方が無残なものだっただけに、保昌の記憶から容易には消しにくい。

それにしても問われて、「ほしいものはありません」と、権力を握りしめた者に向かって口上できないまま、後に話題にあがることもなかったから、その時ばかりの心配りとして、すっかり忘れていた。

「江《ごう》式部を妻として御してみないか。浮かれた噂はあるが、心の形が悪い女子ではない。そなたとは双方似合いと見受けられる」

大江氏の出身からそのように称される一方で、和泉式部とも通称されている、貴族の妻女の名前など知らない市中の人たちの間でさえ有名な女人である。和泉国の国司を務めるほどの夫や娘がいたにもかかわらず、冷泉天皇の皇子である為尊《ためたか》親王と浮き名を流し、親王が二十五歳で急逝した翌年には、弟で大宰府長官の師宮《そちのみや》・敦道《あつみち》親王と結びつき、親王が彼女を自邸に召《めし》人《うど》として招き入れて同居を始めると、これに怒った正室が家出し、ついには離婚へといたってしまう。敦道親王も二十六歳の若さで薨去した後には、恋の一部始終を日記にして、正室の嫉妬の模様で閉じているという。敦道親王との深い関係を続けている間でさえ、親王の屋敷に移るまでは、他の男も拒んでいなかったと言われている放埒《ほうらつ》さは、真偽は定かでないものの、あきれるしかない。

（吾が母とて夫以外の男の出入りはあったものの、今にして思えば、母が女としての姿を正直にみせてくれたようで、好ましくさえある。なれど、この女子の場合は違う）

突然の縁談に、道長の意図を図りかねた。「似合い」とまで言われてしまっては、むげには断れないし、それなりの理由もあるはずだが、なにゆえかと困るばかりで、いかに返答すべきか戸惑ってしまう。

「いつもながらの有難きお気遣いとはいえ、こたびばかりは左府様のご深慮を測りかねて、苦慮しております」

保昌がここまでの困惑顔をみせるのは初めてで、道長は嬉しくなってしまい、からかう素振りで、年上の家司の顔を覗きこんだ。

「難しく考えるまい。季節の花やらなにやらと、心配りの品々を常に届けてもらっていると、女方が感謝しているのでな。たまには返さないと」

「（解語《かいご》の花）で、ということでしょうか」

「いやあ楊貴妃に譬《たと》えるほどの女子ではなかろうよ。出仕する娘がいるような年齢でもある。それでも容色は、歳相応の残花ながら、余情の潤いありといったところかな」

和泉式部は敦道親王の死後しばらくたってから、歌の才をかわれて、一条天皇の中宮である彰子の女房として、皇子たちとの恋に血道をあげている間、彼女の親元で養育されていた娘の小式部内侍《こしきぶのないし》とともに出仕していた。主人の意図は知っておかなければならないが、訊ねるわけにもいかない。必要ならば道長から口にするであろうから、なにやら説明しにくい事情があるのだろうと推測した。気が重い話だが、ともあれ礼の言上は欠かせないとしても、なぜかを探るために即答は控えた。

「ご高配には頭が下がるばかりですが、夢想だにしえなかった望外のお勧めでありますので、私の年齢を数え直すほどの時間をご猶予いただきたく、お願いを申し上げます」

道長が頤を引く深さで気持ちを示してみせることは、もちろん分かっている。ゆっくりと首元に近づけた。(了)である。

「年寄りなどとは言うまいな」

「滅相もございません。若すぎるのではないかと心配しております」

祝い事でもないのに、道長がめずらしく大笑した。

「朝臣も申すものよ」

よほど意外な反応だったのか、道長の笑いはなかなか止まらなかった。保昌から聞く初めての戯言は動揺ゆえと判じ、彼にとっては唯一の煙たい人物である藤原実資に通じているようで楽しかった。

（女子が弱点とはな。ま、そんなものかもしれぬ。いや確かに、男によっては女子ほど、始末におえぬものはないからのう）

保昌にしたら、そんなことではない。自らを年寄りと言うのは、本人は謙遜したつもりでも、相手によっては危険な言葉になりかねないが、この主従にあってはそんな懸念はないし、すぐに落ち着きを取り戻してもいた。

（左府様の真意はいずこに）

初めてともいえる私事への言及であったので、曖昧に、それでもからりと応えようとしただけのことである。

「朝臣は右大将《うだいしょう》と同じような歳であるから、まさに男盛りかとさえ思える」

右大将とは、右近衛府の長官であった藤原実資のこと。もはや政敵などいない道長だが、この実資だけは有職故実《ゆうそくこじつ》に通じたしっかりもので、意のままに動いてくれない扱いにくい人物である。祖父の代までさかのぼれば、藤原氏としてはむしろ嫡流である小野宮流を、嫡孫がいるにもかかわらず才質を愛でられ、養子となって相続しているほどの者であった。

「恐れ多いことでございます。なにひとつと比肩されるようなお方ではありません」

「小難しい様子を示しながらも、女子にはいたって元気なことで、あきれるほど」

身体を揺すらせながら、遠慮のない笑い声を上げた。実資の気難しさと好色の落差が、かしこまった表情を示しながら、整えた直衣から表に見せてはならない単衣《ひとえ》がはみ出ているようで、機会があれば道長はからかってみたかった。

「左衛門督《さえもんのかみ》などは、右大将にそれとなく私淑しているだけに、彼の者の女子好きを、苦々しく思っているようだ」

保昌に対しては珍しく、話題をそらせまでした。

すでに十数年を経た旧事になるが、娘の彰子が一条天皇のもとに入内するに当たり、皇族をはじめ多くの公卿から祝いの歌を寄せてもらい、輿入《こしい》れ道具の四尺屛風に、達筆で名高い藤原行成《ゆきなり》の手で集まった歌を書き記させた。道長の得意な思いに、皆が心配りしてくれ、実資にもそれとなく期待して笑顔をつくってみせ、相手も十分気がついていたにもかかわらず、ついに知らぬふりをされてしまった。道長にとって一世一代の大事業の一環であったから、慶事に冷ややかな態度を示されたことは腹立たしくてならなかった。無理も言えない事柄であることは互いに承知し合ったうえで、頑固な姿勢を貫かれたことがいまいましく、しばらくは頭の中をめぐり続けていた。大らかな人柄の彼にして、この一件はいまだに忘れられていない。

左大臣を補佐すべき右大臣や内大臣が、血縁だけの心もとない者たちゆえ、これに次ぐような立場である大納言の実資には、もっと心を開いてほしくて、国司たちから献上された馬でも牛でも、気をつかって下賜するなどして機嫌をとっているのに、彼の態度に変わるものはない。

（あの時にも、武蔵《むさし》守から献上あったばかりの馬六匹の中から、よい馬一匹を贈って、それとなく願いを示したものを）

嫡男の頼通はこのときには大納言で左衛門督の官位にあったが、当時の公卿にあっては珍しいほどに女性にかたくて、娘がいないのを危惧した道長から、新たな女性を妻に加えるようにとの、権力の承継を第一義とする家長としての指図に抗《あらが》い、

「立場をわきまえず、自覚が足りない」と、厳しく叱責されるほどであった。

堅物である頼通は、道長を父として慕いつつも、父が煙たがっている実資に敬意を表する姿勢も隠していないだけに、師とも仰ぐ人物の色好みには、頭が痛かった。なにせ、何事にも洞察鋭い実資の好色に政治性はなく、女性が好きなだけというのでは、がっかりするしかない。

一方、道長にしてみたら、実資の表も裏も手のひらの上。

（あのわけ知り顔との落差やいかん）

保昌には気づかれぬように、なおも笑いをかみころした。

保昌が迷う姿をみせるであろうことは織り込み済みであるが、この家司に命じるようなまね

はしたくないし、それではつまらない。道長はふと気がついたかのように、準備していた一言を忘れずに口にした。

「そういえば女人の歌の詠み手としては、当代随一との声が高い。赤染衛門《あかぞめえもん》の歌風を称える文《もん》章博士《じょうはかせ》もいるが、あれは夫婦だからであろうな。贔屓《ひいき》が過ぎようものを」

歌人としての和泉式部を、さりげなく赤染衛門と比較し、さらに彼女の夫にまで言及されて、自分の気持ちがこの結婚に傾き始めたのに驚いた。眠っていたものを、道長はそ知らぬ顔で呼び覚ましたのである。

「ほとほと人心の透徹にたけたお方よ」

保昌は嘆息を呑み込み、あらためて道長のつぼの押さえ方に敬服させられてしまう。

権力の大きさだけに恐れ入る者が多い中で、仮面の下に隠している道長のこのあたりの実相を、保昌がもっとも理解していたのかもしれず、だからこそ道長は保昌に惹かれ、二人の結びつきも強かった。赤染衛門夫妻の名前が、斎明や保輔たちにつながることにまで、道長が心配りしているのに、保昌は気がついた。

数日して、保昌は再び道長に召しだされた。

「女方も朝臣がいかに答えるか、気にしていてのう」

この一件が道長夫妻の楽しい話題となっているのが伝わってくる。

「初めはお戯れかとも思われましたが、ご本心と存じ上げるに至りましては勿体なく、否などあろうはずがございません」

「そうか、それは重畳《ちょうじょう》」

「なれど、お相手は納得されているのでしょうか。歌など届けるにしても、あまりにも見劣りするものになりましょうし」

「なにを詮ないことを申すものか。朝臣が優れた歌詠みであるのは、よく知られているところ。武略に優れているうえに、歌はもちろん竜笛《りゅうてき》の名手であり、父親譲りなのか薫物にも造詣深いそうな。本人が自慢しないだけだと、女方など感心しきりよ」

保昌がこの数日考えていたのは、そんなことではなかった。

ひとつは、今、なぜ和泉式部の縁談を左大臣たるものが苦心しているかであり、もうひとつは、何故自分に白羽の矢が当たったのかということである。

ひとつめの疑問には、なんとか答えを導き出せた。

「左府様がそこまでお気遣いなされるのは、やはり帝であろう」

即位したばかりの三条天皇にわけがありそうだとまずは推量した。和泉式部の恋人であった為尊親王も敦道親王も、三条天皇の同母の弟である。為尊親王の場合には、流行り病が都を覆っている中にもかかわらず、和泉式部に会いたい一心で外出して、その病にかかり亡くなってしまったと流布しているし、敦道親王の死は和泉式部と直接の関わりがなかったものの、親王の家庭を崩壊させているのは間違いない。ここまではすぐに思い至り、もう一事にも気がついた。

「ともに小一条大将の姫たちではないか」

和泉式部にはじき出されるように屋敷を出てしまった敦道親王の北の方は、三条天皇の愛妻である娍子《すけこ》の妹である。確か親王のもとを去るについては、当時は東宮妃であった姉の指図があったとも聞いている。二人の父親は、正二位の大納言で左大将であった人物で、没後も邸のあった地名から小一条大将と称されていた。

糟糠《そうこう》の妻は堂より下ろさない三条天皇にとって、和泉式部は決して好意をもってみられない女性である。帝の尊意を分かっていながら、一条天皇の崩御の後は皇太后となり、新しい東宮の生母でもある彰子に、和泉式部をそのまま仕えさせておくのは、やはり気になるのであろうし、愛娘だけではなく、次の帝への道が開けた孫を取り巻く世界から、余計なものを除いておきたいに違いないと推量した。

これに加えて、保昌どころか道長でも考えが及ばなかったややこしい事情を、倫子はそれとなく気にかけていた。母とともに彰子に仕えていた、和泉式部の娘の存在である。

「容色は、母親より優れているかもしれませんなあ」

幼さが残るとはいえ、出仕を始めるや、彼女の美貌がすぐに評判になる。

「遠からず、花と咲くのが楽しみではありませんか」

「美しさだけではありませんぞ。歌の才も母ゆずりで、並々の手だれではないそうですよ」

「憎き男は誰になりますことやら」

恋多き女が、未だ幼き面影を残しているとはいえ、若い貴族たちの間で取りざたされつつある実の娘とともにあるのが、後宮を支える倫子にとって、懸念となるのは当然のこと。乱れも目をつぶり、許される矩《のり》の内に止めておかなければならず、気がかりな妨《さまた》げは、早めに取り除いておくに如かない。

なぜ保昌なのかというのには、本人に思い当たる節がないだけでなく、道長に問うたところで明快な返事など期待できない。彼らを結びつける、滑らかな手触りばかりの因縁にたどり着くだけである。

保昌は自らの身の処し方には厳しい反面で、精一杯生きている弱者や貧者を粗略には扱えない面を、ついのぞかせてしまう。これは伴継雄に対してだけではなかった。月明かりを頼りに竜笛を吹きながら夜道を歩いていた彼を、背後から襲わんと殺気を放って近づきながらも、静かな気迫に負けて手を出せずにいた盗人を家に連れ帰り、訓導して衣服を与えた美談が、市中を流れていた。

「切羽詰まった様子から、ただの怠け者とは思えませんでした」

道長が冷やかすと、顔を染めて頭をかいた。

また、保昌の妻とも目されたことのある女性が、他家に不吉な物を投じた罪で裁かれた際にも、彼の一面が露呈している。厳しく取り調べられるなかでも、女は別れた男に迷惑が及ぶのをなによりも恐れ、保昌の名前には一切触れなかったという。

「保昌らしい」

保昌とのつながりを知られて優しく扱われはじめるや、意地を張っていた女子が、「そのような方は、存じ上げません」と、強く否定して泣きだしてしまったという。保昌と別れたのは、彼女の不義によるものであったにもかかわらず、責めるでもなく、先行きへの不安を拭うほどの財貨を心配りされては、項垂《うなだ》れるしかなかったようで、顔を伏せた女から大粒の涙がこぼれ落ちた様子を、腹心の配下にかかわることとして、道長は報告を受けた。

母や菜知を通じて、女性は受身の弱者だと保昌はみていた。

「皇后様でさえ、時にはしかり」

定子妃が兄弟たちの罪を負って、道長からの風を防げなかったのを目の当たりにしている。これゆえ女子との別れには、彼女に非があってさえ、優しく別れた。

「あの者は、真っすぐ生きんとしている女子を、ないがしろにするような男ではない。吾が頼みゆえ細やかに扱ってくれよう」

　ここまで権力が安定するには紆余曲折があったが、この家司が舞台の袖に控えてくれているだけで勇気が湧いてきたものだ。向き合って邪魔してくる者などいない現在でも、保昌の静かな覚悟に押されていた頃のことを忘れてはいないし、困った時にはいつも頼りにしてきた。まさか女子のことまでもとは予想していなかっただけ。

「あの浮かれ女とて、保昌の掌中ならば、おとなしくしているに違いない」

　保昌は、相手に応じて的確に距離を保てる自分の能力を、道長はよく理解したうえで、縁談を持ちかけてきていると受けとめると、期待されているものがみえてきた。男と女とて、所詮は人と人との距離の事柄、と彼は判断した。

「江式部を引き取り、宜しく処してくれというのが御心」

　断る選択などなく、自分はそこまで見込まれ、引き受けたうえは期待に応えるだけである。倫子には分からないであろう、道長と保昌との間を行きかう、手を携えて闘い続けてきた男同士の信頼感が、言葉を越えて交錯した。

　やがて、保昌から離れたくなる気持ちが生じるとは、この折の道長は考えてもいないし、そんな状況が訪れようとは保昌も想定していない。

九　和泉式部

1　女の世界

「浮かれ女」

これは道長の冷やかしというだけでなく、世評でもあった。

皇太后に仕える同僚のうちでも、藤式部《とうのしきぶ》などは、和泉式部の歌才には表向き一目置く態度を示しながらも、裏に回って行状を非難しているのは、複数の女房を通じて伝えられた。評価が高い和歌についてさえも、

「歌は確かに見事なようでも、才気に頼るだけで歌の知識は見あたらないし、さしたる歌人とも思えない。比べるまでもなく、赤染衛門の格調高く、見事な詠みぶりには頭が下がります」

赤染衛門ははるかに年長で、夫は学者として令名が高い大江匡衡《まさひら》だから、持ちあげているのは分かっている。夫婦仲にしても、妻が夫の名前をもじられて匡衡衛門《えもん》とからかわれるほどで、和泉式部と違ってけちがつけにくい。

「女房としても大先輩だから、もち上げざるをえないのでしょう」

構えた批評を独りで嘲笑した。

「知識をひけらかし、何でも分かっていると自惚れている嫌な女。得意なのは女子の批判。ことに自分の才を脅かしかねない相手には、悪口を抑えられない様子。つい笑ってしまいたくなるほど。定子皇后さまに仕えていたあの清少納言にいたっては、才名が高く、殿御たちからも高く評価されていただけに散々な言われよう。きっと張り合っているのでしょうよ。私は同じ彰子皇太后さまにお仕えしているから、表立ってけなすのを抑えているだけ」

馬鹿馬鹿しくて、弁解めいたことを口にする気にもならない。

「浮かれ女といった揶揄《やゆ》など、どうでも良い」

天皇の皇子二人に求愛され、兄弟との恋は宮廷どころか京中に知れ渡っていたし、彼女自身はそれを隠そうともしていない。帝位にまったくの縁なしとはいえなかったこの親王兄弟とは、所詮は泡沫《うたかた》の恋だと自覚しているうえに、世間で（貴位への憧れが強い女）と受け止められているのも知っていた。愛の強さや深さといった中身より先に、いかなる地位の誰が相手であるかにこだわるのは、

「当たり前ではないかしら」

彼女とて想いを傾斜させ始める要因にもなったし、好意を寄せられて応えるにしても、誰でもとはならない。

「つまらぬ殿御から下手な歌などおくられるのは、面倒なだけ。返歌をすれば、期待され、返さなければ恨まれかねない。初めから門を狭めておくのがよいというもの」

彼女には自負がある。宮廷に近い世界で生きる女たちにとって、男との関わりの成否は、父親の地位や財力といった周知のものを除けば、評判によるところが大きい。早くから歌人としての和泉式部の名前は広く知られていたうえに、彼女はそれに加えて、いつのまにか妖しさをもった女としてみられるようになっていた。虚実が混在した恋の遍歴談をいちいち否定もしないから、それが和泉式部の姿に重なっていったが、風評でつくられた虚像であっても、本人が納得して馴染んでいけば、いつのまにか実像であるかと自他ともに錯覚するようになる。

「歌など軽々しく寄せたりするような者ではないが、江式部を好いて、室に迎えたいという家司がいる。娘も宮仕えするような年齢になったことでもあるし、いかがなものかのう」

時の左大臣である道長からの直接の声がかりというのは意外なものであり、唐突であったにもかかわらず、彼女を左程に驚かせはしなかった。

「困ったこと。でも、いかにもありなん」

独りになると吐息をついてみるも、誇りがくすぐられる。

宮仕えを始めてからでも彼女に近づく男はいたが、冷やかし程度で深い思いも感じられなかったし、宴の酔いを借りての言い寄りなどは不愉快でしかない。娘とともの出仕には心浮き、彰子に歌の助言をしたりして楽しい時間もあり、女房たちの中には赤染衛門のような仲良しもいたが、藤式部もいる。

「女子の世界はつまらぬ駆け引きだけで、ときめきがない。といって、これまで触れえた方たちに勝る殿方がいようとは考えにくい」

もうひとつ張り合いがない日常が、重ねられていたところであった。

一条帝が亡き後には、道長にもまして倫子が彰子のもとを頻繁に訪れるようになっていて、彼女は女房たちに等しく威厳を優しさでくるんだ表情で接しているなかで、華やぎの陰で和泉式部が内に潜めている不屈さに気がついた。

「やはり親王さまたちとの恋の結末が、江式部をそんな女にしたのであろうか。でも、持って生まれた資質のようにも思うし、なぜかしら」

皇子たちとの別離や悪評に耐えてきたのもさることながら、和泉式部が幼い日から敬慕してきた女性の不幸と寄り添っているうちに、彼女に備わった世への強い対し方であるのは、本人でさえ自覚できていないことであり、倫子が不可解だったのは当たり前であった。

「よしんば高位の者であろうとも、もはや並の男では、あの者の相手たりえまい」

倫子もそれは分かっていたから、道長から保昌の名前を挙げられた際に、

「わが夫が見ているところは、私など及びもしないもの」

本気で感心させられてしまった。

「おっとりしているようで、鋭き質をひそめた方とも聞く」

母の穆子が道長を迎える前に、誰かから耳にしたという伝聞まで思い出す。普段は甘える素振りを妻には見せたりもする道長だが、油断はならない。

逆に、白羽の矢が立った保昌は夫と異なり、柔らかな表情をみせるときにさえ、厳しさを截《せつ》然《ぜん》と醸し、裏表ない視線を向けてくる。

(所与の運命はすべて甘受し、静かに立ち向かうだけ)

保昌が若い日から伏せてきた決意を、倫子はそれとなく探りあてていた。

二人ともに、運命は与えられた定めとして正面から受け止め、それがいかなる艱難《かんなん》であったとしても、逃げずに向かい合おうとしていて、強く、潔い。

「あの者たちはともに、われらとは違う」

藤原保昌も和泉式部も、当時の貴族社会の常識からはかなり逸脱していて、他人との関係でも、敢えて高みに立ちたいと思わないし、対《つい》して、心の内に卑下するものを持ちもしない。

「この者たちには一脈通じるものがある」

感得した倫子の直感も確かなところをついていた。

「気持ちに正直で、ひたむきな女子だと思われます」

道長のたどり着いた縁談に合点し、和泉式部を褒めて賛同した。

彼女が和泉式部に心を寄せているのはそれだけではなく、倫子と和泉式部の双方がそれとなく気づきあい、無言で共有している思いがあったからで、同じ妻ながら、明子にさえ温かい視線を忘れまいとしている倫子にも嫌いな女が一人いて、それが和泉式部も遠ざけていた、あの同僚である。

(同じく才ある女子であっても、藤式部は、江式部とは違う)

紫式部とも称されるようになるこの女房が、光源氏なる臣籍降下した皇子の女性遍歴を軸に、『源氏物語』と題して書き連ねているのは、後宮で知らない者はいない。

「源氏の君は、いかがなったかな」

道長が物語の執筆督促を口実に、紫式部のもとへ足繁く通っているのを、倫子にそっと伝えてくる者もいる。二人の間になにかあったとしてもそれは構わないが、左大臣から気にかけられているのをひけらかすかのふるまいをはじめ、なにかと癇にさわる女子であった。

「私はそんな物語を読む気もしないが、夫の歓心をかわんとして、道長さまらしき人物を計略にたけた大臣として、もったいぶって登場させているという」

すり寄るだけでなく、つき離すような媚び方で、男を惹きつけんとする女がいるのは分かっている。同じ女からしたら、男の心をみだりに弄《もてあそ》んでいるようにしか思えないのに、蜘蛛《くも》の巣のごとき危うい網に、心浮かせて近づきたがる男の姿も沢山見てきた。夫はそんな人物ではないと思いつつも、教養や文才でまぶされると、慮外の方向に走りかねない懸念は残る。

夫の関心の示し方が、なにか気にいらなかった。隠した不快を表すまいと、北家出身の学者だった父親を通じて、幼い頃から見知っている、この才女に笑顔を向けるよう心がけていた。

「一位さまのお心深き思いやりに、なんという無礼な」

侍女が憤懣やるかたない表情に涙を浮かべた。重陽《ちょうよう》の節句にあたって、倫子は紫式部あてに菊の露を含ませて香りを移した真綿を、肌を拭うために贈る気づかいをみせた。

「私は少しでよいですから、御身でお使いなされますよう、あとはすべてお返しいたします」

そんな趣意の歌を詠んで、贈物の大部分を返してきたのだ。彼女とてはらわたが煮えくり返る思いは否めないが、首を振り、笑顔を見せてなだめるしかない。

「年長の私に心配ってくれたのでしょう」

和泉式部は、才や知識や美貌をもって同性を見下ろすことなどない。紫式部に対する倫子の気持ちをひそかに感じとってからは、より素直に慕う素振りをみせてくる。

「才ある女子でも江式部とは大違い。皇太后とはいえ、私の娘であることにはかわりない彰子には、ひたむきに仕えているものを。なにゆえであろうか」

つまらぬ疑いが湧いてくる。

先ごろ、倫子の侍女の一人に道長の触手が伸びたのも知っているし、夫は聖人君子のような男でない。とはいっても、

「私の侍女に手を出すというのは看過できるものではない。機会を見つけてつねるなり、足を踏むなりして、痛い思いをしてもらわなければ。それで、私の気持ちがお分かりになるはず」

告げ口をしてきた侍女には、彼女たちの間に張り合う気持ちがあるのは日ごろから触れているから、感謝する表情をそっと示しただけ。

(殿が男として、齢を重ねてきた私や高松どのから、若い女子に目を転じるのは当たり前というもの。左大臣に迫られ、応じざるをえなかったあの者は、気の毒でさえある)

たいして気にもならなかったし、相手となった侍女には知らぬ顔を通した。

公卿たちが複数の女子を訪《と》うのが不思議ではない時代というだけでなく、彼女は左大臣の妻であり、しかも従一位の位階を受けているから、悋気を表にするのは遠ざけてきた。とはいえ、夫が相手としている女次第で、女性としての情念を鎮めきれない。道長と紫式部との間にはつまらぬ交情が察しられる。

「さもなければ、かかる振るまいはなかろうに」

口にするほどいらいらしているのに気がつき、不愉快な思いが増してしまう。物事へのこだわり少ない倫子にしてみたら、珍しいことであった。

しかし、嫉妬がつまらぬ迷いにすぎぬのは心得ていたし、彼女にとっての大事は、若くして寡婦になってしまった皇太后の娘を守ってやることで、それに較べれば、他事はすべてとるに足りない。紫式部など、所詮は娘に仕える女官の一人にすぎず、

「歯牙にもかからない、はず」

倫子は苛立ちを抑え込んだ。

「藤式部など、どうでもよい。夫との係わりとて気にするほどのものではない。今はなによりも江式部の縁談を進めるだけ。あの者をなんとかその気にさせ、まとめなければならないが、これは双方にとって良縁というもの。間違いありません。江式部が保昌の妻となるのには、私も納得している。江式部なら許せる」

藤原道長の家司であり、国司にも任じられてきているというのは、和泉式部にとって初めの夫である橘道貞と同じであり、

「屋敷の佇まいも、似たようなものであろう」

彼女は慣れ親しんだ生活環境に戻るようで、気楽に思えた。恋情に引きずられ、正室が中心に座していた敦道親王の邸に移った時の、後ろめたさを伴う緊張や、遠慮に引きずられた気苦労を思い出し、まるで負担の重さが違うのには拍子抜けしてしまう。

「親王さまの強いお誘いがあったとはいうものの、飛び込んでいけたのが信じられない。無我夢中とはいいえ、なぜあのように、今となれば無謀としか思えない仕儀に至ってしまったのでしょう。それは決まりきったこと。おそばに、常に身を寄せていたかった。身悶えするほど、敦道親王さまが愛しかった。しがらみに縛られ、愛に没頭できぬ女子には無縁なもの。陰口などはうらやましさの裏返し。私の方から笑ってやる」

気楽すぎる縁談には、逡巡する気持ちが湧いてくるほどであった。

「すべてが夢のような時間だった。でも、遠ざかった夢に未練を残しても仕方がないし、懐かしむものでもない。親王さまたちとは違って、私の歩む道に終わりがなかっただけ。あの日々は消えてしまったものの、私はなおも生きているし、これからも生きていく。愛だけでは、生きていけない」

自らを叱咤しているのに気づきつつも、親王兄弟だけではなく、しばらく忘れようとしていた橘道貞が、懐かしい建物とともに姿を現してくるのには弱ってしまう。

「そういえばあの頃は、夫とともに父や母も一緒に住んでいたものを。あの方も、私は大好きだった」

胸に痛いものが走るほどに、懐かしさがこみあげてくる。

彼女の父親は、冷泉天皇の后であった昌子《まさこ》皇太后宮の高官であり、母も若い頃から、内親王から中宮となる昌子妃の女官をしていた。両親との縁あって、御許丸《おもとまる》と幼名で呼ばれていた頃の和泉式部も、両親とともに、童女《わらわめ》としてこの女性のそばに仕えていた。彼女一家は昌子妃をめぐる思いで結ばれていた。

長じて二十歳を前に、大進である父の部下であった橘道貞とも、気持ちが重なり合う者同士として自然な成り行きで結ばれた。

「権大進《ごんのだいじん》は、よき者」

この妃は、大勢の子女を残した醍醐天皇を父とする朱雀《すざく》天皇（六十一代）の唯一人の忘れ形見であり、狂気を囁かれた冷泉天皇の中宮となるなど、生まれもった優れた資質とは裏腹に、人の縁には恵まれなかった。醍醐帝の孫娘のなかで、帝を父にもち、帝の后となる運は、同じ従姉妹とはいえ保昌の母や源明子と違い恵まれているようでいて、むしろ逆の方向に流れてしまう。生母は彼女を産み落とし、産声を聞くこともなく亡くなってしまったので、母親の面影さえ探れない境遇に育っている。その彼女が、血縁の薄さを補うように、母代わりになろうとしたのが、為尊親王と敦道親王の冷泉天皇の皇子たちであり、自身が寂しい幼時を味わっただけに、幼くして母を失った二人をほってはおけずに、気にかけて慈愛を与え続けた。

和泉式部も、徳の厚かったこの妃から多くのことを教えてもらい、ことに仏の慈悲について重ねて語られた仏話の数々は、生涯忘れることはなかった。

「求道は、心の救済に通じるのですよ」

〝くらきよりくらき道にぞ入りぬべき　遥かに照らせ山の端《は》の月〟

当時の昌子皇太后が篤く信仰していた天台宗の上人に、若き和泉式部も歌をおくり、仏道に救いを求める姿を示している。

彼女の心の奥底では、迷いや悩みを抱いて帰りくれば、常に受けとめてくれる水の褥《しとね》のごとき妃の優しさが静かにたゆたっていて、忘れたりすることさえあるのに、面影を訪ねれば、傷ついた心の破片を浮かべるだけで、無形の救いの手を差し伸べ、拾い上げてくれるのだ。

「いまや道長様の世」

昌子妃を中心にした和泉式部や彼女の両親と、橘道貞の思いは一致していると思っていただけに、夫が、不幸な昌子妃とは対極の、栄華の盛りにいる藤原道長にすり寄っていく姿は情けなく、裏切られた気持ちに迷い込んだ。両親は道貞に理解を示したが、若い彼女はひたすら寂しかった。夫への愛が深かっただけに、かえって喪失感にさいなまれてしまったのである。

新しい愛がそれを埋めてくれた。為尊親王との結びつきのきっかけは、歌人としての彼女の名声であり、歌才を自負していた和泉式部にとって、夫とは異なる方向からの才を称える言いよりには、心が揺さぶられてしまった。それに親王は、昌子太皇太后《たいこうたいごう》と縁深い方でもある。

夫との別れも、二人の親王との触れ合いも、すべて定めのように思われたりしたが、それとて後から顧みた際に思いいたったもの。渦中にあってはひたむきに愛し、その深さに見合う悲しい経験をくり返してきたにすぎない。どのような結果であったとて、

「後悔するようなものではないし、してはならない」

生きる過程でその都度、自ら選び、生き、それぞれの結果にたどり着いてきただけのこと。それゆえに、なんの必然めいたものもないまま、藤原保昌というよく分からぬ者に嫁ぐことになろうとは、道長や倫子からの強い勧めがなかったならば、考えられない機縁であった。

「おなじ道長様に仕えるような男であるならば」

別れた夫が懐かしく、つい吐息が漏れてしまう。

「道貞様が離れていったのは、やはり私に否がある」

懐かしがってはいけない男である。さりながら、ややさかのぼる年に、国司として新任地の陸奥《むつ》国に向かう夫だった男に、妻として新しい女性が伴われていたと赤染衛門から知らされ、身勝手な嫉妬心が湧き出してきてしまったことまで思い出してしまう。

「聞きたくはなかったものを」

だが、再び頼りない世界に足を踏み入れていく運命は、自らが導いてしまったもの。

「なぜ、今さら四位の老いた者に添わなければならないのか。生きていくうえで、意に添わぬ選択もしなければならないのは分かっているが、それにしても」

しばらくくり返された葛藤の日々も、そろそろ終わりにしなければならない。藤原保昌という名前を耳にしたことがあったかしらと、彼女は首をひねらざるをえなかったし、姿かたちを思い描けるわけがない一方で、藤原元方の孫と知ってからでも、彼女に恐れや怯えはなかった。和泉式部の縁談は、発端の糸は道長が引き出したが、娘と二人での出仕を気にしてより前向きに編んだのは倫子であって、道長から和泉式部の夫となる相手を探すようにもちかけられた時、迷いなく彼女の再婚に賛同した。

（江式部の娘は、あの歳にしてすでに芳しく、ともに皇太后さまの元にあるのは、いかがなものか）

母親と区別して、小式部と称された和泉式部の娘は、その容色は母親にも勝るといわれ、歌の才も母には至らないとはいえ大きな遜色はないから、若い貴族たちがほっておくとは思えなかった。母親もなお残香が漂うだけに、夫の提案には相槌がうてた。女性として、夫と異なるところで気になったのである。

彼女の予想通り、ほどなく、小式部内侍も恋多き人生を歩み始める。まずこの四年後、身持ちのよい兄とは異なる、道長と倫子夫妻の次男で、やがて関白となる若き藤原教通との間に男児をなし、二十六歳で生を閉じるまでの十年余りの間に、多くの貴族の愛人として浮き名を流し続けていく。いくら倫子とはいえ、小式部が自分の孫を生むようになるとは、この時には思いも及んでいなかっただけ。

道長から保昌との縁談を持ちかけられても迷いは残ったが、日をおかずして倫子からも勧められて、和泉式部は（諾《だく》）の返事をした。仕えている皇太后の生母であり、紫式部に対する嫌悪の紐を握り合っている倫子の、小首をわずか横にねかせた誘いが、和泉式部の気持ちを一歩先に導いた。

断りにくさもあったが、そうかといって彼女は強《し》いられたとも思わなかった。決断してしまうと、自分を愛してくれた男たちがすべて去ってしまった今の自分にとって、悪くない選択のように思えてくるのはいつものとおり。とはいえ、事情や経緯が分からないうえ、ことに男が高齢なのには迷い、最後まで尾を引いたが、そこのところは、女性としての倫子の勧めを信じることにしたのである。もし年老いた様子であるならば、それはそれ。

「殿御はもうよしとしなければ」

自身に言い聞かせた。

「でも無理かもしれない」

自信はなかったが、一応腹を括った。それだけに、彼女の返事に応えて寄せられた男からの歌はみずみずしく、巧みでもあり、誰か代わりの者に作らせたのではないかと思ったほどであった。

「武に長けたと噂の者ながら、その実、歌をはじめ笛や香にも通じているのです」

倫子が得意げに声を上ずらせ、男に対して虚心のない好意を示した。本人も気づかないままに、左大臣の妻が女をのぞかせてしまったように思えた。言葉だけではなく微妙に顔を赤らめていて、彼女が初めてみせる意外な面であった。

男の姿を確かめた際にも、（あら、この殿御だったのか）と、びっくりしてしまった。正四位とは思えぬ控えめな印象だけが残る、名も知らぬ人物であり、また五十歳を過ぎているとも思えなかったので、今回の相手としての対象からは外していた。色の白い公卿だと歳がそのまま皮膚に表れるが、保昌の日やけ気味の顔色には艶さえ残っているように見え、あらためて目を凝らしてみると、沈静させている凄みも感じられる。

「きっと気に入ると思いますよ」

倫子が口にした、とどめの一言が胸に刺さってきた。本人は自覚していないものの、彼女が、藤原保昌なる男に、女として好意を抱いているのも確信した。

（まがうことは、ない）

気がついてから、和泉式部の気持ちが一気に前に進んだ。

2　妻を迎える屋敷

藤原道長と倫子夫妻の勧めに従って、和泉式部は保昌の屋敷に入った。発展を続ける左京であっても、五条も東の外れでややもの寂しい一帯に位置する。多くの墳墓を隠している鳥辺野の丘も、鴨川を越すとはいえさほどに遠くはない。

牛車の動きがぎこちなくなり、なにかを乗り越えて間もなく停まった。

「いま暫しお待ちくださいぃ」

迎えにきた伴継雄と名のった男の声が聞こえ、牛を外している様子が窺えた。座っていた床が前に傾いてすぐに、前面の簾から外光が差し込んできて、促されて前板に足を移した。

(常に、こうだった)

誘われ、その気になったら、ためらいつつも結局は一歩を踏み出す。

(そう、たとえ迷っても、いつのまにか前に進んでいて、後戻りができないのが私)

牛車の前に置かれた踏み台から保昌の屋敷の土に足を預けると、連れ従えてきた侍女の許《もと》が不安げな視線を向け、肩まで伸びた髪を小刻みに揺らしながら、身を寄せてきた。

「なにも心配することはありませんよ」

本人が気弱になっているのを振り払うための励ましであった。

目を転じると藤原保昌が、彼女よりかなり年長と思われる女を伴って近づいてくるのに気がついた。出迎える夫となる男の、和泉式部に向けられた視線が、これまでの生き方と向き合っているかにも思われ、一瞬ながら不安と後悔の念が湧き、今回ばかりは、降りたばかりの車に戻りたくなってしまった。

「待っておった」

そっけなく耳に届いただけであったが、彼が浮かべた笑顔には優しさも感じられるし、なによりも、到着するのを待っていてくれたのか、車の動きに応じて屋形から出てきたのは意外であった。

男の視線は木の音がする彼女の後方にも向けられているので、振り返ってみると、門の造作が進められているところであった。牛車は不似合いな住まいの趣に、

(私のために、車に乗ったまま屋敷に入れるように、門を造り直してくれたのかしら)

もう一度、倫子の言葉を思い出した。陽光をはねかえす若さはないだけに、晴れ渡った空でなくて良かったと胸をなでおろしながら、深く腰を折った。

従えてきた仲働きの女にあとは任せて、保昌は工事中の門に近づいていった。牛車が入ってきて女たちが降りるのを、棟梁が珍しく手を休めて眺めていたのに保昌はすぐに気がつき、口を開けて見やっていたのが面白く、つい冷やかしたくなってしまい、慌てて顔を伏せた男に声

をかけた。

「捕らえた鬼を連れてきた。逃げださぬように、速く仕事を済ませてくれ」

きょとんとしたまま、なにを言われたのか分からぬままに、いったんは頭を下げたものの、すぐに上げ直した顔つきは神妙なものになっていた。

「はっ、いかにも大事。急ぎまする」

文武に優れ、しかも豊かな人物だと和泉式部は聞いた。確かに、位階に見合った控えめな広さの敷地ながら、庭木の剪定《せんてい》にも人の手が惜しまれておらず、丹色《にいろ》を嫌った建物は、妻戸の木目に心配るなど手の込んだ造りのもの。水溜りほどの池があるのは意外であったが、池に浮かんだごく小さな中島には、なにも塗られていない白木の平橋が架けられているだけだし、案内する女の緊張とは違って、屋敷の佇まいは落ち着いたものであった。この男の多少の経歴を知り、根は武張った頑固な年寄りであろうと推測をしていたが、どうやらそれだけでもなさそうであるように思い始めていたところで、屋敷に足を踏みいれて、予想が正しかったのを確信した。いっぽうで、馬場殿《ばばどの》がゆったりと造られ、弓場も広めであるのは、弓馬に優れたと評判高いことの証しのようであり、親王たちとの触れ合いでは接しえなかった粗雑さも混在させた野趣が、新鮮であった。

移り来て三日過ぎてから、夫となった男と二人きりの夜を迎えた。急ぎもせず待たせもしない時間が、大きな翼をもった鳥の背に座しているような安心を与えてくれている。

「高名なそなたが、なぜ首を縦にふってくれたのかな」

寝所の奥まで届き始めた居待月《いまちづき》の明かりに乗って、男の声が届いた。

「お慕いいただいたと伺いましたから」

「成程な。吾が意をそのままお伝えいただいておったか」

相手も道長からの誘いを受けているのに、女はすでに気がついている。確信していても言葉にするのは控えた。

(確かめてしまったら、つまらなくなりそうだし、この殿御が本当のことを言うとは思えない。世の中、詮索しない方がよいこともある)

「確かにそうであったのじゃ」

男がそのまま認めた、素直で飾らない反応に、黙認するだけでは失礼に思えてくる。

「そうでないことは分かっておりました。このほどまで歌を頂戴したこともありませんでしたし、私のような世評悪しき女子を、殿のごとき方がお好みにはならないと、あらためて確かめさせられております」

男が近づいてきて女の手をとり、なんのことかというふうに頭を傾けてみせた。

「そんなことはない。聞いた通りのこと。確かに慕っておった」

真剣な表情を崩さない。

「美しく名高い歌の詠み手に、無骨な者の心が動くのは当たり前のこと。年甲斐もない仕儀ではあったが、許せよ。幾久しく宜しく頼む」

二人の皇子とのことがふと頭をよぎった。為尊親王の誘いに応じた際には、夫を裏切る気持ちはぼやけ、娘のことも気にならなくなってしまった。

（一度きりの私の人生。それとなく充足しているとの思いは錯覚だった）

すぐに浮足立ち、周りが見えなくなる。親王も、自らの命を犠牲にするほど燃えあがってくれたから、親王が流行り病で突然薨去したときには、後を追いたいと息苦しくなるほど落ち込んだ。

（人はわずか一年というが、私にとっては、無限に続く地獄のような日々だった）

心に生じた空隙は埋めようがないとの覚悟は、弟皇子である敦道親王が、たちまち溢れるほどの愛で消し去ってくれた。人々の冷たい視線を浴びて非難の声が高まるほどに、かえって迷いもなく二人だけの世界に走りこんでいけ、さらに霞みが深くなり、すべての自制が解けた。

ところが、

（敦道親王さままでもが、この世からいなくなってしまうとは。地獄で出会えたと思えた地蔵

菩薩は、やはり閻魔王でもあった。愛と憎しみ、喜びと悲しみとは、なぜに行きつ戻りつしあうのか）

常に優しかった両親だったが、婿として気に入っていた夫に背《そむ》き、幼い娘も忘れての身分違いの皇子たちとの契《ちぎ》りに戸惑い、怒り、一時は絶縁されてしまう。にもかかわらず、傷つき戻ってきた娘の悲しみを包み込むように、温かく迎え入れてくれた。親はあらためて仏の化身のように思え、しばらく放念してしまっていた昌子太皇太后が、懐かしい姿をみせてくれるようでもあった。

独りひそかに詫び続け、親たちが育てていてくれた娘との初めての生活の中で、ゆっくりと満ちてくる潮の気配が感じられるようになり、ようやく自省する気持ちにたどり着く。そして、時の流れをいったんはくぎらんとして始めたのが、恋の歌をさらい直すことであった。

「失うことを恐れていたら、なにも手にすることなどできないもの」

世の人はどう言うのかは考えなくもなかったが、どんな形にせよ愛を確認できるものがなかったら、魂を失った抜け殻としてしか生きていけなかったと、彼女は確信する。敦道親王との時間を綴って世にさらせば、自分の不評をさらに悪いものにするのは予想できたし、実際にもそうなったが、かえりみて後悔はない。万葉の相聞歌《そうもんか》に心を連ねる思いで歌日記を記して、なんとか過去と決別でき、救われた。

「まっとうしたら引きずらない。道貞さまとのことのように、中途半端はつらいだけ」

親王との間に生まれた男児は、自分の乳呑児《ちのみご》として育てられなかったから、難波の四天王寺《してんのうじ》に託されたと聞いているが、忘れることにした。

「すべて、過ぎたこと」

女の過去を十分知っているはずなのに、素知らぬ顔をしてみせる夫となった男の態度に、異なる次元の世界に導かれていく心地よい驚きがあった。

(過ぎし日の私をよくご存じのうえで、受け入れようとされているのか)

外気を遮る半蔀《はじとみ》の上は開けられたままで、月光が流れてきて、二人の表情を照らしている。

(殿御は)

肩を左手で支え、襟元をくぐって滑りくる手の動きに、(みな同じように)と、気持ちにゆとりが出てきた。

「月影が」

「おお、そうであったな」

保昌が衿から手を抜き、立ちあがって蔀を閉じると、外からの光が絞られた。男と二人きりになってしまったのを幽暗が確かめさせる。双方の歳や経験とはかかわりなく、初めて夫として臨んでくる男。

（つまらぬことを言ってしまった。網に閉じ込められた川魚のように、逃げられずに、引き寄せられていく心持ち。次はいかに応じたらよいのでしょう）

ほの暗さに動きが封じられ、先ほどまでのゆとりが急に消えてしまう。再び身を寄せてきた夫が、上着《うわぎ》を外した。

（動揺することはない。殿御の手順は変わらない）

落ち着きかけたものの、男の次の動きは彼女が想定したものとは違った。袿《うちき》の肩口に左の腕を巻き、膝裏に右手をくぐらせると、どこに力をひめていたのか声も出さずにかがめた腰を伸ばし、気がつくと抱きかかえられていた。

（まるで、父の腕にいだかれた、幼いころの私）

父親と違うのは分かっている。童女でもない。宙《ちゅう》を浮遊し、髪が床を滑る感触に戸惑っているうちに奥に運ばれ、立ったまま帯をとかれた。小袖も単衣も身にまとっていた布がいっしょに、はらりと足元に滑り落ち、腰のものまで紐をほどかれ、身から外された。涼気が感じられたのでせめてもと胸に手をあてると、手の及ばぬ部分が無防備にさらされているのが辛くなる。

そっと目をあけると、女に視線をむけたまま男も同じ姿になっていく。

腕に纏いつき胸から垂れている幾筋かの黒髪と小さな漆黒を除き、裸身はかすかに月明かりがあたってぼんやりと青白く、部屋の隅におかれて心細げに揺れている灯台の菜種油を吸ったあかしが、下半身を淡く朱にも染めている。男の目に、女の脚の輪郭が妖しげに映る。

（女人《にょにん》のこんな姿を見たのは、いつのことだったか。ずいぶんと昔のようにも）

女の腰が沈んでいきかけるのを、抱きすくめた男の力が支えた。胸をつぶされたまま、身体がさらに崩れていくのが、女には情けない。

（浮かれ女とも称された、この私が）

和泉式部にとっても久しぶりのことで、相手が誰だったかぼんやりとしたままに、身体のどこかに刻まれていた記憶が、不意に皮膚の内からふつふつとよみがえってくる。

はがされた布地の上に横たえられて、意識の混濁に耐えきれなくなっていく有様を、いつわりなく伝えているのに、わずかな囁きを返すだけで、意にも介せず凝脂《ぎょうし》をまさぐってくる夫となった男の動きに、みだらに応じてしまった記憶が残る。せめて、喘《あえ》ぎのなかで発した言葉だけでも忘れたい。

（許はどのような思いで、私の乱れを耳にしているのであろう）

ぼやけた意識がさらにかすれていくなかで、近くに侍っているだろう侍女のことが気になったが、それも途切れた。

敦道親王との歌のやり取りは、親王に仕える男童《おのこわらべ》と、後ろ髪は襟足《えりあし》で切りそろえていた頃の許に託しあっていた。自分の幼名の一字を与えるほどに可愛がっていたが、親王の邸に入るにあたって彼女を伴えず、暇を出さざるをえなかった。誰かに嫁いだと聞いていたが、親王が薨去して数年たったある日、許らしい女子が家の前を貧しい姿で行きつ戻りつしていると伝えてきた者がいて、外へ飛び出してみると本人だった。

「許ではありませんか。どうしたのです」

「姫さま」

驚きの表情を浮かべて立ちすくんだが、身をひるがえして走り去ろうとするのを、強く呼びとめた。

「お待ちなさい」

声のままに立ち止まって、泣きじゃくるだけの許を招き入れた。

不憫《ふびん》な事情のきっかけは和泉式部がつくったもの。親に背き、娘を放置したのは、身内ゆえにと甘えられても、許を見捨てた身勝手は許されないと自分を責めた。多くを語らないが、一緒になった男が悪かったようで、働かず、許に身をひさぐようなことまで求めたうえ、酔って喧嘩したあげくに、骸となった姿を彼女にさらしたという。

「可哀そうなことをしてしまった。許しておくれ、とさえ言えないのは重々承知」

「姫さまは私にとって仏さま。後生ですから、もう見放さないでください。後生です」

涙が流れるままに手を合わせた彼女は、和泉式部から遠ざかるのをなによりも恐れ、一時も離れようとはしない。母親にすがる子どもの姿に似ていた。

（いい気なもの。良心の呵責《かしゃく》に耐えきれず、情けをかけて救われようとは、あさましくさえある）


落ち込んでいる和泉式部に、どこからか彼女を咎める声が聞こえてきた。誰のものでもなく、彼女自身の内なる嘲りであった。許と暮らし始めてすぐに生じてきた、悔いながらも、もやもやしていた葛藤もあり、顔を上げてこの責めをこばんだ。

「いや、違う。あの折も今も、私はいい気になんかなっていない。与えられた状況の中を精一杯走ってきた。許を連れていかなかったのも、私がそうしたかったのではなく、そうせざるをえなかっただけ。もし、許が幸せそうな顔を見せにきていたなら、私が羨《うらや》むことになっていたかもしれない。私に起因するとしても、結果のすべてにまで責任はもてない。皇子たちに愛された末、私に悲しみが残されたとて、あの方たちを責められないのと同じ」

娘から女になっていた許は、苦労に学んだずるさも身につけていたのである。再会した場でも、引きとめられるのを待っていたのは明らかであった。今回も、取りあえずは別の気働きのよい侍女に供をさせようとしていたのだが、牛車に乗り込もうとしているのに、着物の袂《たもと》から許が手を放そうとしないので、その者には持参する荷物を揃えて後から追うように言いつけ、彼女を同道させざるをえなかった。弱々しく振るまいながら、自分の立場を固めるのに余念がない。

　翌朝、目覚めた視界のうちに男の姿はなかった。深い眠りに包まれていたようで、外は明るく、小鳥たちのさえずりが耳に心地よく、さらなる目覚めを促してくる。首元まで覆っていた上掛けをずらすと、初夏の冷気が脇から腹の方までしみいってきた。

「久しぶりのあまり、本当に恥ずかしいことであった」

　一部始終を、許が近くで耳にしていたのは間違いない。

（ありのままに生きていくのは辛く、恥ずかしくはあるが、仕方がない。私にはそれしかないのだから）

　寝乱れた髪がまといつかないように、節々に痛みが残る身体をゆっくり起こし、身を軽く調えてから廊下に出ると、すぐ側から許の寝息が聞こえてくる。

「気疲れしたのか。安心したのか。それとも、かいかぶりすぎていたのか」

　保昌が一人、池の中の島に佇んでいた。腕を組み、馬場殿のほうに向けている顔の表情まではつまびらかではなかったが、張りつめた空気を放っている。手狭でしかないはずの水の風景なのに、夫である保昌がしみ込み、薄く靄がかかった池が広く感じられる。あそこは、他の者が立ち入ることは許されない結界《けっかい》の内であり、彼にとってだけの無限の空間が、痛んだ男の心を迎え、快復させてくれるような場所に違いないと思えてきた。屋敷にそぐわないどころか、あそこが中心であって、建物など池につけ足された施設にすぎないのかもしれない。

夫婦として、男の厳しさとの擦《す》れあいが待っているであろう生活に思いをいたすと、おのずと構えるものはある。それなのに、この屋敷に迎えられてからの記憶は、短い時間であっても、すでに厚く堆積を重ねてきて、男に大きく包まれている安らぎを与えてくれる。静かな世界でありながら、どこかに宿している熱も感じられて、漠然とした期待の波紋が広がっていく。

(この殿御を、あの池のように、私に溶け込ませてみたい)

和泉式部は、道長と倫子に感謝した。

気配に気がついたのか夫は振り返ると、歳に似合わぬはにかんだ表情を浮かべ、水面を背にして近づいてきた。

「居心地が悪いところがあったら、好みのように」

建物に戻った夫から声をかけられて思わず下を向き、顔を赤らめてしまった。

「すべて御意のままに、お従い申し上げとうございます」

なにも飾れぬまま、思いのままの言葉が口をついて出た。

保昌は笑みを浮かべて、新しい妻に手を差し伸べた。

「そうはいくまいよ」

首を振ってみせた。

「なにせ、この屋敷の女主人は一人しかいない」

保昌は思わぬ拾い物をした気分になっている。

「慣れぬことかもしれぬが、奥向きの方も頼む。諸事に手慣れた女子もいるだけに、そなたに伴われてきた者たちと波風がたたぬよう、そのあたりもよしなに、な」

ただ通じあう相手というのではなく、妻として新たな役割を期待しているという心配りに、これまでとは違う男とのかかわりが嬉しくなってしまう。

「添えて、お導きいただけるのを喜んでおります。との」

寄り添った妻の背に保昌の手が回った。

女子の歌の読み手としては、赤染衛門にもまして当代随一というのに大きく気持ちが動いてしまったことは十分に自覚していた。この男にしてさえ逃れられないこだわりをついてきた主人からの頼みに応じただけで、妻として期待するものはなかったのだが、

「左府様のご存念には、あまり無理なく応えられるかもしれぬ」

苦笑いを噛み殺す一方で、女に対する予期せぬ想いが生じてきたのには、まごついてしまっていた。

それから数日後。

「いかがか」

これまでは端女たちを束ね、保昌の身の回りにも心配ってきた仲働きの女が、主人から従前どおりに言葉をかけられ、ここしばらく不安を隠せずに気の重そうな表情でいたのを一変させ、明るい笑顔で応えてきた。

「有難うございます」

「なにか不都合があれば、そっと申し出て構わぬからな」

「滅相もございません。伝えられてきたつまらぬ悪口と違って、よき北の方さまと、皆が安堵して喜んでおります」

感謝する視線を返してきて、深く頭を下げた。

（なんとか、居場所を調えられたようだ。残るは、おのれが負うだけのものにすぎない）

ようやく、保昌の肩の荷が軽くなった。

十　保昌の妻

1　様々なこだわり

和泉式部を屋敷に迎えてから旬日の後、倫子の前に保昌は侍していた。届けた花菖蒲《はなしょうぶ》は、予め散らせておいた水をはじき瑞々《みずみず》しかった。

「花は美しく、よきもの」

「御意。愛しきものでございます」

深く頭を下げた家司の予想しなかった言葉に、あきれた表情を一瞬浮かべたが、すぐに頭を上げさせて、にこりとした。夫婦の戯れ話にはなりそうだと、保昌も満足した。

（それで、よい）

道長に応えたことになる。

保昌の兄弟たちが傷害事件を引き起こし、弟の保輔が朝廷から重ねて追捕される生き方に向かうきっかけをつくったのは、女性の歌人として和泉式部と並び称揚されている赤染衛門の夫である大江匡衡であった。保昌にしてさえ、この人物に対する距離感は、いつまでたってもつかめずにいて、相対しても、どう接したらよいのか、見当がつかずにまごついてしまう体たらく。

「いつまでも、心の定めができぬままというのは、情けない」

大江氏（江家）は、菅原氏（菅家）と並んで学問で生きる家系。菅原道真が失脚してから後は、大江氏が朝廷の学問の中心としての重きをなしてきた。大江匡衡も若い頃から儒者として高い評価を受けており、皇子たち命名の大任なども果たしている。この匡衡が、円融天皇が退位して花山天皇が践祚するにあたって、元方の怨霊について触れたのである。菅家への対抗意識もあったのか、大江氏はもともと怨霊に距離をおいていたが、冷泉帝の第一皇子である花山天皇の誕生を寿ぐ姿勢を鮮明にしたいあまりに、藤原元方への批判のみならず、元方の孫である冷泉天皇兄弟の長兄、広平親王についてまで不敬な発言をしてしまった。

「帝位はひたすら天為による。そぐわなければ、帝の長子といえ外されるは道理であり、これを怨むは天意に背くもの」

無用な言葉であっただけに、かえって人々の耳目をひき、波風をたたせてしまう。藤原季孝が匡衡に同調したのも伝わってきた。

広平親王は不遇な境遇の中で、父親の村上帝の崩御、母の出家を確かめるようにして、二十一歳の若齢で薨去してしまっていた。それから、十余年の時しか過ぎておらず、藤原保昌たち一族の胸の内では、若くして逝き、伝説ともなっていた親王への想いが消えてはいない。それぞれに軽重がある中で、保昌の兄弟はこの従兄の親王を敬愛する気持ちが強かっただけに、心の内に純な憎しみを潜ませた。

保輔が大江匡衡を襲い、斎明が藤原季孝を狙った。指示したのではないかと勘ぐらせるほどに連帯する姿を見せたのは、元方の喜びと悲嘆の落差をもっとも深く受けとめていた、三人の父親の致忠である。保輔を捕らえるべく致忠邸に赴いた検非違使に対して、早朝のうちに長谷寺へ旅立ったことを伝え、五日のうちに息子を出頭させるとの誓約書を出して追手を油断させ、時間を稼ぐような真似までしている。結局、父親の助力もあって保輔は無事に逃げおおせたが、斎明はこの事件で命を絶たれてしまった。

保昌は一連の騒動にかかわらず、日ごろの兄弟の離れた関係から、彼のところに詮議の手が伸びることもなく、朝廷のその判断は正しかった。ただし朝廷が考えているほどに彼らは疎遠でなかったので、つまらぬ動きがあったならば、保昌とてなにもなしに指図に従っていたかはなんともいえない。そうなれば彼にとっても朝廷にとっても、好ましい流れとはなっていなかったであろう。

渺茫《びょうぼう》としてあまり感情の起伏をみせない保昌が、大江匡衡の名前に対しては、微妙な反応を示すことに、道長は気がついていた。

政事の頂点に立ったところで、人事に気配りし、人材配置の妙を発揮できる者でなければ政権を長持ちさせられないが、藤原道長という人物は、この長所に不足はない。彼は人に関わる情報の収集に意を払い、人物を偏見なく評価するように努め、できるだけ納得性を高めながら官位につけ、なかでも、手元から離れる形になる国司の人選には一切手を抜かなかった。国司候補者は常に数多く、待機している者が溢れがちで、除目が多くの悲喜劇を生み出している。保昌は、これらの人物について、道長との月旦《げったん》につき合わされていて、話題の意味を知りながらも、素知らぬ顔で主人とのなにげない会話のひとつとして応じていた。保昌は同輩の悪口は一切言わないうえに、私情めいたものは極力排除するように心がけ、事実に基づく情報を恬淡《てんたん》と提供するにとどめたから、道長は安心して、彼がどのように、どんな点を褒めるかについてのみ耳を傾けていればよかった。人物像のおおよそは把握しているだけに、輪郭の曖昧な部分を確かめ、微修正を施す程度とわきまえてはいるが、それでも自信のある人事を断行するのには、こんなところまでと思われる目配りが欠かせない。一人の人物が抱えた小さなほころびが、組織のほころびにつながる恐れとて、なきにしもあらずである。

「学識豊かな方のことは」

下問には常に正面から答えんと努めている家司が、ただ一人だけ言葉を濁すのが大江匡衡であった。この人物に対しては、ざらざらとした沈黙で反応するのである。匡衡の評判は悪くなく、尾張《おわり》の国司として領内に学校をつくろうとするなど、いかにも文人官僚の長所を発揮しているし、また受領として必ず拝任国に着任する律儀さも示しており、国司の一方で文章博士としての都での役割も務めるために、いかに忙しくとも真面目に京との往来に励むのを見かねられて、尾張国から近くの丹波《たんば》国へ異動になったりするほどであった。

「褒める言葉がみつけられないのであろう。正直な」

保昌の兄弟たちとの係わりについて、もちろん道長は知っているし、大江匡衡への態度のなかに、こなれた人柄のこの家司が、ただひとつ屈折した思いを消しきれていないことも認識できていた。

匡衡の方は、保昌に含むものがないどころか、彼が自分を襲った相手の兄弟であるのさえ失念しているほど。もっともこれは他の者に対しても同様で、夫婦揃って匡衡の出世にひたすら集中するあまり、誰かに恨みをかっているかもしれないといった心配や不安は、かすりもしてこない。

「出世欲が増すほどに、周囲への気配りが減じていく」

道長の指摘に、倫子も否はなく、まったく同感であった。

「いかにも。匡衡衛門のような女子でさえ、夫の公卿昇進への願いの前では、いつもの落ち着きを見失ってしまうようです」

大江匡衡と赤染衛門夫妻は、匡衡が従三位もしくは参議に就任して公卿と呼ばれるのを願うあまり、気持ちだけを先行させてしまい、自分たちを映す鏡をどこかに置き忘れてしまっているのに、倫子はあまり違和感がない。

(殿御だけでなく、妻子や縁者までが除目に一喜一憂するのは、あきるほど見てきた。匡衡たちとてそこは並の者であり、むしろ可愛くさえある)

「道綱殿の大臣願望もそうだが、高位への願いにいちいち応じてはいられない」

残った兄である道綱の願いを、能力に鑑みて夫は拒んできたが、道綱の母である蜻蛉の女性の嘆きは、気持ちを傾けてくれない夫だけでなく、物足りない息子に向けられた不満でもあったのだろうと、倫子は哀しく思い出す。

「母の期待したものに、背伸びしてでも応えたいのかもしれませんね」

才色の誉れ高い母と平凡な息子の双方が哀れであったが、道長の方は、こんな場でも妻への心配りに気をとられる。

「中の君もなにか願い出てはこぬか」

道綱の妻の一人は倫子の妹である。彼女には姉だけでなく妹も一人いたから、中の君と称されていた。

「道綱どのに促されて一度だけ。人事に係わることでは、私が、決して殿に口上しないのをわきまえておりますから」

兄について道長の判断は変わらないし、大江匡衡に対しても同じである。

「匡衡も、匡衡衛門にしても、目が曇るということか」

対極にある保昌の姿が思い浮かんだ。

大江匡衡の妻である赤染衛門は、当代きっての女流歌人の一人であるのに間違いはなく、夫である匡衡は妻を誇りにし、自慢の種でもある。その彼女の上をいくとされるのが、和泉式部で、生き方も赤染衛門とは逆である。道長には、保昌と和泉式部の一途な性格から、うまくかみ合わせられれば、双方が受け入れる結果はみえていた。

「保昌に首を縦に振らせる術は心得ている。女方殿は江式部の方を頼む」

道長の思惑どおりに保昌は動いた。

彼が和泉式部を娶ったのと同じ年に大江匡衡が卒去《そっきょ》するとは、考えだにしていなかっただけである。匡衡の六十歳という年齢からすれば寿命に不足はないものの、わずか七歳年少の保昌は新しい妻を迎えたばかりであり、再婚の動機に大江匡衡の影があっただけに、驚きをもって死去の報を受けた。

「あの方のお嘆きやいかに」

親しくしていた赤染衛門の心中を慮り、悲しむ妻の姿に接して、夫も突然憎む相手が姿を消してしまった虚しさに包まれた。

「はかなきことよのう」

匡衡との間にわだかまりがあった事情をしらない和泉式部は、肩に手をかけてともに嘆いてくれる保昌に、妻である自分の胸の内に心配ってくれる夫として、ますます心を寄せていけそうな気がしてきた。

2　大和国司と妻

和泉式部を妻として迎えた翌年に、保昌は大和《やまと》守に任じられているが、その少し前には、平安京の鎮守神である吉田《よしだ》神社への奉幣使を守護する、左馬権頭《さめごんのかみ》といった神事に係わる役目も果たしていた。道長に仕えてからは、左大臣の懐刀《ふところがたな》として、散位の時であろうとなかろうと常に忙しく、この年も休まることがなかった。

「いかがするかのう」

歳をとっても衰えぬ食欲で、朝の大盛の粥をすすりながら、保昌が独り言つかのように問いかけた。

「なにがでございますか」

夫の心配りは変わらないものの、和泉式部はすでに妻の座に慣れてきていた。夫が曖昧な物言いをしても、おおよそ察しがつくようにもなっているが、朝の食膳に向かいながらの問いかけには迷いも感じられ、夫の思いが心に落ちてこない。

「いや、大和のことよ。そなたをどうするかじゃ」

「ご迷惑でなかったら、お供したいと念じています」

「そうか、来てくれるか。もっとも京にも重き役目があるゆえ、行ったり来たりになろうかとは思うが、大和は近い。そなたも、そうしたらよい」

夫の感謝するような表情は初めてだった。

保昌には、できうればという程度ではあるが思案はあった。妻はそれをさとることなく同行を望んだ。わけなど知る必要もなかった。遠国ならいざしらず、国司の赴任に妻を帯同するのも珍しくはないし、妻だけでなく、年頃を迎えつつある娘も連れて遠い坂東まで赴いた者もいるほどだ。

「穏やかな心持ちで過ごせているのは殿のお陰。心から御礼を申し上げます」

「夫婦というに水臭いのう」

「お慕い申しております。ほしょう（保昌）さま」

夫の名前を口にしたくて、そんな呼び方をしてしなだれかかることもある。ゆっくりとした妻の口調に、心の一角がつい崩れていくのに気づかされる。

「なにか、雲の上にでも導かれるようじゃ」

妻は夫の言葉をそのまま受けとめ、これまでもそうであったように、気がつかないうちに男を喜ばせられるのは、(天性のものかしら)と楽しかった。夫は男女の緊張からも解き放ち、娘の戯れに手を叩く父親のように甘えさせてくれる。

和泉式部は、保昌と離れた生活の形が、思い描きにくくなっていた。

「大和に伴う侍女を誰にするかのう。あちらにも女子はいるが、気心が通じた何人かは、連れていくのがよかろう。やはり許は外さないのであろう」

輿入れするに当たって、屋敷に初めて伴ってきた侍女だから、許は別格と保昌は受けとめている。許の思惑どおりであった。

「さあ、それはいかがいたしましょう」

「ほう、そなたがよくて、本人が納得するならいずれでもよいが」

「伴継雄どのはいかがなさいますか。京、それとも大和」

妻の言葉を保昌は理解できない。

「あの方次第かと存じます。継雄どのが大和へ行かれるなら大和へと願うでしょうし、京にということならば、残りたいと」

夫がめずらしく口をとがらせた。

「なぜそのようにわけのわからぬことを言う。継雄は関係ないではないか」

「ここまで申し上げても、まだお気づきになりませんの」

妻は遠慮のない笑い声を上げた。

「本当になにも感づいてはおりませぬか。屋敷中の誰もが知っているというのに、肝腎の主人一人がお気づきでないとは。女子の扱いにはたけていらっしゃるのに、男と女子の触れあいには無頓着。もっとも、継雄どのにはなにも申されぬのが宜しいように思われます。許が執心《しゅうしん》していて、継雄どのは殿を気にされて、初めは逃げていたようですから」

「ま、まさか」

「その（まさか）でございますよ」

大和行きの諸事を委ねる清原致信と相談して、荒らぶった衣を外しきれない伴継雄は、京に残すことにした。

「大和へと誘ってみましたが、やはり京に是非とどまりたいと、許が願い出てまいりました」

大和の国司は難しい役どころである。神社、仏閣が数多く、ことに、藤原氏の氏神である春日大社までを影響下におさめかけていた興福寺が、東大寺と手を組んだりすると、大和国全体を席巻するかの勢いさえ示した。藤原北家とのゆかり深い寺である興福寺は、抑えようとすればば抗い、緩めれば国司としての任務はまっとうできず、手綱のとり方が問われるところ。

保昌の武名がすでにとどろき、興福寺や東大寺の面々は相応の構えで備えていただけに、妻を伴っての大和国司着任には、いささか拍子抜けしてしまった。妻は、僧侶の間でさえ著名な和泉式部であり、二人を結びつけたのが道長であることも知れ渡っていたから、保昌が目論んだ通りとなった。

彼が着任した時の大和国には、大きな揉めごとが続いていた。南都のやや南に古くから勢力を築いてきた当麻《たいま》為頼《ためより》と興福寺が、何年も所領争いをしていたのである。興福寺側の所領管理者が為頼に殺され、報復として為頼の館が焼き討ちされたこともあり、混乱の極みにあった。両者からの訴えに応じて国司が下した裁定は、当麻為頼の肩をもったとしか思えぬ内容だったため、これを不満とした興福寺の僧俗数千人が京に上り、大内裏のみならず道長の土御門殿にまで愁訴している。入洛した者たちは即座に退去させられたが、不満を抱えたままの寺側が、興福寺付近を通りかかった国司を襲う事件まで起きていた。

灰燼《かいじん》がくすぶり続けている中に、保昌は飛び込んだことになる。

「大和を頼む」

道長が唇をきつく結んだ。

前任の国司は、保昌の甥の源頼親《よりちか》であった。彼の姉が、はるか高齢の源満仲に嫁して生まれた兄弟の兄の方である。保昌は清原致信を差配して、源頼親の所業を洗わせるとともに、興福寺等の言い分にも耳を傾け、両成敗ともいえる施策に導いていった。源頼親と当麻為頼がひそかに手を結び、主従関係になっていることまで探り出し、少なくとも甥についても断罪すべきところは指弾したことで、結論には必ずしも納得できなかった寺側も、不承不承従わざるをえなかった。期待された任務はまっとうされ、道長の期待には応えた。しかし、源頼親は納得していなかった。というよりも、（正義面して身内を裏切った）と、遺恨を抱いてしまったのである。

保昌が国司を務めている間に、渦中にあった当麻為頼が、興福寺との抗争の中で命を落としてしまったのも、火に油を注ぐことになる。

「おのれ、致信を許すべからず」

配下である為頼の死は清原致信によるものとの、慌てた注進を信じてしまい、思い込みが刀に手をかけさせた。

「殿、致信殿の屋敷が二十名もの武装した者たちに襲われ、致信殿が落命」

伴継雄が息せき切って保昌に報告してきた。

「犯人の見当はついております。このままむざむざと見逃すことはできませぬ」

保昌が任務を終えて都に戻った翌年、清原致信が頼親の手配で殺されてしまう事件が起きた。

「待て、京で狼藉《ろうぜき》をし合うのはならぬ。この保昌に預けてくれ」

貴族同士でも小競り合いがしばしば起きた時代であったが、保昌は、怒りや武名を重んじる気持ちを抑えて、都での私闘に及ぶような素振りは一切みせずに、公の場に訴え出て、朝廷の指示に従ったのである。

「ご裁断のままに」

「よく堪えてくれた。検非違使が帝の行幸に力を割いているのを見はからっての所行であるのは明らか。頼親は殺人の名人。もはや許し難し」

道長の言葉どおり、源頼親は淡路《あわじ》守などの官職は外されたものの、それ以上に頼親が厳しく罰せられることはなかった。政務を預かる者として、彼は妥当な処断と判じたが、大事な部下を殺害された保昌にしてみれば、満足のいく罰には程遠く、致信の配下の者のみならず伴継雄たちも納得していない。源頼親も、兄である頼光や実弟の頼信ほど深く道長に伺候してないとはいえ、道長に仕える者の一人であるから、彼らをなだめた。

この時期、五十歳を迎えんとしていた藤原道長は、政権を安定したまま持続させ、次の世代へ継承していくために、詰めの課題に取り組んでいた。二十歳代半ばの嫡子頼通への権力移行に注力し、意識をそちらに集中しているのは、保昌も十分に承知していた。だからこそ、大和国の混乱を収めて道長の懸念を減じただけでなく、清原致信が殺害されたことへの報復を抑えた。その苦労や苦衷を、道長がよく了知してくれていると信じていたからである。

生ぬるい道長の措置に、保昌はがっかりした。初めて蒔かれた、道長への不満へと育ちかねない種であった。その思いを示すかのように、清原致信の没後についての諸事は、並外れて手厚く処置した。

左大臣の藤原道長が、氏寺である興福寺を無意識のうちに厳しめにみているなどとは、保昌は考えてもいない。道長にしてみたら、国司としての源頼親の裁定は興福寺との抗争をかきたてただけで、その点では不満であったが、保昌が自らの甥に手心を加えず、強い姿勢で罪を問うとまでは予想していなかった。国司として保昌が正しく、頼親の所業が許されざるものであるとしても、源頼親とて自分の息がかかった仲間うちの者であるのを、保昌が知らないはずはない。

（おや）

保昌の処置に、微妙な違和感を抱いてしまう。

そんななか、この三か月後、興福寺に対する道長の気持ちを一変させる出来事が起きる。

三百年前に聖武天皇が建立した東金堂のみならず、光明皇后が建立した五重塔が、落雷によって焼失してしまったのである。

（祖中の祖である藤原鎌足夫人が山階寺《やましなでら》として建立して以来、歴代の祖先たちが氏寺として大切に守ってきた堂宇の焼失に遭遇するとは。これも若き日からのつまらぬわだかまりゆえかもしれぬ。度量の狭いことであった。情けない。来年まで吾が命あらば、再建に努めよう）

この一報に、別の嘆きを保昌は抱く。大和守として仰いだ塔が姿を消した蒼天に、青みを透かして浮かんでいるであろう残雲が、致信の怒りや悲しみと重なってしまい、無念な思いを消しきれない。長く仕えてくれ、信頼し続けてきた忠臣を無法な形で失いながらも、報復を封じられている立場を、あらためて憾《うら》むしかなかった。

「悔しくてならぬ。空しいのう」

弟を裏切った者に命を賭して報いた伴継雄が羨ましく、その姿には頭が下がる。

主従の多少の思惑のずれなど気にならない時代は、過ぎ去りつつあった。共に手を組んで闘ってきた、壮年の男たちではなくなっていて、相手への期待がぼやけ、いつのまにかくい違い、老いて、身にまといついてきた信念を、制しられないようになっていく。年寄り二人の距離はしだいに遠ざかり、一旦離れたものを容易に近づけさせない頑固へと、それぞれが向かっていった。

二人の間に微妙なくい違いが生じているのに、和泉式部は気がついた。

「なぜ保昌さままで、道長さまに尽くし続けるのか」

彼女は事の一部始終をなにも言わずに、つき放してみている。

「それにしても殿御は、なぜつまらないことで殺し合いまでするのか」

大和にいる間に、彼女にとって心を痛める出来事があり、ふさぎこみがちになっているのに、夫がそれに気づいてはくれない方が辛かった。

「橘家貞殿が卒去された」

大和で寄り添っていた夕べに、なにげなく夫から伝えられた。和泉守だった家貞と別れ、皇子たちとの愛に走ってから、すでに二十年ほども経っているとはいえ、彼女には忘れ難い初めての男。

（人は私を江式部とも和泉式部とも呼ぶが、私はいつまでも和泉式部でいたい）

歳をとるほどに夢多かった時代が懐かしく、思いは回帰していく。初めて恋し、夫婦となった橘家貞の精気あふれる姿が、記憶の底からよみがえってきた。

保昌は妻の想いに気づきはしない。

十一　老境に向かう

1　親子

保昌が大和から戻った長和五年（1016年）、三条天皇が退位している。眼疾が重篤になったところへ、厳しく対立するようになってしまった藤原道長から、繰りかえし譲位を迫られ、内裏が消失するなど気を病む出来事も重なっての聖断であった。

「父の冷泉帝も兄の花山天皇も帝位にあったのはほぼ二年、朕は四年半といかにも短い。伯父にあたる広平親王にかかわる噂など信じたくはないが」

次の帝位には、道長が固執した末に東宮となった、彰子皇太后の長子である敦成親王が就いた。満七歳の後一条《ごいちじょう》天皇（六十八代）である。新東宮としては、満二十一歳の三条天皇の第一皇子の敦明《あつあきら》親王が、父帝と同様、天皇よりかなり年長で立太子された。三条帝が退位の条件としてこだわった人事であった。

道長は幼帝誕生に伴いいったんは摂政に就くものの、翌年には二十五歳の頼通を内大臣としたうえで、摂政の座を譲っている。その寛仁元年（1017年）には三条天皇が崩御。父帝が世を去って三か月後、東宮の敦明親王が道長の無言の圧力を感じとり、天皇がはるかに歳下であるのも苦にして、皇太子廃位を願い出る。たいした詮議もなく、これはすぐに認められている。藤原元方の死から六十余年、彼の怨霊についての風評は、ようやく市中から消えていった。

次の東宮は新天皇の弟で、一条帝と彰子中宮との間に生まれた敦良《あつなが》親王であった。

「画竜点睛のようなものじゃ。ようやく、ようやく」

倫子には、涙を見せんばかりにはしゃいでいる夫が、ずいぶん老けてしまったように感じられた。道長は嬉しさのあまり、東宮を自ら退位した敦明親王を、小一条院として厚遇し、もう一人の妻である明子が生んだ娘の一人を妃として嫁がせて気づかう。

「ここまでなせば、先の帝にもご納得いただけよう」

これにより、小一条院の妻であった時の右大臣の娘が隅に追いやられ、この女性は悲しみのあまり、子ども三人を残して二年後に急逝。父親もその二年後にこの世を去ってしまった。道長政権発足当時からの右大臣で、従兄ながらその能力不足ゆえに道長が手を焼いてきた人物であったが、道長は左大臣の座を譲ってなだめんとした。しかし、次の帝の舅となる夢が断たれ悲観していたうえに、娘に先立たれてしまった彼の怨念は消えず、悪霊左府《あくりょうさふ》の名だけを残すことになる。

ちなみに、一連の人事の中で、若い道長を侮り、高見からの見物をきめこまれて苦労させられた叔父の内大臣を右大臣に昇格させた。

「一応の結末をみたといえよう。長かった」

権力への強い志向と強引な手法が、他者の恨みをかうことを道長は分かっていたはずであったが、彼もまた判断の曇りが斑《まだら》状に広がるほどに、権力という魔魅《まみ》に麻痺し、妻の見立て通り老いてもきていた。年長の保昌より先に道長の老化が進んでいく。老いを自覚しての理由ではないが、摂政を辞した道長は、後一条天皇の元服加冠のために前例を踏襲して太政大臣を宣下されたものの、わずか三か月後にはこれを辞して、すべての官職から退いている。

この年にも、保昌を落胆させる道長の裁きがあった。諸国の国司を歴任しながら、伊勢《いせ》国を中心に、平氏一族の内でもっとも大きな勢力を築きつつあった平維衡《これひら》と保昌との争いである。保昌が都の外に馬駈けしに出かけて不在のあいだに、数名の維衡配下の者たちが、彼の屋敷に押し入るという事件が起きる。発端は、保昌の屋敷近くで起きた、保昌と維衡の下人同士の口論というつまらぬことながら、維衡の三男の正輔《ただすけ》がこれを聞きつけ、保昌の不在を確かめたうえで、郎党や下人を引き連れて乗り込んできたため、大事になってしまう。

「ここの主が誰かと知ってのふるまいか」

大音声《だいおんじょう》を放ちながら、伴継雄が両手を広げて立ちはだかった。

「ふん、分かっておるわ。配下の者を殺められても、手だしのひとつもできない武名の高い方の住まいであろうよ」

　正輔がせせら笑った。

「お前も同じ目にあわせてやろう」

「主人からは刀沙汰は避けるように言われているが、面白い一言がたまらぬのう。ぬしの首を引きずって、もと居たところへ逐電《ちくでん》することとしよう」

　鞘《さや》をはらった刀身が継雄の右斜め下に定まった。片手で束《つか》を握り、血を求めるかのように舌で唇を舐めた。

「久しぶりのことで、心が熱くなってしまうわい」

「あっ、お前は」

　荒くれ顔の下人の一人が声を上げた。

「保輔様のところの」

「おお、そういえば、どこかで見たことのある面《つら》だな」

　保輔を通報した者に報復した犯人が誰かは、文字を書ける限られた者であり、遺骸が見つかった場所からしても、仲間内ではひそかに知れ渡っている。殺害の手法には多くの者が愕然となり、身を震わせた。

「そういうことだったのか」

保昌が保輔の兄であるのに気がつき、無用な深読みをした男にそっと耳打ちされて、正輔の表情が曇った。相手が刀を振るうのをためらっていないのは明らかであり、いかにも修羅場慣《しゅらば》れした殺気を放ちながら、ゆっくりと近づいてきた。ひとたび刀を使わせてしまっては、この場はやり過ごせたとしても、すでに耳にはしていた殺戮事件の背景を知ってしまうと、後々《のちのち》、闇でなにが待っているか分からなくなる。継雄の背後に、保昌の姿が浮かんできた。

「盗賊の一味相手に喧嘩はできぬわ」

捨て台詞《ぜりふ》を残し、身を翻《ひるがえ》して走り去っていった。

この間、和泉式部は震えをこらえて、身を潜めているしかなかった。

「お方さまはこの許がお守りしますから、どうぞお心強く」

そう言いながら許は彼女から離れ、さっと逃げ出せそうな柱の陰から、伴継雄の動きに落ち着いた視線を向けていたが、賊が立ち去ると、急に表情を変えて裸足で男に走り寄った。

「なにかあったら、私も生きていられない心地。ご無事でなにより」

涙まで見せている侍女の姿を、和泉式部はあっけにとられて眺めるしかない。

邸に戻った保昌に、追い返した様子は割愛して継雄が急ぎ報告した。

「相手にするほどのものでもないし、捨ておいてもよいが、そうもいくまい」

この時も道長に訴え出た。道長は怒り、検非違使庁に正輔の召喚を命じたものの、病気を理由に正輔は出頭しなかった。結局、沙汰が曖昧なままに推移し、厳しく裁定されはしなかった。

(やはり、な) と、保昌にとって道長の変化は寂しいものであったが、

「道長様とて人の子。そんなものかもしれぬ」

ここに至る道長の足跡を知っているだけに、責める気にはなれない。道長にも、保昌のやるせなさや諦めは伝わった。

和田是業は病を得て、すでに数年前に亡くなっている。平群真臣は、明子の求めに応じて高松殿の屋敷に起居するようになっており、殆ど顔を見せることもない。保昌のように古くから近くにいて、あまり変わった姿をみせない家臣は、自分が映ってしまう鏡ともなりかねず、長い道程を経てたどり着いた自分の姿を、共に歩いてきた男に、昔と同じ高さの視線で見られるのは辛く気に入らないばかりか、近くに侍られるだけで鬱陶しい。このところ病気がちで、時には保昌よりも老けた姿でもあるのも気にかかってしまい、道長は、保昌を遠ざけたくなった。

「親が身軽になった分、子の負担が増えてまいろう。これからは頼通を宜しく頼む。とはいえ、こちらにも顔を見せるように」

保昌も道長には失望する事々が増え、かえりみて虚しさを覚えもするが、出家や隠棲を選べられる生き方をしてきていない。道長の言葉は渡りに船であり、(これは最後のご高配) と受けとめた。

一方の道長には、複雑な思いもあった。

「遠ざけるのはよいが、排除してはならない」

隙間なく連帯しあえているときには放念できていても、たとえ微妙であってもくい違いが生まれれば、気になることもある。この折の道長は、保昌の祖父が自分の祖父に祟ったといわれる藤原元方であるのを思い出し、ぼんやりながら意識した。もっともそんなことは、結びつきの強さがすぐに忘れさせはしたが。

離れることで、不満に背を向けられるばかりでなく、敵対に向かうのを避けられ、ほどよい距離が保てるのを保昌は知っている。血縁を断てない近親が憎悪しあう歴史は、いやになるほど図書寮で学び、道長が左大臣になる道で、あるいはなってからでさえ、縁者たちがもっとも足枷《あしかせ》になったのも目の当たりにしてきた。主従が離反すればなおさらだが、こちらには、離れて姿を薄くする途はある。

「左府様との間柄とて、距離のことであるのに変わりはない。遠きが近きに如かずとは限らないし、やや遠ざかる頃合いが訪れたというだけ。いずれ、かくなるは定めだったのであろう」

この折には互いの落ち着きと、通じ合えた時間の長さや交じりあいの濃さにも助けられて、二人は自制しあった。

世事に係わる道しかないならば、次代を担う頼通に仕えるのになんの不服はないし、もっとも望ましい場所を与えられたともいえた。道長にはなおもわだかまりが消えていなかった和泉式部も、温和な頼通には親しみを抱いていたので、夫の転進には、

「道長さまがあらゆる役職を辞されたといいますのに、今なお足を運び、ひれ伏す方が多い中で、若い頼通さまをお支えしようとの殿のご判断には、頭が下がるばかりです。あらためて、お慕いする気持ちが強くなっております」

その年の初め、内大臣となっていた藤原頼通の大饗の際に供された屏風に、和泉式部が求められて歌を詠進《えいしん》している。女性では一人だけであり、これもあって彼女は頼通には好感をましていたところ。

「欲しいものなどないか。なんなりと、たまには甘えてみよ」

赤染衛門たちの女流歌人が外されるなかで、妻だけが選ばれたのに、正直なところ保昌は嬉しかった。この世にいない大江匡衡に対して、子どもっぽくあるのはよく分かってはいても、一矢報いることができたような晴れやかさを感じたのである。

「おそばにいられるだけで」

嫣然《えんぜん》と微笑んだように保昌の目には映ったが、和泉式部の素直な気持ちであった。こんなに穏やかにと、時の流れさえふと忘れてしまう。

「なんとまあ欲のない。思いついたら、いつでも気づかい無用に申すがよい」

保昌には世代の交代が進みつつあるのが感じられ、道長のもとを辞した数夜の後、つい余計なひと言を口にしてしまった。

「吾が役割も、そろそろ終わりに近いということかな」

「殿に老けられては困ります。一位の方が尚侍《ないし》さまをお産みになられた歳より、私はまだ若いのですよ。元気をお出しくださいませ。私を妻としながらの、そのように弱気なお言葉は、聞きたくもございません」

倫子が高齢を恥じらいながら生んだ末娘の嬉子《よしこ》が、十一歳にして将来の更衣や女御が期待される尚侍に任官されたところ。この女性は三年後に甥の敦良親王の東宮妃となっているが、これが予定されての任官であった。ちなみに彼女のすぐ上の姉にあたる威子《たけこ》は、二十歳となったこの年に、九歳年少の甥である後一条天皇の中宮となっている。倫子が生んだ娘たちは、皇太子妃の内に亡くなる末の嬉子も含め、四人ともにそれぞれ一条天皇、三条天皇、後一条天皇の中宮、後朱雀《ごすざく》天皇（六十九代）の東宮時代の妃となった。

「おお、そうであった。そうであったな」

保昌は慌てて妻の手をとった。

「お気づかいは、ご無用でございますよ。妻ですから」

軽くにらまれて、いっそう夫はうろたえてしまった。

寛仁三年（1019年）には、道長、頼通の親子に大きな変化が始まる。まず父の道長の体調不良が進み、視力の低下にまでつながっていき、ついには仏に帰依してその救済を願って出家する。行観《ぎょうかん》（後に行覚《ぎょうかく》）を名のり、翌年には東大寺で受戒し、仏道に傾斜していく第一歩となった。

「初めて奈良の大仏を拝した折に、阿弥陀如来のもとに連れていって下さるとのお声を聞いている。東大寺に立ち返り、目指すは西方浄土」

頼通は先年、摂政就任に併せて藤原氏長者も譲り受けていたが、この年満二十七歳で関白を宣下され、朝堂の頂に立つ。道長の親心であった。

「未だ至らざる者ゆえ、関白職を復活させてやるのもやむなし。皆が殿下と敬称し続け、これに馴れていけば、立居振舞も形になろう。ただし、じゃ」

ところが、関白は太政官の会議に出ないのが通例であったものを、父は息子に内大臣を兼任させたままにして、こちらの役割に重きを置かせることにより枢要な会議への出席を指示してしまう。前例を違える措置が誰の計らいであるかは一目瞭然であって、一連の措置が、父親の意図とは逆に働いてしまい、皆がますます出家した道長に平伏することになる。

そこに、頼通が関白となるのを待っていたかのごとくに、試練となる大事件が九州で勃発《ぼっぱつ》した。大陸から賊徒が、五十隻ほどの大型船を操り、来襲してきたのである。三千人にも及ぶ大集団がまず対馬国《つしま》を襲い、次に壱岐国《いき》、そして筑前国《ちくぜん》への上陸を図った。小規模の海賊行為はそれまでもみられたが、これほど大がかりに夷人が攻め入ってきたのは初めてのことで、対馬国司はからくも大宰府まで逃げたが、壱岐国司は応戦する中で命を絶たれてしまう。甚大な被害を与えつつ、彼らは続いて北九州上陸を試みる。刀伊《とい》と称される賊徒たちは、一部の土地で上陸を果たしたものの、博多攻撃に移ったところで厳しく撃退されて、撤退せざるをえなくなる。

幸いにもこの時の大宰府権師は、若き道長の最大の政敵であった藤原伊周の弟、藤原隆家であり、彼の果敢な決断と武名に恥じない活躍で九州は守られた。眼疾治療の薬の入手しやすさから隆家が願った大宰府への転任を、対立しがちだった道長は許し、この寛大な措置によって彼自身が救われることになった。

これより三百五十年ほど遡る時代のことながら、唐との海戦で大敗北を喫した中大兄皇子《なかのおおえのおうじ》(後の天智天皇)が、敵の水軍が攻めて入ってくるのに備えて、大宰府を守るための防塁を築かせたのは、中央の政治に携わっている者ならば、誰でも知識の片隅にはある。ならばこそ、この出来事を朝廷が知ったのは、隆家たちの尽力で彼らが退散した後だったのは、まことに運が良かったのに気づいたものは少なかった。

日本水軍が敗れた際にも、九州から唐軍の船影をみていなかったのを考えれば、刀伊の来寇《らいこう》と記されるこの襲来は未曾有の国難である。隆家は事件のあらましを報告し、獅子奮迅した者たちへの恩賞を願い出たが、常にはない深更から始まった陣定は、初め空々しい空気に包まれた。都中が寝静まっている時間の朝議であり、欠席者が一人もいないことに、並々ならぬ議案であるのは公卿たちもよく分かっていたにもかかわらず、つまらぬ忖度と思惑が先に走った。

「追討の許しを得ずに闘ったのだから、恩賞など無用」

「そうですな。これは私闘のようなもの。独断はむしろ咎めるべき」

隆家が道長の政敵であったことや反抗的な姿勢を隠さないのを、この場に集められた公卿たちは知っている。

「これを認めてしまえば、朝廷の許可なく、離れた地で武力を用いる者が出てくるのも懸念されますぞ」

「それは、否《いな》」

大納言であった藤原実資が、発言の順に逆らって口を開く。これ以上に流れをつくられては、止めるのが難しくなると判断した。正論を臆せずに発言する実資の言葉だけに、顔をひそめる者たちも少なくなかった。

「勅符《ちょくふ》を得てから、というのには一理あります」

まず皆の顔を立てた。

「なれど、この度はその余裕があったでしょうか。島民たち数百人が殺され、千数百人が拉致されているのです。多くは女や子どもだったそうです。朝廷から遣わされている壱岐守まで落命しているうえに、外敵は筑前の一部にも上陸して、博多まで肉薄していた。京から眺めている者たちと違って、従二位の公卿ながら、権師は命を賭して闘ったのです。これを称さなければ、今後同じような事が起こっても、看過する者だけになるのは必至。それで本当に宜しいのでしょうか」

無言ながら賛同の表情を示す者が出てきたのを確かめて、続けた。

「大きな犠牲をはらったとしても、大火を消した者は褒められるのに、小火《ぼや》を消し止め、未然に大火を防いだ者が、賞されないどころか責められるというのは、いかがなものでございましょうや。ご披歴あったお考えを踏まえれば、恩賞にはなお詮議あるべきとしても、罰するなどには不同意」

実資だけは、その場の空気から、報告が後日であった幸運をすぐに察知した。場数をふんでいない頼通は、実資によって初めてそのことに気づかされ、議事の方向を、彼の主張に沿った流れに導き直した。

「まずもって権師の勇断は多としつつ、その願い出については、さらに吟味する方向で進めましょう」

無事の結末を知った上での朝議である。これが攻め込まれたとの報告だけで、指示を仰いできたならば、いかに混乱したか。北九州のみならず瀬戸内海沿岸の築城から、帝の遷御《せんぎょ》にまで議論が走り、うろたえて結論を得ぬままに傷を深くしていったとの推測が、頼通の胸をよぎった。陣定の場の空気に逆らってでも、意見を具申する藤原実資の姿が、これまでにもまして頼もしく映る。

「流石の達見。それでよかろう。小野宮流の大納言の言には、まず耳は傾けよ」

関白である頼通からの報告は公議の結論であったが、これを受けた道長のお墨付きを得て、ようやく決したことになる。道長には、頼通はなおも未熟な者としか映っておらず、自分の後見があればこその関白であると認識している。

(すでに三十歳も間近ぞ。父が苦労の末に一位の座を勝ちえ、左大臣に叙せられた歳に近い。苦労をこの父が取り除きすぎたのかもしれぬが、一体なにをしておるのだ)

不満は怒りにつながるものの、体調が悪化するとそれも忘れて弱気になり、残された寿命を数えるまでに落ちこんだ。

「なにを気弱になられているのですか。薬師の見立てでも、仏さまからお招きいただけるのはまだまだ先。関白さまとて、なおもお若い。父親として、しかとお導きなさらずにいかがされますか」

「女方殿は、出家した病気がちな者にまで、そのようにきつく当たるか」

妻の前ではうなだれても、倫子の言葉に従ったわけではないが、気力が満ちている時には、公卿たちの前でさえ、温順なところのある関白を叱りつけ、勘当する姿勢さえ示している。これに大人しく従うのは気に入らなかったが、親としての愛情は深いうえに、とにかく頼通を一人前の為政者に育て上げなければならない。

「やはり、吾が亡き後は小野宮流のあの者か」

藤原実資が当代有数の知識人であるのは誰もが知っていた。誰に対しても道理を主張する気骨も示してきている。実資が道長や頼通の立場を奪おうとする意思を持っていないのを道長は感じとっていたし、なによりも頼通には好意を寄せ、頼通も実資に敬意を持っているのも熟知済み。道長の言動がいつの間にか二人を近づけたのかもしれないと、父親としていささか張り合いなさはあるが、

(なれど、それはそれでよい)

翌々年、関白ながら内大臣であった頼通が左大臣になるのに併せて、実資は右大臣に、頼通の弟の教通が内大臣に列せられた。実資に席を譲らせるために、右大臣の叔父は太政大臣として棚上げしての、道長にとって仕上げの人事であった。

「脅かすほどの力を持たぬ政敵は、敵ではない。むしろ示した政策の正しさを鮮明にさせ、時

には弛みを律してもくれる。遇し方次第では、頼もしい味方にさえなりうる。与えれば、大抵の者はなびこうよ」

藤原実資はこの後、頼通政権を支える柱となり、賢人右府《けんじんうふ》と称されるようになる。彼のような人物でさえ、上位の左大臣の座を熱望したものの、かなえられてはいない。

保昌は、刀伊の来襲や顚末についてはそれとなく耳に届いてきただけである。影響が彼に及んでくるのは二年後のこと。

2　丹後国司と妻

頼通は、道長が保昌を家司として信濃から呼び寄せた年齢に近づいていたとはいえ、未だ満三十歳に満たない若い関白であった。若輩の頼通ではあったが、刀伊の来寇があって二年の後、従一位に昇叙され、左大臣の宣下も受けた。たいした苦労もなくここまで上りつめたのは、ひとえに父親のお陰。それはよく分かっているだけに、出家した後もなお政道に目を光らせている道長が煙たい存在となっていて、人前でも叱責にちかい掣肘を受けたりするのが頭痛の種であった。ではあっても、出家して行覚となった父の抑え、姉である彰子太皇太后の暗黙の後援が政権の後ろ盾となっているのも、公卿たちの動向で理解しており、父や姉に敬意を表するのに迷いはない。

「良き判断。関白の人事には、敬服させられることが多くなってきた」

父親は老獪に戒めと称賛を使い分け、首を振ることも多い中で、今回は、息子からの相談に称えるかたちで応えた。

「あの者なら、難事の備えに遺漏はなかろう」

藤原隆家らによって刀伊を取りあえず撃退したものの、今後も同じような侵略の動きがないとはいえないし、ことに京に近い若狭に押しかけられるのが心配された。まずは様子をみなながら万一に備え、いったん緩急ある際には敏速に撃滅し、再びの侵入を断念させなければならないとされた。これにあたり、丹後《たんご》国司として藤原保昌に白羽の矢を当て、頼通が父に意見を求めるいつもどおりの轍を踏んだ。これに父親が反対しないのは織り込み済みであり、褒められることまで予想した人選に、道長は想定通りの反応を示した。

保昌はすぐに頼通のもとに召された。

「長くは無用と思う。着任し、時おりは報告に参るように」

手綱をとって乗馬を手ほどきしてやった少年が関白となって、丹後への下向を命じている。これまでの流れを伝える頼通を保昌はしばし仰ぎ見て、微妙な感情の起伏を隠すべく、急ぎ頭を伏せた。

「水城《みずき》の役割を果たせとの大役を仰せつかり、感謝申し上げます。関白殿下のご心胆を安らかしめるように務めてまいります。繁く報告せよとのご指示も、仰せのとおりに」

「そのように固く申さずともよい。なれど、宜しく頼むぞ」

顔を上げると、懐かしい童子の面影を感じさせる笑顔を向けてきた。

その夜、保昌が妻を近くに呼び寄せた。

「丹後は、干し魚だけでなく、一塩《ひとしお》二塩《ふたしお》しただけの魚が届けられる近い国。是非にお連れください」

「左様か。今回は京との往来も多くなりそうだし、この屋敷で留守居を頼もうと考えていたが、好きにするがよい」

「新鮮な海の魚を食するのも楽しみですし、私は殿に伴われたい」

久しぶりに身を寄せてきた。先年、妻の歳を確かめさせられたものの、夫の方は六十歳を超してすでに数歳、秘めた時を過ごすのが間遠になっていた。


夫の丹後赴任に和泉式部はつき従った。太皇太后の彰子や娘の小式部内侍は寂しがったが、彼女は保昌の近くにいたかった。

「あなたの父と別れた私が、このように申すのも如何なものかと思いますが、好いた殿御ならば、添い遂げるのが女子の幸せ。吾が母をみてきて、今にしてそう思います」

若い公家たちとの艶聞が絶えない娘の行状を案じての言葉に、小式部は、

「そのようなものですか」

娘の正直な反応であったし、皮肉を含ませるような女子でないのは、母もよく分かっている。割りきりがよいのは、父親から受け継いだ性質かと思いもしたが、（いやそうではなく、やはり母としての私に非があること）であり、淡白な素直さは、母親から離された童女が、母への恋しさを諦めさせられ、身につけざるをえなかったものに相違ない。（なんらかのしこりが残っていても仕方ないのに、この娘は）と、母への恨み辛《つら》みをまったく口にせず、長い空白を埋めるように慕ってくるだけの娘に感謝し、愛おしさがつのる。

「幼い日に母上がいなかったゆえ、この歳になっても母が恋しくなってしまうのです」

身を寄せてきたので、長く伸びた髪の一部を指で梳《す》いてやると、嬉しそうに目をつむり、頭の重みを委ねてきた。

「文を寄こすのですよ。あなたと離れ離れになるのは、今さら言いにくくはあるが、なによりも辛い」

娘に伝えたとおり、和泉式部は保昌を最後の夫として添い続けようとしていたが、夫の気持ちは、本人が強くは自覚せぬままに、妻からやや遠ざかりつつあった。女子をさほど必要とし

なくなっているうえに、もともと女に心を寄せるたちの男ではない。彼は、枕を並べるほどに絆が強まると信じ込める藤原道長のような男とは違う。

実のところ、女子への対し方は、あれほど嫌っていた父の致忠とよく似ていた。骨格の逞しさだけでなく、嗅覚に優れて薫物に長けているなど多くの資質を引き継いでいたが、父親との類似といった事柄は、なおも保昌の分別にかすりもしないだけである。女に淡白な親子ながら、父親が保昌の母に未練が残ったように、息子も信濃鎮撫使当時に通った安曇郡司の娘、菜知への想いはなおも消せない純情に支配されたまま。馬上に吹きくる風を浴びながら駆ける荒れた道の先には、男を待ち焦がれている女人の姿があった。逢瀬が間遠であるだけに、二人のわずかな時が過ぎてしまうつど、保昌との別れを本気で惜しむ切なさを、あの菜知ほど素直には誰もみせてくれない。

「あーあ」

都の甍の端から青空に浮かぶ秋の雲を眺めたりするときには、ふと安曇や筑摩の峰々を舐めてたなびく鰯雲《いわし》を思い出して、田園の風景が切ないほどに懐かしくなる。稀に信濃から便りなどもあり、数年前の文で孫が生まれていて、幼きながら保近《やすちか》と名づけられていたのは知っていたが、安曇への返事は、二十数年も前に、長男の命名依頼に応えた一度だけ。

（たとえ想いだけとはいえ、引きずり戻されてはならない）

「忘れた。忘れたぞ」

藤原道長が目指した夢に自分の夢を重ねて、一途に伴走した日々に悔いはない。まったく予感がなくもなかったが、たどり着いた景色に空しい色調が混じっていただけ。そのいっぽうで、気がのらなかった和泉式部との夫婦生活が、心豊かになったのも意外であった。

「世は、ままならぬことが多い」

和泉式部に導かれた生活はときに舞台のように化し、これまでに味わったこともない位置にも座らされた。妻が爪弾く琴の音に笛を合わせていると、夢幻の境地に誘われていくかに思えた。時がとろけてまどろむようなひと時には、平安な時間を持ちえず、豊かな黒髪のまま死んでいった兄弟たちの姿がよみがえって、笛の指孔《しこう》を追っていた指が思わず止まってしまい、妻にいぶかしがられるほどに、夫婦がつくった時間の玄妙に溶かされたりもしたのである。

新しい国への赴任はいつもながら心を励ますものがあり、若返らせてくれる。妻が同道するのはいずれでもよかったが、「お伴を」と言われてみると、満更でもなった。道長との距離ゆえではないものの、和泉式部との生活に虚ろさが忍びこんできているのを保昌は感じていたが、妻はなおもひたむきに夫に寄り添おうとしていた。彼女が海にのぞんだ丹後の自然が気に入った様子であるのには、夫も満足できた。

和泉式部は丹後にきてみて、これまでいかに狭い世界で生きてきたのか気づかされた。この地では正四位の貴族とて、人々が畏敬する高官であるのを実感した。

「信濃では、鎮撫使のように仮におかれた令外の役目でさえ、朝廷から派遣された大官であったのじゃ」

ほとんど過去を語らない保昌が、信濃で過ごした時代を懐かしんで妻に語ることもあったが、彼はその当時は四位どころか五位にすぎない。天皇の后や皇太后たちに仕える女官の中には、国司などの猟官にはしり、除目の結果に落ち込む五位の貴族を見下して書き記す者もいたが、五位をさげすんでいる女房たちの父親や兄弟、夫の多くが五位であるのを彼女は知っている。

「才あると自分をたのむ女子というものは、哀しい」

彼女自身、無意識のうちにも、男たちの位階を探っていた時期もある。皇子たちとの恋に走り始めると、官位など意味ないものになってしまったが、皇子たちが薨去した後は再び気にはなっている。好きになれなかったあの高慢ちきな女でさえ、そんな気持ちに振り回されていたのだろうと察しられ、強気の仮面に隠れている素顔が見え隠れして、辛くなってしまう。

「だから、あのように高貴で、欠けたるものがない皇子の華やかさに憧れ、夢の世界として記したのでしょう。憧憬を、物語に仮託して。でも妻に裏切られる結末や、その不義で生まれる子の不幸も外せなかった。むしろ華麗ゆえに、光をはじいては消えてゆく泡《あぶく》のごときはかなさは、あわれでもある」

だが、同情心はすぐに消え、この女性に対しては意地悪い思いが頭をもたげてくる。

「皇子との恋を現実に体験した私は、そんな虚構とは無縁。私自身が、物狂おしい恋をして、悩み、現身《うつしみ》で完結させてきた。あの女子が私の歌に対してそうであったように、いかに評良い物語であろうとも、私も無視するだけ」

五位だった保昌が、京にいては想定できなかったほどに、彼の地では敬われたようであり、信濃での話題には照れた表情を浮かべていたのが不思議だったが、丹後で初めて夫の言葉が心に落ちた。親王たちと呼吸していた世界とはまったく別の、この空間や時間こそが本物の現世に違いないと思えてきた。和泉式部は長かった髪を切り、やや短めにそろえ直した。

「京での恋の日々は、確かに深くはあったものの、狭く、夢のごとき時。夢がはじけて、よかった。私はようやく現世で生きている」

丹後の山と海の自然も新鮮で、時にはまぶしく包みこんでくれる夢のような世界。

山陰道の北端の空は重いと聞いてきたが、それはとんでもなく違っていて、季節ごとに変わりゆく空の色の豊かさに、すぐに驚かされた。ことに晩夏から中秋、群青《ぐんじょう》の空がさらに高みに離れゆく頃には、遠くから吹きくる野分《のわけ》で、空中に漂う微粒な汚れが運びさられて、空気が澄みきってくる。心まで洗われた思いで見上げると、風で表層を崩された大地の香りが、その透明な蒼穹《そうきゅう》にひとたびは吸い込まれるも、つぎには天空の光彩とともに吐きだされ、豊穣の予感を伴って下りてくる。

「皇太后さまの御前で演じられた、雅楽の高揚と余韻の静けさのような」

空の色は澄んだまま青から紫に、淡い黒へ、そして光沢ある漆黒へと変じていく。夜空からは星々の光がぶつかり合って、涼やかな音さえ降ってくるかに思われる。秋深まれば、淡黄色の月影が地上を青白く染め、幼い頃に母が語ってくれた『竹取物語』の幻想と不可思議に誘っていく。そして、はるか昔に、遠いところに行ってしまった両親が近づいてきて、「御許丸、こちらにおいで」と、童女の自分に微笑みかけてくる。

（随分と遠いところに来てしまったと思っていたが、時は、もっとしなやかなものであったのかもしれない）

かく思いながらも、現実はあくまで現実。空を仰ぐにつけても、不在にしがちな夫に対する慕情が寂寥となって積み重なっていくなかで、不安定な時のたまゆらの動きに彷徨《さまよ》ってもいた。孤愁に耐えきれなくなるのを見はからっていたかのように、夫は妻のもとに戻ってきて、虚ろに宙を追う目を覚ましてくれた。

「やはり保昌様」

伴継雄が唸った。

丹後へは、伴継雄とその妻となっている許を伴ってきていた。二人の間に生まれた幼子も一緒である。継雄は、保昌が配下の清原致信が殺害された時も、自邸に平正輔に乱入された際にも、報復する気配を一切見せずに裁定を朝廷に委ね、承服しにくい決定も甘受しているのが不満であるのみならず、知れ渡っている武威にさえ疑いを抱いていた。ところが、不案内な土地であるにもかかわらず、丹後で狩りを行う際の采配は見事で、自分より二十歳近くも年長であるのを忘れさせるほどに、勢いよく先頭に立って野獣を追う姿に接し、耳にしていた武名にも勝る勇者であるのに感嘆し、堪能してしまう。

「なぜ保昌様が直接手を下されなかったか、よく分かった。この方が本気になられたら、都の市中に血が飛び散るような、大きな騒ぎとなりかねないところであった。よく辛抱されたものだ。保輔様にもまして、恐ろしくも頼もしい主人」

狩猟の後に催される上下の分け隔てない宴にも、この家人は満足した。

宴の取り仕切りを任された継雄の差配で、予め猪や鹿から皮を剝ぎ、血を滴らせながら肉が削がれていく近くでは、許の指示で雉《きじ》や山鳥《やまどり》の羽がむしられ、残った産毛は軽く火に当て取り除かれてつるつるした姿に。

「ご覧になるだけでも」

許の誘いに、和泉式部は顔をそむける。

「許は偉いのう。いつからそんなことが平気になったものか」

「あれがこれがと嫌がっていたら、生きてはこられませんでした。人を殺めるわけではなく、食べる鳥を屠《ほふ》るくらいなんでもございません。このように首をひねるだけです。血に染まった肉を目にすれば、喉《のど》が鳴ってきます」

許の手をねじる仕草に目をつむり、両手を耳に当てる女主人を眺めて、彼女はにやりとした。

夫婦の目の前で、夫が催した狩りの獲物を並べて、屋敷の老若男女から国衙に勤める者たちの家族までが、目を輝かせて火をおこしている。あぶられた獣や野鳥の肉は香ばしく薫り、子どもたちが顔を埋めるようにしゃぶりつく。それを眺める親たちの瞳の輝きが、躍《おど》る。

「祭りのようではないか」

見守る保昌の目にはぬくもりがこめられていて、獣を追う姿は厳しいという家人たちの報告など、和泉式部にはとても信じられない。集い来た人たちすべてを温かく迎え入れ、大きく包み込んでいる横顔を眺めるだけで妻の心は和むものの、焼いたとはいえ肉からは目をそむけたい。仏道からかけ離れた、都では目にしたことがない光景であり、夫に酌をしながら時が過ぎゆくのを待つ。

それでも、常なる日々の暮らしのなかで、自然の厳しさや、むしろ貧しさゆえに生み出されるささやかな豊かさが、京とは違う潤いを心に与えてくれた。ことに夫が一緒にいてくれるときには、それも一入《ひとしお》であった。保昌は腕組みをして、一切を継雄に任せて眺めていることが多かった。夫は気心がしれた男といるときがもっとも満たされるようで、いつのまにか嫉妬しているのに気がつき、これには驚くしかない。

春の野山で育った草々が、継雄の指示で屋敷の庭に集められ、にわか作りの竈《かまど》の上では、銅を底に沈めた大鍋の湯がたぎり、湯の中で躍る緑草の輝きがより鮮やかになる。湯に洗われ、緑を引き出す銅の神秘を聞いて驚いた。野にあった時よりも色鮮やかになったヨモギやナズナを早速に縁側で味みてみると、苦味も程よく洗われて、溜息の出るような香りとなって口から鼻へと抜けていく。春を食べているようであり、天然の味を知る思いに。

収穫の秋を迎えると、田堵《たと》の家々では、刈り取った稲を晩秋の陽光にさらして乾燥させ、もみの脱穀に汗を散らせる。男たちは薪《まき》を割って軒下に積み上げ、女たちは味噌づくりに励み、大根や茄子や胡瓜を塩漬けにするなど、冬への備えに走り回る。収穫されつくされた大地から幾筋も上りゆく焚火《たきび》の煙は、次の年の豊かな実りを予感させる。夫のいない時には、伴継雄や許、それに彼らの子どもたちに案内されて、食物の再生につながるそんな景色も楽しんだ。

「生きるものの輪廻《りんね》が、自然の姿に重なる」

海からの恵みにも人々は舞った。透き通るような蟹の身など初めて口にしたし、貝も海老も烏賊《いか》も筵《むしろ》の上に豊かな華を咲かせるのだ。京ではとても口にすることができない、新鮮な海の魚は光り輝き、鱗の美しさに驚かされもしたが、味覚は食欲を増進させ、丹後に赴いてから、細身だった身体が微妙に丸みを帯びてくるほどであった。丹後の佳味《かみ》は、天界の食に近いもののように思えた。

「余程気に入ったようじゃのう。ほかにも魚は色々あるものを」

ことに獲れたばかりの鰯に塩を振って焼いたものを妻は好み、夫は京から任地に戻る都度、妻がその味に飽きずにいるのをからかうほどであった。歌さえ忘れるほどに日常の運ばれ方に活気があった。これが平坦なものであったなら、和泉式部はまず間違いなく都に戻っていた。

保昌は妻のもとから離れて、都での職務にも励む姿をみせる。夫は実際忙しく、それは分かってはいても、妻の不満は積み重なっていく。夫が不在であるほどに、丹後の日々に満足する姿をみせるのは、たまに戻る夫に寂しさなど感じとらせてはならない意地のようなもの。夫は丹後にいる間は、まめに身体を寄せてきてくれ、その間だけはだまされるように心が満ちてくるものを、都に向かう夫の背を追っているうちに、置き去りにされてしまう堪えがたさにおそわれてしまい、自分が情けなくなる。

不意に憂さを晴らす機会が訪れたので、つい意地悪く夫に意趣返しをしてしまった。国司の任期途中である二年半ばで丹後を去るのを伝えられ、心の準備ができていないと惜しみ、嘆く姿を見せた。

「そなただけ残してというわけにもいかないであろう。京では孫も待っておろうよ」

慌ててなだめる夫の様子に、ひそかに満足していたところへ、彼女をしらけさせ、あざ笑うかの願い出があった。

「許がそう願い、継雄どのが了解しているならば、分かったと言いたいが」

薄々感づきつつも、（よもや）との予想が外れ、許が丹後に残る許しを求めてきたのである。

彼女はこの地にきてからの方が目に輝きがまし、生き生きとしていたから、許が離れてゆくのは仕方ないが、自分は初めから、仮の宿りとして求められたにすぎなかったのかと、がっかりしてしまう。

「私に異存はないものの、やはり殿のご意向次第」

妻から相談を受けた保昌には、どこまでいっても、女子の考えや気持ちは不可解なままであった。男の方に直接確かめてみるよりない。

「そなたも同じ思いであるか」

呼び寄せて問うたところ、継雄は顔を伏せたままでいる。

「許からというのは如何なものかと。正直な気持ちを聞いておきたいのでな」

「どちらを選ぶのかと詰問され、答えを見出しえずにおりましたものを」

情けなそうな表情を曇らせ、これには保昌は苦笑いで応えるしかない。

「成程。それだけ許は逞しいということであろう。先手必勝を狙ったか。それにしても、妻子と離別ともいかぬのう」

伴継雄を手放すのは惜しまれたが、別離が常なるものであるのは、若い時から刻み込まれている。とはいえ、

（執着するものを減じるのは幸せに至る道と思っていたが、そうとばかりは限らぬようだ。やはり人の世。生きていれば、執着したい関係というものが生じてくるのか。もう少し、あれもこれもと我儘になってもよかったのかもしれない。今となっては、取り戻せないのが口惜しくもある）

それでも、自身を納得させるのには幼い頃から馴れている。

（所詮、人生は、別れの積み重ね）

任地を離れる前に京に上った保昌は、願いをもって、寺住まいをしている道長の前に顔を出した。別れる者の末を配慮するのは身についてきた倣い。

「守《かみ》の願いは、いつも同じ人物に係わるものであるのう。また、その申し出は今回も否とは言いがたい」

僧形の頭をひと撫でして、行覚を名のるようになっている道長は賛成した。伴継雄に従八位を叙位して、丹後の国衙に所属させ、大陸からの不穏な動きが出来した際の備えの一人として推挙したのである。伴継雄のなにをも恐れぬ忠誠心を、道長は思い出したうえに、文字の読み書きができるというのを初めて知った。

「ほう。ならばよき案として、ますます推挙しやすい」

その日のうちに父から声をかけられ、駆けつけた頼通は、道長の話を不満げに聞いて、しかめ面となった。

「丹後守からの申状はいかにもと思うが、関白には得心まいらぬか」

「藤原保昌から行覚様への具申であり、お二人をよく存じ上げる者としては、必ずや良き案であろうと拝察しております」

「それならば、そのように取り計らったらよかろうが」

「なれど」

「なれど、なんじゃ」

「この関白は、伴継雄なる者を存じてはおりません」

「それが不満であるか」

「いえ、そうではありません。藤原保昌の考えは成程と思われますが、采配に責はないとはいえ、そのような役割を八位しか叙せられない者に任せるというのは、政務を司る関白として、合点がいかないものがございます」

道長は、息子に視線を当てながら、しばらく考えをめぐらした。

「位階については関白の考えもあろうから、よきようにしたらどうか」

「お任せいただけますでしょうか」

「無論。出家の身でこれ以上を関白殿下に申し上げるは、恐れ多い」

駄々っ子を見やるような父親の表情が、楽しげに崩れた。

さっそく同日の夜、出家した道長から話を聞いた関白の頼通が、保昌をわざわざ面前に呼びつけ、むくれた表情をあらわにして、

「なぜ、この関白でなく、頭越しに僧形の方に頼んだのか」

「殿下にお願いするには、あまりにも恐れ多い小事ゆえ、長くお仕えした行覚様に、ご相談ということで甘えさせていただきましたものでありますが、申しわけございませんでした。他意はまったくございませんので、お許しください」

「そのように冷たいことを申すものではない。守に丹後を頼んだのは誰じゃ」

しおれてみせるしかない。

「関白殿下の高きお立場ばかりを考えてしまい、まことに抜かったことでございました。情け

なく、申し訳なく、ひたすら恥じ入るばかりでございます」

これでようやく機嫌を直した。

「関白が口をはさむような位階でないのは承知している。なれど、耳にしたうえは放置もできぬ。伴継雄なる者を正七位に叙すこととした」

口を空けたまま見上げる保昌に、頼通は顎を突き出してみせた。

「不服があるかな」

「滅相もございません。なれど、行覚様がなんとおっしゃられるか」

「この関白が決めたのだ。あの方とて否などあろうはずは、ない」

あらためてひれ伏す保昌に、思いがけぬ言葉がかけられた。

「今後は何事も遠慮なく申して出てくれ。役目がら関白に願い出るのが難しいことならば、長く馴れ親しんできた者として、甘えてほしいのだ。頼む」

明るく弾んだ気持ちで保昌は任国に戻った。なによりの置き土産となる叙位の件は、妻を横に座らせ、伴継雄と許とを呼び寄せ、伝えた。

「そなたには、これからも近くにいてほしいと願ったが、朝意となった上はやむをえない。よくよく務めてくれ。許には聞いてのとおりゆえ、夫をしっかり援《たす》けてやるように。よいな」

保昌はそこで表情をゆるめ、頭を下げたままの二人の顔を上げさせた。

「実はこのことが関白殿下のお耳にも入ってしまい、恐縮してしまったよ」

関白から七位に直接叙せられたのを聞いて、伴継雄は恐れ入り、身体を震わせた。彼の人生を少し顧みただけでも信じられない晴事《はれごと》であり、不慮の災難で吾が子の前から永久に姿を消した母に見せてやりたくなる。失ってしまったものすべてが補い尽くされたような晴れがましさに、涙をこらえきれない。

「母の命まで生きられたのう。そなたに手習いをさせた保輔も、役に立ったと、あの世で喜んでおろうよ。これからは、〝忠〟の一文字に生きるがよい」

続けて積年の感謝を伝える保昌の表情が崩れかけ、見上げた継雄が、それを確かめ首を幾度も小さく振ってから、低頭し直した。なにも語らずとも、保輔の仇を討ったのが誰かを、保昌は知っていてくれたことを、あらためて確かめた。

許にしても予想すらできなかった叙位に、対面していた主人夫妻に額をこすりつけ、喜びを隠さなかった。下位ともいえぬ位階であり、れっきとした官人への登用によってそこそこ収入も保証される。生活の糧を得る算段は世なれた妻がしていたうえに、地の人たちは敬意を表してくれるはず。

「姫さま」

涙を流して声を詰まらせている許を見て、和泉式部も胸が熱くなってしまう。久しぶりに聞いたひと言に、近づき肩を抱いてやった。

（やはり、許は許。私の許）

「夫婦合い和し、子どもたちを慈しんで達者に暮らせ」

一人だけ涙をおさえた保昌に、三人がそれぞれの思いでひれ伏した。

それから半月、伴継雄の役目も伝えられて着任してきた、後任の国司との引き継ぎを終えた保昌たちは、丹後を後にした。任地の人々は、保昌もさることながら、著名な女流歌人が都に戻ってしまうことを惜しみ、悲しんだ。歌の手ほどきに感謝して、目を潤ませる郡司の妻たちがいた。

十二　さまざまな別離

1　夫婦離別

保昌は、久しぶりに京の屋敷に腰を据えた。

和泉式部にも、慣れ親しんだ懐かしい風が吹いてくるようであった。三条天皇の次の帝となった後一条天皇の生母であり、東宮さえも自子に代わって、貫禄と威厳を増してきている彰子太皇太后や、帝の祖母である倫子のところに挨拶に赴いたりすると、おのずと華やかな世界に呼び戻されていく。娘の小式部と言葉を交わし、あるいは彼女が産んだ孫と戯れるひと時は、丹後の日々とは異なる活気に満ちた日常であり、しばらくは充足感を味わえた。

それもわずかな間。おかしなことに空しさも積み重ねられていったのである。

「赤染衛門が、清少納言のところを訪れたことがあったようです」

保昌には、妻がそのようなことを話題にした記憶がなかった。

「お節介な気がします」

落魄していた清少納言を、旧知の赤染衛門が訪ねたという。訪ねた側には親切心しかないことは分かっているし、清少納言にしても気にかけてくれる者がいて、懐かしさや覚えていてくれた感謝の念とともに、華やかだった昔を知る者だけに、切なくもあったのではないかというのだ。赤染衛門とは歌のやりとりをするなど仲がよかったはずだが、いかがなことか。

「あの方はいつも親切だったけれど、本当は好きではなかった。そっとしておいてほしいとき、知らぬ振りをしていてほしいことも沢山あるのに」

清少納言という名前を聞いて、保昌は清原致信のことを思い出させられた。彼の亡き後には、残された者たちに十分な手当てをしたつもりでいたが、妹のところにまでは回っていかなかったのかもしれない。官女とはいえ、しかるべき夫がいるか、あるいは余程の高位の女性でなければ、歳をとり、職を辞した後にはかくなる暮らしになるものかと嘆息もでる。ことに彼女などは、世の事象を透徹して、いちいちに歯切れよく筆をはしらせていただけに、老残との落差に哀れを誘われ、そうかといって看過するしかなく、致信に済まない気にさせられる。ならば、妻は恵まれていたのかもしれないと目をやると、彼女はなおも口をとがらせたまま。

「式部大輔《しきぶたゆう》の昇進に熱心で、後ろ指を指されたりしていたものです」

式部大輔とは大江匡衡のことで、夫婦そろっての熱望はかなえられず、保昌と同じ正四位下を最後に、保昌たちが結婚した年に彼は亡くなった。この世からいなくなってしまってからでさえ、匡衡に対する憎しみや不快さはしばらく減じなかったが、さすがに薄らいできてはいる。

同僚の悪口など聞いたこともなかっただけに、和泉式部の心の内を不器用ながらも探ってみたものの、わずか数年ぶりの京の世界に違和感も覚えるようになっているようでもあり、それがなにゆえなのか、夫はまったく理解できない。

（女子とはこのようなものなのか。面倒な）

若い時には感じなかっただるさや不眠など、身体の変調が彼女の身を重たくしていた。体調の崩れが心の張りをもろく、頼りなくしているのには気がついているところに、夫との微妙な乖離もあって、漠然とした不安や不満に取りつかれてしまい、自分を制御できないのがひたすらもどかしい。

もっとも保昌とても独り老いを感じ、屋敷に落ち着くほどに、来し方の諸事に思いを巡らすようになってしまい、人生をさらい直している自分に気づいていた。大江匡衡の名前を聞いても、妻とは異なる風景が回想され、違う感懐につながっていってしまう。その一方で、道長の筋の通し方にはあらためて舌を巻いていた。あの匡衡なら、あれほど本人たちが望んでいたのだから、

「せめて、参議くらいには、引き上げられてもよかったものを」

やはり位階の叙しかたは大事であり、朝廷から誰よりも武事で頼りにされ、道長の経済力の大きな根源でもあった源頼光でさえ、出自からしたら妥当なものとはいえ、正四位下にしかし

ていない。それを思えば、徒手空拳にもかかわらず、自分など大切にされてきたものだと、あらためて感謝の気持ちが湧いてくる。

「たいした脈絡もないままに、道長様を中心に思いが巡るのは、歳のせいであろう」

老いの実感は、父のことまで思い出させた。

「あの時に誘われるまま、しばらくなりとも三条の屋敷に止宿していたなら、父の末路も違ったものになっていたかもしれぬ。息子たちの姿までも次々に遠ざかっていく虚ろを財欲で埋めようとして、ついには、罪をえるに至ってしまった。父が身まかった齢を超えてから、初めて、孝心の不足を嘆くというのは情けない」

道長の周りを多くの男たちの姿がめぐっており、その中には自分もいる。自分を取り巻くのも男ばかりで、女性はぼんやりとした彩りとしか映じてこない。

「ともにいるのを忘れられてしまったのかしら」

和泉式部は、やや鋭敏さを曇らせたとはいえ、なおも研ぎ澄まされた感性を失ってはいない。

小式部内侍の死は、突然であった。

藤原教通との間に男児を出産した後にも、他の男の女児を産み、さらに道長が手を焼き続けた叔父の孫にあたる藤原公成《きんなり》との関係が進展しているのを、和泉式部がさすがに気にしていたところ。この公成との間にできた子どもの出産後のひだちが悪く、彼女に死をもたらしてしまった。

和泉式部は敦道親王との間をはじめ、小式部のほかにも子どもをもうけたが、その生涯でもっとも愛情を注ぎ続けたのが無事に長じたこの娘であり、歌の才能も母親と比肩されるほどで、かけがえのない存在であった。二十六歳の娘の亡きがらには、母親の死の意味もよく理解できない孫たちが、それでも涙しながら寄り添っている。

〝とどめおきて　誰をあはれと思ふらむ　子はまさるらん子はまさりけり〟

〝などて君　むなしき空にきえにけん　あは雪だにもふればふる世に〟

小式部内侍は保昌の子どもではないし、ともに暮らしたこともないから、妻の嘆きを前にしても哀傷の歌に接しても、彼女の悲しみに近づけようはずがない。妻もそれは分かっている。ただ、夫と十数年間の心安らぐ時間の間に娘は女となり、幾多の恋をして死んでしまった。それも仕方はない。仕方なくはあるものの、時を司る神が、彼女のうっかりぶりに息を吹きかけてきたように思えてしまったのである。生まれて、母の愛も知らぬままに童女の時代を過ごし、少女から乙女となるほんの一時期を除いて離れて暮らした娘なのに、母親をひたすら慕い続け、母の生き方を追いかけるように生き、その母を残して旅立ってしまった。

「あの娘には、『竹取物語』を語ってやりもしなかった。誰かから聞いたことがあっただろうか。物語を知らなかったなら、かぐや姫となって月に帰っていくことさえできないものを」

三人の子をなしている娘であり、母は五十歳に近づいているのに、童女の姿に娘が戻っていくように思えてしまう。

太皇太后の彰子は小式部の才能を愛で、常に温かな眼差しを向けてきただけに、彼女の死を悼《いた》み、彼女が生前好んでいた衣で経文の表紙を作らせ菩提を弔っている。和泉式部の手元から彰子の求めに応じて、露の模様の唐衣《からごろも》が献じられたのであった。和泉式部にはこれも涙のもととなったが、浮遊する感覚でいたものを、地に足をつかせるきっかけともなる。衣とともに彰子太皇太后が彼女の迷いを引き取ってくれたように思え、その心づかいに誘引されるかに、懐かしい昌子太皇太后が思いおこされ、時をさかのぼり、人生のなかで接した諸相が現れてきた。すべてが、まごうことなき自分の生の形。

「ならば泣くのではなく、いかにこの生をまっとうするかを考えなければ」

夫とのことも直視しなければならない。保昌か、二人の親王か、あるいは身まかったばかりの小式部との思い出なのか。彼女自身が寄り添うものは、それらのいずれでもないように思えてきた。それとも、皆がすがる仏の道にたどり着くのか。

「いや」と、首を振りたい。仏はあまりに遠く霞んでいて、さやかに照らしてくれるとしても、ずっと先のこと。仏道に帰依しきっていた昌子太皇太后の心境からは、未だ遥かに遠い。

そんななかで、漠然としながらも、丹後の自然がもっとも身近な、大いなるものではないかと思えてきた。生命力に満ち溢れ、生命の根源となる水を、土を、空気を絶え間なく生み出し続けているようなあの土地で、

「自分の再生を図ってみたい。残りの生を、少しでも自力で輝かせながら生きてみたい」

上ずった感覚を吹き払い、生きている実感を与えてくれた丹後に、今ひとたび戻りたい気持ちが強まっていった。

「許が丹後に残ったのも、なにかの縁」

夫との、ときには満たされ、錯綜してもいった愛の時間も、あそこなら洗い直しきることができよう。

この年、大和国がまた揉めていた。道長の助言を受けて、頼通が保昌を再び大和の国司に任命した。藤原保昌という名前だけで、興福寺や東大寺の者たちの記憶がよみがえるであろうと期待されてのことであり、実際そのようになった。

妻の様子は分かっていたし、今回は同道する必要もまったくなく、伴えばむしろ負担になるだけであるから、保昌は誘うこともなく一人で任官していった。妻にしても断る理由を考える必要がなくなって有難かったし、よくよく心砕いて独りにしてくれたのであろうと夫の思いやりに感謝した。十数年前の大和での生活は、今にして、懐かしさに導いてくれる数年間であっ

たが、今回はとてもそんな気にならなかったのである。

そして、保昌が奈良から戻ってきた一夜、

「お名残は尽きないのですが」

妻の一言はすでに予期していたものであったものの、もっとも長く生活をともにしてきて、心に響く時間も共有できていただけに、これまでの離別とは違う。別れを現実に持ち出されてみると、心残る思いを消しきれないのは意外であり、七十歳に近づきつつある年齢が、これまでにもまして孤独の色合いを濃くしていく。道長と言葉を交わす機会が殆どなくなっていて、頼通が父に代われるわけもないなかで、妻も離れてしまうのは二重に応えてくるものの、これが自分勝手な行状により導かれた結果であるのも確かであり、過ぎた時間から悔いが生まれてきたのは情けない。

だが、夫は妻の願い出に頷いた。

「賢いそなたなら、十分に分かっていような」

「我儘をふたつ」といった妻に、確かめずにはいられなかった。

別れるのはよいとして、もうひとつの丹後にいきたいというのは、いささか不安である。前回は国司の妻としての生活であり、周辺も当然の配慮を惜しまなかった。夫が留守の間も、春には梅や桜見物の集いを、紅葉を愛でる秋の宴を、歌を披露しあう場に替えて、郡司や豊かな田堵の妻たちとの交流に、笑い声も絶えなかったと本人から聞いている。一人丹後に下った彼女がどのように扱われるのかが気がかりであった。そうではあるが、丹後を選んだことには満足もしていた。彼の地に懐旧の気持ちを妻が残しているのは、夫に対する不満とは離れたところに彼女がいるからであろう。

妻からの別れの申し出であるうえは、道長からの頼みを反古《ほご》にするものではない。行く末は案じてやらなければならないとしても、である。それよりも、別れを言われてからは、近くで庇護してやりたくなっていて、名残から離れきれないのは思わぬこと。

(やむをえないとの気持ちから始まったのに、かくたるようになろうとは)

だが、不覚な未練はすぐに打ち消した。一人になることで、彼女は自分の人生を歩みゆこうとしている。愛情が残されているなら、

(助力し、応援してやらなければ)

思量が、湧いてきた思慕をおさえた。常になにかを求めて生きてきた和泉式部の晩年は、夫との穏やかな生活から離れなければ、(おさまらないものだろう)と。

今度は関白の頼通に願い出た。

「江式部はいかがな様子か、たまには伝えよ」

丹後に赴任する国司に、太皇太后の彰子が気にしているとして、頼通が一声かけてくれるな

ら、彼女の身は安泰ということになろうとまで考えた。

「丹後守を所望、というのではないのだな」

頼通は分かっていながら、からかってみたくなった。

「滅相もございません。それでは却って……」

道長との暗黙の約束をまっとうするためと自分を納得させてきたが、それだけではないのに気づかざるをえない。なんとか抑えこんでいた恥ずかしさが、表に出てしまった。保昌の顔が本当に朱に染まり、言葉まで途切れさせてしまったのである。

「守、よ」

別れる妻を思いやる、老いた家臣の姿にしばし言葉が詰まったが、頼通はすぐににこりとした。嬉しかったのである。関白である自分に、私事で他人に願い出るなど考えられない保昌が、顔を赤らめながら頭を垂れてきた。頼通は、父親をようやく凌駕したかにさえ思えた。

保昌は、頼通を拝したことは妻に伝えていない。

(自分の行く先を照らす灯火は、迷いながらもやはり自分で探し続けていくしかない)

妻はそう考えており、夫もそのように受け止めたからである。二人それぞれの練磨された知性と感性がこすれあい、夫婦は別の道を歩む選択にたどり着いた。それはそれとして、守ってはやりたかった。渇ききった神経に潤いを与え、生きることへの熱も加味してくれた女性と共に過ごした十数年の日々が、脳裏をよぎっては一景ずつ千切れ、遠ざかっていく。

「困ったことがあったなら、なんなりと早めに言ってまいれ」

当座の住まいの手はずをして、気の利いた供回りの者をつけて丹後へ送り出した。彼女が生涯困らないものを与えたのは、これまでの女たちと同じである。

「鰯、旨かろうな」

惜別の一言に、これまでみせてくれなかった、別れにあたっての夫の本音が確かめられて、妻は涙をこらえきれなかった。

2　道長の死と妻たち

道長は保昌より八歳若かったが、生命の火は早く尽きようとしていた。華やかで恵まれた人生の帳尻を合わさせられるかのように、老いと病が一気に襲ってきたのである。死期を察した道長は、仏道に精進することに最後の気力を絞っていた。

弱った父親に年上の旧臣をまみえさせて気力を与えようと、頼通が保昌に声をかけ、京に戻っていたときのこと。

「関白をよく援けていいてくれるようで、礼を言いたい」

「なにを仰られますか。こんな年寄りへの温かいお言葉には、ひたすら御礼を申し上げるばかりでございます」

ともに長く生きてきたのを確かめあっていた。ならば、道長の前では素直に、初めて主従の間に言葉が交わされた時のように正直になるしかない。

「こちらこそ長く感謝してきたことを、最後に伝えておきたい」

保昌は頭を垂れ、なんとか顔を上げ直した。

「最後などというお言葉を、耳にはしかねます」

保昌が目を赤くしているのに気がついた。初めて見る家司の姿である。盟友でもあった白髪の老体に、行覚ではなく、この時ばかりは道長として両手を合わせた。

「初めて吾がもとに参った折に、（自重するよう）言われて、心が定まったのを、今でも覚えている。爾来、（自重、自重）と口ずさみながらここまで来た。言葉だけでなく、守が自制する姿を示し続けてくれたから、この行覚もあらためてその言葉に戻っていけたのじゃ。吾が措置に得心いかずとも、守は刀から手を離して堪えてくれたのも分かっている」

「恐れ多いお言葉ながら、そのようなことはございませんでしたし、万一あったとしても、ご放念いただきますよう、お願いを申しあげます」

「道長が出家して行覚になれたのも、武から遠ざかってきたがゆえと考えている。武力は、備えれば使いたくなるもの。新しい武具でも手に入れれば、玩具のごとく操ってみたくなる。武とはかかるもの。もっとも武名が高い守が抑制する姿に習い、助かり、有難かった。源頼親にしても平正輔にしても、武に頼ったゆえに叙位や任官で許してはいない。それは分かってくれ」

道長が顔を曇らせ、しばらく口をつぐんでいたが、首筋に手を触れた。

「これは関白にも言っているが、彼らの所行を見ていると、これに倣う者が増えてくるのが懸念されてならない。具足小路は無くなったというのに、武具の量は増え続けていると聞いている。沈黙が、むしろ雷鳴のごとくに相手の身を震わせることもあるようじゃが、武威を背に負いながらも武力を遠ざけた藤原保昌が、平安という言葉の最後の砦であったとならないことを、ひたすら念じるのみじゃ」

そんな先行きへの漠然とした不安は老婆心にすぎないようにも思われ、道長は穏やかな笑顔を保昌に向け直した。

「心残りがひとつある」

「なんなりとお申し付けください」

「もはや無理な願いであるが、守に弓術も教えてもらおうと近くにきてもらったのに、他事にかまけて、つい失念してしまったことよ」

「それはご出家なされた方には、不似合いすぎます」

「いや、これも分からぬぞ。武具を持った僧形姿の者など見たくはないがのう。愁訴の先はいかなるものか」

「よもやそのようなことは」

「老いたゆえか、将来への心配事が増えていくばかりじゃ」

藤原道長は出家した後も、政治を司り続けてきた重責が、やり残している課題のごとくにのしかかり、押しつぶされかかるのに閉口していた。現在の事柄だけではない。

「因果なことよのう」

これが、二人の永訣となった。

寛仁三年（1019年）に出家した道長は、翌年には、倫子が生まれ育ち、新婚の頃からともに暮らした土御門第に隣接した場所に、無量寿院《むりょうじゅいん》と号する寺院を建立していた。この寺は諸国の受領たちの競い合うような寄進を受けて、多くの伽藍を建造し続け、治安二年（1022年）には法成寺《ほうじょうじ》と寺号も改められ、落慶法要が盛大に執り行われた。道長と倫子夫妻の孫にあたる、時の後一条天皇、後の後朱雀天皇となる東宮、また娘である彰子太皇太后、妍子皇太后、中宮威子も参列しての大法要となった。

保昌のもとから和泉式部が去って三年、その法成寺の仏たちの前に身を横たえ、倫子をはじめとして多数の縁者たちが見守る中で、道長が息をひきとった。阿弥陀如来像と糸で手を結び、高僧たちの読経に唱和しながらの往生であった。

ふた月の後、

「礼を言いたい」

久しぶりに倫子の前に侍った保昌に、彼女は素直に頭を下げた。夫である道長の後半生は恵まれすぎたものであったが、そこに至る道のりは甥たちとの厳しい葛藤をはじめ、かくなると予測されたものではなく、重苦しい時間を積み重ねていたのである。悩み多い時代を、立場はまったく異なるとはいえ、一緒に歩んでくれたのが藤原保昌であった。

二人の男のつながりは不思議なものに思えたりもしたが、今にして夫の心情がよく理解できる気がする。この者は、夫の影の役割をおっていてくれたのだ。頭を深く下げた老いた家司の背後に、迷いと不安とに包まれながらも、明るい表情をつくってみせていた、若い道長の姿が浮かんでくる。

迷い苦しんだ夫が自らの影の存在を確かめ、ようやく光の方向に気づけ、自信をもって為政者としての形を調えていった日々が懐かしい。保昌の姿が夫とともに薄くなり、遠ざかっていくように思えてしまう。残されてしまった影には、妻として、最後の感謝の念を伝えることしかできない。もはや影にはなれないのだから。

「重ね、重ねて礼を言いたい」

倫子の潤んだ声が届き、そのまま男の全身をおおった。

保昌はまた、独りになった。


倫子は、夫である道長が引いた道筋に沿って生きた。道長も妻に添われるのを願っていて、京極御堂《きょうごくみどう》とも称された法成寺には、倫子が寄進した伽藍もある。道長はこの世を去るまでこの法成寺で暮らし、隣接する土御門邸で倫子は生活を営み続け、最後まで二人は遠く離れようとはしなかった。

彼女は、四人の娘のうち、長女の彰子を除く三人の死を嘆くことになり、長暦三年（1039年）に出家して菩提を弔う暮らしを続け、天喜元年（1053年）に満八十九歳で薨去している。

もう一人の妻である明子は、道長の出家や法成寺の建立には興味がなかった。道長が政治の第一線から身を引いた年に、父親からの財産贈与のごとく、息子のうち二人が、正二位に昇叙されたのに満足し、穏やかな日々を過ごしていたのである。

彼女も従三位に叙せられており、左大臣の父から受け継いだ邸もあるので、生活の営みに不自由はなく、多くを望まなかったのが幸いして充足を楽しむ余裕もあった。強く願ったわけでもないが、義兄である関白の頼通に寄り添う姿を崩さなかった第一子の頼宗が、内大臣に叙せられた姿を生前のうちに見ている。

頼通に逆らい父親の道長から叱責される、第三子の能信《よしのぶ》のような息子もいたが、それさえも気にはならなかった。

「あの方に、もっとも似ている。負けん気を、隠せるか隠せないかだけの違い」

むしろ、評する余裕が生まれていた。

頼宗の妻であり、一時は道長の強敵であった藤原伊周の娘が、不遇の時期に姑から寄せられた厚情に報いて、明子を見守り続けてくれたのも、安らかな老後の一助となった。多くの孫たちにも恵まれ、藤原実資の愛娘を娶って小野宮流藤原家の財産を受け継いだ孫や、天皇の女御として入内した能信の養女など、次の時代へとつながる系譜のひとつの礎ともなった。

明子も倫子に張り合うように長生きし、永承四年（１０４９年）に満八十四歳で天寿をまっとうした。

十三　時の流れのままに

1　保昌と頼通

藤原道長の死からほぼ半年後、頼通の力量を試すかのような事件が今度は坂東で起きた。平忠常《ただつね》の乱である。父祖伝来で坂東に強い地盤を築いてきた平忠常が、安房《あわ》国の国司を殺害し、さらに隣の上総《かずさ》国の国衙を占拠してしまった。朝廷から追討使を派遣して平定しなければならないが、ここで頼通は判断を大きく誤ることに。

「朝家《ちょうか》の守護とも称された源頼光が健在であればと惜しまれますが、頼光亡き後は弟の頼信をおいて、適任の者はいないかと存じ上げます」

右大臣藤原実資の建言を、関白であり左大臣の頼通は退けた。ようやく父の意向に左右されず自ら決していけるとの気負いがあったし、源頼信が父に伺候していたのはよく分かっているうえに、実資の意見からも離れたかったのである。これが裏目に出て、坂東の大乱へと拡大してしまい、次々と送り出す討伐軍はことごとく敗れさり、鎮静する気配さえ見出しえなかった。この中には、保昌邸に乱入し、伴継雄が退けた、同じ平氏一門の平正輔さえいたのである。

なによりも父親との違いを第一義として模索した頼通は、国司の一人にすぎない保昌にまで意見を求めた。

「守よ、いかがしたものか」

頼通から内々に意見を求められた保昌は、半月ほど熟慮した後に再び頼通の前に顔を出した。

「恐れ多きご下問、あくまで私見にすぎぬものであるのをお含みいただき、お聞き流し願いたく存じ上げます。歳がいささか気になり様子を確かめておりましたが、大任を果たしうるものと思われます」

実資と同じく、戦場《いくさば》にはいささか高齢ながらも、甥の源頼信の名前をあげた。そうではない名前を期待していた頼通は顔を曇らせた。

坂東の混迷はさらに続く。

「上総国や安房国のみならず、下総国《しもうさ》にまで戦場は広がり、房総の民の困窮ははなはだしく、朝廷を恨む声まで高まっているというではありませんか」

「太皇太后様にまでご心痛をお与えし、関白として恥じ入るばかりです」

関白頼通は、姉である太皇太后彰子の面前に召しだされていた。

「若き帝のご心胆を寒からしめるとは、関白として、いかなるご存念か」

弁明しようと弟が口を開こうとするのを、彰子は封じた。

「もし行覚どのに意趣あるとしたら、それは大間違いですよ。関白どのに厳しく当たられていたのも、帝を思い、国政の行く末が平らかならんと願っていたから。朝堂から争いの目を摘まんとする順当な人事というだけでなく、後継者としての力量を確《しか》とお認めになられていたのです。それに、なによりも」

言葉をとぎらせた彰子が、次の言葉を確かめんと伏せていた顔をあげた頼通に、優しく微笑みかけてきた。

「田鶴どのが可愛かったのです。いくつになられても、情の濃い父君でした」

「お言葉のとおり」

「あの方は物事にこだわらず、失敗を引きずりもせず、柔軟に現実に対処されていた。頑ななお姿に接したのは、ただの一度だけ。常に迷いながら、進むべき道を探していたように思えてなりません。一往《いちおう》の結論にたどり着いてさえ、さらにそれを否定して、過誤を探してみる。そこまでしても、やはり多くの過ちを犯していたのだろうと思います。されど、傷は自分で舐めて直し、その間も周りには明るくふるまわれていた。(過ちては、則《すなわ》ち改むるに憚《はばか》ることなかれ)ですよ。関白、でんか」

悪戯っぽい笑顔が退路を絶ち、是非はなかった。おくびにも出さなかったが、彰子は内々に、右大臣である藤原実資を呼び寄せていた。

「お言葉有難く、御意に沿うまででございます」

東三条院詮子が弟の道長を戒め、叱咤した役割を、この時には彰子が弟の頼通に果たしたのである。その一方で、彼女は、

(私の、女としての人生はなんだったのでしょう。あれほどお強くみえた詮子さまも、いかがお感じになられていたのか。まったく別のお姿であった定子さまは、果たして。幸せの頂に至ったようでいて、帝の后はなぜか寂しくもある)

すぐに迷いをふり払わなければならないのも、彼女は分かっていた。

(頼通どの、しっかりなさい)

その夜、幼い日に父から与えられた仔馬に、保昌の手を借りてまたがった記憶が頼通によみがえってきた。一歩進むたびに後ろを振り返りながら手綱を引く保昌。心配げな表情を浮かべつつも、手をうって励ましてくれた父。そういえばあの仔馬は、源頼信から献上されたものと聞かされた。

藤原頼通はあらためて源頼信を追討使として任じ、頼信は国司ながら遥任していた甲斐《かい》国へ赴き、しばらく様子をみていた。長期の戦いで忠常軍が疲弊しており、厭戦《えんせん》気分が高まっているのをさぐり、頼信の武名を徹底させて、相手の士気が徐々に衰えていくのを待つ策をとった。

「熟した柿が落ちるのもあとわずか。無駄な血を流すことはない。待つべし」

間もなく、病をえていた忠常は闘わずして降伏し、京への帰順の旅につくものの、途中で帰らぬ旅に立ち、病死の報告とともに首だけが京へ送られている。この首はあらためられた後、戦功を削ってでもと願い出た頼信に下賜され、彼の手配で、埋葬された忠常の胴体とともに葬られた。頼信の措置に、平忠常に従った者のみならず、坂東の武者たちは身を伏し、武家源氏に心を寄せる契機になる。

最後の最後には頼れる父がいた刀伊の侵攻の時とは違い、頼通は、真の頂点に独り立つ者の苦汁を舐めざるをえなかった。

「重責に真摯に向き合うほどに、心の内の親和も反発も封じなければならぬ孤独と寄り添わざるをえない。それが嫌ならば、権力を放棄するだけだ」

乱の推移と結末に学んだ頼通は、やや下っての前九年の役では、頼信の嫡男である源頼義《よりよし》を征夷大将軍に任命し、坂東よりさらに北、奥州の戦役《せんえき》に向かわせている。この間に保昌は大和国から摂津《せっつ》国へと転じられていた。

「大和はご苦労であった」

大和国の国司として一人赴き、つつがなく任をまっとうして帰任してきた保昌を、頼通は心から労った。よちよち歩きの田鶴の頃から、頼通は保昌を間近でみてきた。仔馬に乗るのが初めは怖かった頼通だが、保昌が一緒だとなぜか安心できた。自分は関白となり、老いた家臣の衰えを感じるようになっても、心を寄せたくなっていくのもおかしなこと。常に戻るところであるかのように、懐かしいのだ。

頼通は、七十歳の保昌を、誰もが望む、都から近い摂津守に任じた。

生涯にわたって、彼を気づかい続けたのは、「田鶴よ、田鶴丸よ」と幼い頃から可愛がってくれ、いくつになっても叱りはするが、愛情を示し続けた道長との親子の情に浸れる思い出のひと時を、いつまでもこの老人が回想させてくれたからである。

関白の立場を自覚しつつも、彼の処遇についてだけは、自らの私情を許した。

2　それぞれの愛

「丹後はいかがした」

摂津国の保昌のもとを和泉式部が訪ねてきた。

「数々のご高配、本当に有難うございました。殿のご手配ゆえかと思われますが、丹後守さまをはじめ、常に気を留めていただき、申し訳ないほどでした」

「それが、なぜ京に戻ったのじゃ」

数年過ごした丹後国を去ってきたという。

「鰯に飽きたのかな」

やはり国司の妻としての時とは違ったようだ。形の上では敬意を表してくれるのだが、夫が言っていたように、微妙に距離をおいているのが分かってくる。それでも歌を通じての交流には嘘がなく、これが丹後国に引き止めていた。

「鰯も丹後の自然も大好きです」

「継雄や許は寂しがっているのではないか」

「さて、それはいかがでしょう」

「継雄はさておき、許は張り合いなきことであろうよ」

むしろ許にとって、和泉式部はひたすら目ざわりであった。その昔に仕えたものの、今の生活にはなんの役にも立たないのに、頭を下げざるをえない相手は要らざる者。共に暮らしていないとはいえ、触れあわないわけにもいかない。継雄も女子の扱いは不得意であり、妻の態度には手をこまねいているしかなく、保昌への面目なさや、なにも起こらぬ丹後に残った後悔だけが伝わってきて、それが辛かったらしい。

(あの者たちにあらたな負担を与え、悩みを生じさせたことを悔いているのか。ではあっても、進まずに悔いるよりは、よかったのであろうよ。前に向かっての歩みで傷ついたなら、再起もあるというもの。それが和泉式部という女子ではないか)

保昌は、悲しげに語る女に温かな視線を向けた。

「誰にも迷惑とならない生き方を心がけよう、と。疲れもし、寂しくもありましたので」

「女子は難しいのう」

「ようやくお分かりでございますか」

五十歳を過ぎた和泉式部が、憂さ晴らしをするように、別れた夫をからかった。夫でなくなった、洞察も懐《ふところ》も深き相手は、慕える友として気楽に甘えられる。

「また遊びに伺っても宜しいでしょうか」

「いつでも参れ。歓迎しようぞ」

次の機会をもたぬまま、この三年後に保昌は元妻の死去の報を受けた。いつ謳《うた》われたものかは分からないが、彼女の辞世のごとき恋歌も知った。

〃あらざらん　このよの外の思い出に　今ひとたびのあふこともがな〃

さすがの保昌も、この歌が自分を想ってのものでないのはすぐに分かった。彼は未だ生きており、再会を約している。おそらくは皇子たちへの、消しえぬ恋慕の情を偲ぶ絶唱だと思いやった。

彼女が若い日に初めて結ばれ、妻となった橘家貞への思慕が年を経るごとに強まり、ひそかに戻っていきたい場所であったことには、思いが及びもしない。乙女から女になっていった時代に、彼女は回帰したかった。

保昌とてあまり違いはなかった。歳をとるにつれて、安曇の郡司の娘の姿が彷彿としてきている。

「老いて思念がぼやけてくると、人は、もっとも帰りたい時代に思いを運んでいくのかもしれぬ。そこで死ねたら、悪くはない。よしんば安らぎからはなれていてもよいではないか。年寄りには許される贅沢よ」

あの安曇の娘は、息子に先立たれたものの、残された孫に大切にされ、数年前に亡くなっている。和泉式部と別れた後に、孫の保近から菜知の訃報が届いた。

自分の手紙を受け取り、それを読んでいる保昌から返事がないのを、菜知は、京に伴えなかった男の無念や配慮と受けとめていたようで、幾通もの文を通じて、愚痴めいた文面を目にすることはなかった。読まれるだけで十分であり、形ばかりの返信を受けてはかえって辛くなろうと心配ってくれ、断腸の思いで忍んでくれているだろう男の優しさが、菜知には嬉しかった。

（きっと、そうに違いない）

彼女は、保昌が現れなかった人生は、さぞ物足りないものであっただろうと追想しながら、歳を重ねた。しぼむことがなかった日々は、保昌が与えてくれたもの。男はやはり神であったと信じこもうとしたから、身体に刻まれた記憶が疼《うず》くのも、神が残してくれた余情のごとくに受け止めた。

「神さまは、さよならをおっしゃらない。不意に姿を現し、いつのまにか消えてしまわれた」

だから、たまには筆を執り、神への奉告《ほうこく》に似た思いで、当たり前のごとく返事がない相手に、思い出したように文を送ったのである。その菜知からの手紙が長く届かない時期があった。

「もしかしたら」

保昌の不安は外れていたが、安曇では不幸があった。彼らの間に生まれた息子が、冬眠あけの熊を追っての狩りの最中に、飛岳の山裾で、仲間や犬とともに雪崩に襲われ、亡くなっていたのである。

菜知は子どもについては、名前も知らせてこなかった。それなのに、間遠の後の手紙で孫の名前を伝えてきたのが、保昌には意外ではあった。息子は二人にとって、あまりに生々しい記憶を想起させかねないとの、菜知の心配りであろうと推量していた。

「身体がばらばらになるくらい、強く抱きしめられたい。神の力で壊《こわ》して、あの世まで連れていってほしい」

菜知は、保昌の胸の中で思いっきり泣きじゃくり、悲しみをぶつけたかった。保昌が神の衣装を解いて人の姿に替わるには、そんな出来事と相応の時が彼女に必要であった。保昌の肌触りを生身の男のものとして思い出し、疼きがつらいものに変じて、菜知はようやく保近の名前を伝えられた。

「との」

菜知の最後の一言だったそうである。安らかに、幸せそうに呼びかけて旅立ったと、孫が伝えてきた。事情は分からぬものの、すでに息子がこの世からいなくなっているのに、ようやく保昌は気がついた。菜知がそれを一切伝えずに、独りで耐えていたことも。

「済まなんだ」

彼女の死の報に接した保昌は、追慕の想いを深くにじませた一筆を添え、信濃国の国衙を通じて経本《きょうほん》を送っている。

「菜知、よ」

信濃からの手紙を、ようやく保昌は燃やした。紙を焦がして立ち上る心もとない煙が、目にしみる。老いた保昌は、感傷を抑えこもう、とはした。

「あの世では兄弟たちだけでなく、菜知も待っていてくれよう。母にも会えよう」

孫の保近は、母親が産褥《さんじょく》から身を起こすことがなかったため、菜知が母代わりに育てた。その彼女が、一字一字確かめながら写経をするかのように、保昌への手紙をしたためている姿を、幼い日から寄り添いながら見てきた。だから、彼女にとっては数年に一度の事業に、短な返信もよこさない保昌を冷たい都人にすぎないと憾み、祖父であるかにさえ疑いをもった。

それでも祖母の唯一の遺言に従って、伝えるだけは伝えた彼女の死に、正四位の藤原保昌が、心底から応えてくれたのには驚いた。

「書かなかったのではなく、生きている祖母には、返事を書けなかったのかもしれない」

都から届いた短い文を読んだだけでは、保昌の痛哭が伝わってくるだけで、祖父母の結びつきがいかなるものであったのかは、推測さえできない。自分という滴《しずく》につながる、不可思議な男と女の愛に、感じ入るだけであった。

藤原保昌は摂津国の平井の地に住み、長元九年（1036年）にここで生を閉じた。このため平井保昌とも称されている。兄弟の中でただ一人、七十八歳の天寿をまっとうしたのである。

藤原保昌卒去の連絡が信濃に届いた後、安曇の郡司となっていた孫の保近が、西方の山脈を仰ぎ見るなだらかな東の山の中腹に、保昌と彼が愛した祖母の菩提を念じて、保昌院と称する天台宗の小さな堂宇を開基した。

飛岳が表情を変えながら、寺に向けて、四季の風を吹きおろしてくる。

そこに、かの経本が寺宝として収められた。

長き混乱の始まり――後書きに代えて

藤原道長の孫にあたる後一条天皇、後朱雀天皇、後冷泉《ごれいぜい》天皇（七十代）の三帝の時代が、四十年以上続いた。しかし、妻との愛にこだわってしまった藤原頼通は、側室との間にようやく四十歳を過ぎてから娘一人の誕生を見、長じた彼女を後冷泉天皇の皇后としたが、皇子は生まれず、天皇の外戚とはなれなかった。

次の後三条天皇（七十一代）は、宇多天皇以来百七十年ぶりに、藤原氏を外祖父としていなかったため、立太子された後でさえ皇位継承を疑問視され、娘を嫁がせる公卿がいなかったほどである。倫子が生んだ頼通や教通に対抗して、この皇太子を後援し続けたのが、春宮太夫《しゅんぐうたゆう》の職にあった明子の息子の藤原能信であった。後三条天皇は久しぶりの親政を目指すものの、道半ばで崩御。二十歳をまえに帝位についた白河《しらかわ》天皇（七十二代）が、父親の思いを引き継ぐことになる。

白河天皇も初めは道長の後継者たちと連携して政権運営に臨み、円満な関係を維持していく。白河天皇が三十三歳で譲位して、帝位についた嫡子である堀河《ほりかわ》天皇（七十三代）の時代も大きな波風が立つことはなかった。ところが堀河天皇が二十八歳の若さで崩御し、孫の鳥羽《とば》天皇（七十四代）が践祚するあたりから様相が変わる。わずか四歳の幼帝を、摂政となりうる外戚がいない中では、出家していたとはいえ祖父の白河法皇が後見せざるをえなくなり、これを契機として権力の集中が進む。

やがて白河法皇が院政を開始し、併せて治天《ちてん》の君として天皇の指名権を行使し始める。権力が天皇から、天皇家の家長に移ったのである。白河院は鳥羽天皇が長じて意のままにならなくなると、その子の崇徳《すとく》天皇（七十五代）、近衛《このえ》天皇（七十六代）、後白川《ごしらかわ》天皇（七十七代）へと帝位を好きなように差配していく。

ちなみにこの白河院の母親は、小式部の死の原因となった藤原公成の娘であり、より官位の高い、大納言藤原能信の養女となって入内した女性である。能信は孤立しながらも支え続けた後三条天皇の聖姿《せいし》をみることなく世を去ったが、父帝の早世後も、白河天皇は父に向けられた恩義を忘れず、正一位太政大臣を能信に追贈し、（太夫殿が。太夫殿こそ）と常に敬愛の念をもって語り、生涯にわたって恩情を寄せ続けている。また公成の閑院流《かんいんりゅう》藤原家も、院政期を通じて繁栄していく。

歴史は時おり、傍流を主流に転じ、あるいは主客を逆転させるがごとくに計らう。

もっとも九条流の藤原家は、道長以降は御堂流《みどうりゅう》とも称されるようになり、院政を通じて権力を掌握できなくなる一方で、摂関家として貴族筆頭の立場は固められた。この摂関家にも内紛が生じて、天皇家の相克に呼応して、親子兄弟が骨肉でいがみ合う混迷が武器を求め始めた。

この間に僧兵の狼藉ぶりが道長の懸念を嘲笑《あざわら》うような世情に至り、ついには藤原道長の恐れた時代がやってくる。しかも、道長の遺産として。藤原保昌を筆頭にして、道長の四天王と称される者たちがいた。武に長じた四人である。このうちの二人、源頼信と平維衡の子孫たちが、道長が到来を懸念した争いの主役になる。源氏の義朝《よしとも》や頼朝《よりとも》、そして平家は清盛《きよもり》。

政治の中心地も大内裏から移っていった。架橋された鴨川を越えて、東の白河へ、六波羅へ、あるいは南に離れた鳥羽へと「偃武の都」から外れていき、堀河天皇の崩御から五十年も経たぬ後の保元《ほうげん》の乱、平治《へいじ》の乱へと、武力をもって政権を奪い合う時代に向かっていく。一連の戦乱を通じて武家が台頭し、摂関政治も院政も過去のものへと追いやり、武士の間で政権を奪い合う時代に突入するのは必然であった。

長徳二年（996年）に藤原道長が左大臣となってから、白河法皇が院政をはじめる嘉承二年（1107年）までの百年余り、政権はほぼ平和裏に運営され、日本史の中で稀有な時が流れた。

この後五百年にわたり、元和《げんな》偃武に至るまで、権力争奪の争いは絶えない。承久の乱、建武の中興と、朝廷と武家による二度の争いも含め、武家が主役となるうえは、武力での政権奪取に向かうことになる。ほんのわずかな平和なひと時を交えながら、軍事の競い合いが繰りかえされていく。

安曇野に保昌の孫が建てた小ぶりの寺院は、開基されてから四百年の後に、曹洞宗へと開山し直されている。この地の豪族である仁科《にしな》氏の篤い信仰をえて繁栄し、戦国末期に仁科氏が滅びた後も存続。八百年後の廃仏毀釈の嵐に吹かれ、安曇野の寺の多くが往時の姿を失っていくなかでも、隠し部屋を設けるなどして静かに闘い、流れるごとくあっても流されず、守るべきものは守りぬいて、輝きを鈍らせなかった。

それでも、あの寺宝はすでにない。

代わりに、後の時代に建立された本堂天井に、雄渾《ゆうこん》な筆致で描かれた龍の墨絵が、力を矯め、沈静させて生きた藤原保昌の姿を彷彿とさせる。


（完）

北澤　繁樹（きたざわ　しげき）

1947年　長野県大町市に生まれる
1971年　早稲田大学政治経済学部政治学科卒業
1971年から2007年まで株式会社大林組に勤務

著書：『葦雀の夏 — ファンファーレがなくとも、馬はゴールを目指す』（東京図書出版）
『名は惜しめども — 畠山重忠の父』（さきたま出版会）
他

偃武の都
— 藤原道長・保昌と和泉式部

2017年11月25日　初版第１刷発行

著　者　北 澤 繁 樹
発行者　中 田 典 昭
発行所　東京図書出版
発売元　株式会社 リフレ出版
〒113-0021　東京都文京区本駒込 3-10-4
電話 (03)3823-9171　FAX 0120-41-8080
印　刷　株式会社 ブレイン

ISBN978-4-86641-096-8 C0093
Printed in Japan 2017

ご意見、ご感想をお寄せ下さい。

［宛先］〒113-0021　東京都文京区本駒込 3-10-4
東京図書出版